DIE EINLADUNG

同學會

SEBASTIAN FITZEK

瑟巴斯提昂・費策克 著
江鈺婷 譯

群山皆息，綴以眾星……
然時間亦閃爍其中。
啊，在我狂放的心窩兒裡，
永垂不朽以無歸所之姿沉睡。

萊納．瑪利亞．里爾克（Rainer Maria Rilke）

比孤獨更糟糕的是
陪在你身旁
卻讓你覺得落單的人。

你們中間誰是沒有罪的，誰就可以先拿石頭打他。

《約翰福音八：七》

特此獻給　克里斯提安

序言

「你知道嗎？『繁衍』這件事在地球上曾經只有一小段時間不會致命。」滿頭灰髮的男人問道，一邊為她倒干邑白蘭地，不管她已經表示拒絕。

男人身穿一襲燕尾服和無鈕扣白色襯衫，以及愚蠢的鋼琴漆皮鞋，讓人聯想到企鵝。她整個身體陷入尺寸過大的浴袍。那是男人在她洗完澡後替她準備的。

「梅毒和淋病等性病，然後還有生小孩的危險性……」他向她解釋，舔了舔自己的上唇。「自古至今，不安全性行為很常置人於死地呢。」

壁爐內一塊木柴發出劈啪巨響，聲音讓她聯想到跨年夜的早晨。那天，世界依舊井然有序，媽媽還沒有跟別的男人跑掉，父親在傍晚六點之前也仍未喝醉，所以她才能跟他一起在艾迪車庫旁的院子裡丟鞭炮。

那是她最後一次見到他。

爸爸還活著嗎？希望不要。

「以前只有過一段時間，我們可以毫無克制地做，不用去設想最糟情況。你知道我說的是什麼時候嗎？」

她啜了一口琥珀色的酒，體內感到一股久違的、令人愉悅的溫暖，她暗自咒罵自己一番。

她早就在懷疑了——打從那個怪老頭搖下側窗，向她招手、要她走近車邊的那一刻起。**這個男人有些地方不對勁**。假臉上長著假眼睛，可能是臉部拉皮、玻尿酸或之類的，一張沒有情緒、像蜥蜴似的面具。

但就算他的眼睛在流血，她大概也會上他的車吧。不管怎樣都比在斯圖加特廣場（Stuttgarter Platz）旁的近郊列車（S-Bahn）鐵路拱橋下度過零下七度的夜晚來得好。而且乍看之下，她似乎中了大獎：賓士S-Class車款、別墅前雙車庫、至少六百平方公尺寬的奢華地暖設備，還有一件比市區傳教院給她的冬季派克大衣來得更加溫暖的浴袍。但另一方面，他那喋喋不休的醉話很令人受不了，而且內容八成是他希望今天能從她身上得到的回報。

「那是抗生素和避孕藥剛被發明出來的年代，但那只維持了很短的時間，後來愛滋病就出現了。只有十五年，從六〇年代晚期到八〇年代初期。人類歷史中的眨眼一瞬。」

那隻企鵝笑了笑，打開擺在雙翼窗前的木箱。那扇窗面向後院，窗框為帶有弧度的白色鋼條，跟別墅一樓的所有窗戶一樣。

「那不矛盾嗎？創造生命的行為自始至終都跟死亡的風險相關呢。」他從箱子裡拿出一只帆布袋。「給你的。」

她努力地望向那只被企鵝像垃圾袋般丟在沙發上的袋子。

「來嘛，打開它。」他將她手上的白蘭地酒杯拿了過去。

她將袋子裡的衣服一件一件抽出來——一件淺灰色的裙子、樸素的少女內衣褲，以及一件白色的喇叭袖女性襯衫。

「穿上吧！」

他的雙手擺出邀請的姿勢，她順從地照做。企鵝稍早答應要給她三百歐元，其中一百歐元已經收到她靴子的鞋墊下了。

她任由浴袍滑落在地，先將內衣褲套上。

「轉一圈！」當她全都穿好時，他說。那些衣服有如手套一般服貼，看起來沒人用過，但聞起來像是剛洗好的。

「完美。」企鵝說。他把她推出客廳（他稱之為起居室），往連接至二樓的大理石弧形樓梯走去。她赤著腳一步一步地走。她正在往上爬，但卻有一股奇怪的感覺，好似正在朝下走入冰冷的地窖一般。

「來這裡！」

她隨著他走入浴室。那間浴室比之前在新克爾恩（Neukölln）高層住宅裡的公寓還大，就是她那酒鬼父親前後將她母親和她嚇走的地方。

「看看你多麼漂亮啊！」企鵝驚嘆道，一邊將他的干邑白蘭地酒杯放到惠爾浦洗衣機的邊上。她快速地瞥了一下掛在雙水槽上方的金框鏡子內，但又立刻將目光下移。這個場景裡沒有任何一處是自然的。一個至少五十五歲、穿著燕尾服的醉漢，旁邊站著一個因為恐懼與寒冷而顫抖的十四歲少女。

「太不可思議了。我可以幫你剪頭髮嗎？」

她聳了聳肩。這跟她原本想像中的要求比起來根本無傷大雅。

「頭髮要額外收費。」

「沒問題。」他說，而她也信了他的話。光是他腕上的錶就已經散發出銅臭味了，他就算每一根頭髮都付她一千元，大概根本也不會發現帳戶裡的變動吧。

「等等，說不定你只要把它夾起來就夠了。」他說，神情專注地靠近她。她閉上眼，感覺到那個怪人插上了幾支髮夾，接著後退幾步，拍手笑道：「現在，再上一些唇蜜和粉。你太蒼白了。」

她感覺到他在自己的唇上塗了些什麼，再在臉上刷了一下。味道很宜人，但感覺還是不對。

「真是美呆了。」她聽到他這麼說，但聲音隨即變得哀傷：「要是你能知道我在你身上看到什麼就好了。」

他的呼吸急促，用那撇起的嘴貪婪地狂吸空氣。她聞到干邑白蘭地的味道，但他的口氣中還有其他東西，聞起來苦苦的。

「來吧！」

他牽著她的手，帶她走出浴室進入走廊，經過兩間房間後，說：「你看起來跟她一模一樣。」

「誰？」她鼓起勇氣問道。

「甚至連聲音都很像。」

「您在說的是誰？」

他們停在一間房間前，房門半掩著。

「噓……」男人將食指放在她的唇上。「你問太多問題了。她滿安靜的。」

接著，他將她推入房內。紫色、白色，少女的馬卡龍色夢境。幾個櫥櫃、一張小沙發、床罩上擺了許多枕頭——一切都都是和諧的同色調搭配。就連放在小梳妝台前的蛋糕內餡也是紫色的。蛋糕上面已經點了少說十二、三根蠟燭。床上掛了　串同色調花圈，花圈上有一塊銀色金屬片，上面用粉紅色寫了「生日快樂」。她在金屬片中看到自己的倒影，但她認不出自己。

「恭喜你，親愛的。」男人在她身後說道。

她轉向他，問：「這是什麼？」

他向她點了點頭，眼中含著淚水。「十四歲生日快樂。」他說。

接著，他把身後的門關上，把鑰匙轉了兩圈後抽出鑰匙孔。

救命！

她的喉嚨鎖住了，如同企鵝在她頸上綁了隱形絞索似的。

他沉重地喘著氣，走得更近，並再度舔了舔嘴唇。

「求求你，可以讓我走嗎？」她問，聲音因為恐懼而顫抖著。

太遲了。

老男人瞇了瞇眼，有如盲人一般。

「一切從來沒有如此完美過，瑪拉。」他說。

「誰是瑪拉？」

當她看到刀刃閃爍時，她在心裡自問：刀子是怎麼這麼快跑到企鵝手中的？

「你知道紅色是唯一同時象徵生命、愛與死亡的顏色嗎？」

接著，他開始猛刺。一次、兩次。刀刃穿刺的聲音聽起來像是他正徒手擠壓剝好皮的柳橙。她感覺到體內似乎有東西正在粉碎，像是一只沉重的玻璃杯碎落在堅硬的地板上。相較於聽覺，她能感覺到的更多。她以前所未有的聲量尖叫。感覺好像他正拿著水槍噴她。她眨了眨眼，頭轉向一邊，本能地抹了抹眼睛，眼見的一切皆蒙上了一層紅紗。之後，她隨即感到不舒服。

因為她格格地喘息時，她可以嚐到從自己的額頭流下眉毛、再流入嘴裡的血。

「拜託不要……不！」她擠出聲音，但已經太遲了，企鵝已經割開頸動脈了。她唯一聽到的只有他的哮喘聲：「對不起，我忍不住，瑪拉。」接著，她再也聽不到任何聲音了，因為一切都結束了。

那個老男人──他先是捅了自己的雙眼，接著是脖子──早就已經死了。

01

四年後
下定決心的五年前

根據統計，多數人會在凌晨兩點至五點之間臣服於自然死亡。至於由謀殺造成的死亡平均時間，仍沒有人做過調查。

至少瑪拉・霖德伯格不知道後者的數據，但她的日記或許能給統計學家一些線索。例如，她的靈魂在四月二十三日早上八點半於達勒姆（Dahlem）父母家中客廳遭人殺害，但又過了四年，最終才在某個極熱的早春傍晚於柏林—萬湖（Berlin-Wannsee）的一間昔日婦產診所死亡。

精確地說是晚上七點五十一分。在短短幾分鐘內。

瑪拉踏出破破爛爛的小車，那是快遞服務公司配給她用的車。自從口試結束之後，她就在凱瑞公司（Carry & Co）打工。她那天應該要請假的，室外的熱氣有如開放式烤箱一般地烘烤著她。她擦掉額頭上的汗水，再度查看手機。

這裡？

根據谷歌地圖，她面前的這棟建築是對的，雖然感覺不像，就連往這裡開來的路都很奇怪。她駛過一間空無一人的門房與一座過燒磚拱門，拱門上寫著「蘆葦角診所」。但這裡看起來不可能會有任何醫院，柏油路上的裂縫長滿了雜草，更別提路邊年久失修的那幾間小棚屋了。但瑪拉卻沒有立刻掉頭，繼續跟著她的衛星導航走，因為路邊三不五時會出現翻新過的木屋，並掛著一些新創公司的牌子，顯然它們以為自己能在這片死寂的校園佔地上為自己的企業模型找到必要的、有創意的環境。

就這樣，她站在一棟六層樓高且窗戶破碎的龐大平屋頂建築面前。淺色的正面外牆上被人噴上違法的塗鴉符號。

瑪拉繞過車子，打開後車廂。

她通常負責運送日常雜貨或餐廳訂單，今天被派來當郵差還是頭一遭。這筆訂單是她正準備停車下班時，她的值班經理史帝夫直接從 WhatsApp 傳給她的。

> 完全忘了……今天的最後一單，去蘆薈角十八至二十四號，十四棟〇一二房。我已經把包裹放在後車廂了。務必在晚上七點四十九分準時交貨，不准提早、不准遲到。
>
> S. 上

這什麼奇怪的指令啊。

她以前從未接過這麼緊迫的時間範圍，連分鐘都如此精準。但如果真要說瑪拉有什麼優點，她辦事精確又準時，而她的雇主當然也很清楚。

她看了看手錶。

晚上七點三十四分。距離日落仍有整整兩個小時之久，她暗自想著：這棟長得像鞋盒的荒涼建築在天黑後會長怎樣？即使在日光下，它已經散發出一股詭異的氛圍，有如被一切希望拋棄的地方。

就跟我爸媽以前的家一樣。瑪拉這樣想著，雖然乍看之下，她在達勒姆的別墅跟這棟診所毫無共同之處。如果不知道的人望過濃密的長青灌木叢，瞥向霖德伯格別墅的柱式入口處，會看到耙梳整齊的碎石車道與法式窗戶內的溫暖燈光時，可能會想說在這樣的環境內長大的孩子多麼幸運啊。直到四年前的四月二十三日晚上，恰在瑪拉十四歲生日的幾個小時之前，一大隊瘋狂閃著警示燈的警車停在位於帕德比爾斯基巷（Podbielskiallee）中霖德伯格別墅的門前，鄰居和路人才知道別墅的外貌是騙人的。隔天早上，與唱詩班一起去弗蘭肯森林（Frankenwald）旅遊的瑪拉，準時趕回來參加原已計劃好的生日派對時，客廳仍滿是警察。

那位女警太年輕了，不適合接如此哀傷的案。她日後在諮商治療時如此寫道。她的心理師建議她寫信給自己，以幫助她處理過去發生的事。

女警官將門打開，帶瑪拉到她母親提亞身邊。提亞兩眼無神地坐在沙發上，直瞪著前方冷掉的火爐。

「雷文？」瑪拉驚慌地喊出她親愛的哥哥的名字。她會覺得是哥哥遭遇不測也是很自然的事，畢竟這已經是才十九歲的雷文進勒戒所第二次了。但女警官澄清道：「很抱歉，親愛的。是你父親已經不在了。」

隔天，一份小報頭條寫著**高級社區竊盜謀殺案**，即使這項罪行根本沒有列在刑法典內。那篇聳動的報導也有其他錯誤的地方，因為根本沒有人闖入霖德伯格別墅，也沒有發生謀殺事件。

屍檢報告明確指出埃德加・霖德伯格的死因是自殺。他們在保險櫃裡發現他的遺書，信中闡明了他自己最終刻意跳入的深淵，是令人無法想像的深度。

摯愛的瑪拉：

我非常愛你，我的孩子，到了一個不健康的地步。我渴望你的方式，絕不是一名父親應該對自己女兒該有的行為。我很清楚自己是個病態的人，懷著噁心、可憎的想法。為了不要傷害你，我傷害了其他人。我總是在尋找可以讓我想起你、跟你相似的少女，將她們打扮得像你會打扮的樣子。但我發誓什麼事也沒有發生過，雖然人渣的誓言大概也沒什麼價值。

我想說的是，正如我從未碰過你一樣，我從未碰過其他我在各處尋找的少女。網路、街上……從來沒有人跟你一樣美麗，甚至沒有人的臉蛋能夠稍微跟你的相互匹敵。我的思想變得愈來愈病態、愈來愈致命。或許你已經注意到了。起初，你在睡覺時，我會坐在你的床邊。後來等你長大一點，我會躺在你的床底聽著你的呼吸聲；當你的手臂懸掛在床邊，而手落在我的頭的正右方時，我會觸碰你的手指。

我是你的影子，從學校操場圍籬樹叢後方觀察你。當你上完鋼琴課回家的時候，我就站在地鐵站的對面月台。

有時候你會轉過來、加快腳步，我想向你大喊，告訴你沒有危險，告訴你我是你的守護天使，而不是迫害者。

但後來你跟媽媽說了你的影子的事，你感覺到跟隨在你背後的暗影。她打發你說是假想朋友，說很多小孩都會有。但我們倆都知道，讓你起雞皮疙瘩的東西並不是你的想像，而且堤亞後來也知道了。她發現我用來偽裝自己的化妝品、假鬍子和假眉毛，這樣我在行人區在你身旁閒晃時，才不會馬上被你認出來。媽媽從未提起這件事，但她搬出了我們原本共用的房間，並與我保持距離。一方面，這讓我能夠有更多時間觀察你，但另一方面，我對自己感到的羞恥以無法衡量的規模不斷地成長。

我美好的寶貝，現在你還小。有一天，當時機到來的時候，媽媽會讓你閱讀這一封信。等到那個時候，我希望你們已經能從我的存在解脫好一陣子了，至少我還算正派地只對自己下手，不是對其他人。或許有一天你將能理解我。不是理解我為什麼渴望你——那件事無須理解、無須原諒。而是理解我為什麼會在我最脆弱的時候自殺，以作為對自己的處罰。

這封信以最沉痛之愛的宣言收尾。

信末附加了一條備註。

而備註的內容可說是埃德加整封遺書當中最糟糕的一部分。

2

瑪拉把一隻想要停在她臉上的蚊子揮走。她發現自己一定已經瞪著空蕩蕩的後車廂好一陣子了——又再次因為白日夢而停擺呆滯了。事發至今已經過了四年了，在這些日子裡，她沒有一天不想到她父親的。

也沒有一天沒有感覺到他。他的陰影、他的呼吸……

備註：我走了，但我會永遠留在你身邊。

你說得多麼對啊，埃德加。

她在自己的思緒裡甚至也只直呼他的名字，希望藉此和他保持距離，但徒勞無功。他自己也寫了——他會永遠留在她身邊。

不過，關於遺書的事，他倒是算錯了。

瑪拉的母親並沒有把信收起來保護自己的女兒。當鑑識小組將證物釋回時，堤亞毫無片刻遲疑，直接把信交給瑪拉。在那之前，她甚至就已經把許多剪報擺在廚房桌上，它們的標題皆大同小異：

> 她們應該長得像他的小女兒！
>
> 驚人的埃德加．L自殺案全新發現：變態精品仲介商將少女流鶯打扮成親生女兒的模樣並羞愧自殺。

「而那全都是你的錯，瑪拉！」

這句話她的母親從未說出口，但瑪拉卻著實感覺到這些字句好似早已被大聲說出來一般。她在堤亞充滿責備的神情中看見它們，也在堤亞毫無尊重之意的處罰中體會到它們。在堤亞告訴她，她再也不能住在家裡，必須搬去祖母瑪格特家的那一天，這些無聲的字句帶給她痛楚般的感受。

女兒喚醒了父親內心違反自然、無法滿足的欲望——每一天，只要堤亞．霖德伯格看見瑪拉的臉，就會想起這件事。

至少那是賈馬爾．巴亞茲博士的理論。在瑪拉被母親送去與祖母同住後不久，瑪拉就開始接受這位兒童心理諮商師的創傷治療。巴亞茲博士提議進行書寫治療，而瑪拉也向她傾訴了自己疑神疑鬼的傾向。

「有時候我會覺得埃德加仍在我身邊，並且不斷地觀察我。我看不到他，但我感覺得到他的影子，像是當我買完東西騎腳踏車回家時，或是搭地鐵去上鋼琴課時……晚上我仍會害怕把手掛在床邊，因為我怕他會把我往下拉到他身邊。」

她的心理諮商師跟她分享了一些擺脫幻覺的方法，但卻沒有任何幫助。而且更不幸的是，瑪拉愚蠢到把這段內容唸給她最好的朋友聽。蔻拉．艾興格爾馬上違背瑪拉的信任，將這個祕密洩漏給班上的其他人知道。難怪「瘋瑪拉」這個綽號會迅速在全校瘋傳。

全都是你引起的，埃德加。

瑪拉的同學並沒有公然霸凌她，但他們會避免與她接觸，好像發生在她身上的事源自於某種倒霉的病毒，而且她具備高度傳染力。她在十年級所受到的孤立與排擠讓她變得憂鬱。誰知道呢？說不定就算沒有**他**，瑪拉搞不好在某個時刻也可能會做出跟她父親一樣的事。

是基利安。

正如其他所有學校，高石高級中學的學生大多數並不特別醒目，只有少數幾隻彩色的天堂鳥，如同校園裡的流行巨星，從那一大團灰濛濛的群眾中脫穎而出。基利安正是其中一位巨星。不同於瑪拉，基利安是刻意避開大家。每個人都想邀請他參加他們的派對，但他幾乎不會接受邀請；相反地，她希望參加派對，但卻沒收過任何邀請。就連她哥哥雷文都覺得他很酷，而且他通常不跟同年齡的人混，除非他們賣藥給他或付錢請他去當DJ。事實上，當初正是雷文跟瑪拉說基利安是「**你們年級裡唯一明理的人**」的，因為他在新克爾恩的一間黑膠唱片行碰到對方。雖然兩位少年的音樂品味相同，但真正讓瑪拉與基利安變得更熟的契機是一場辯論。那發生在哲學課的小組討論中，每個組員都必須想出一個自己的人生座右銘。基利安認為這項作業的合理性有所懷疑，嘲弄道：「**人生太短了，不該浪費在這種行事曆名言上吧。**」

瑪拉出聲反對他，並向他解釋至理名言並不會只因為被「扶手椅」哲學家引用就失去它們的重要性。兩人的辯論佔據了整堂討論課程，甚至一直延續至隔天才結束。整件事更引起了轟動。基利安不只承認瑪拉成功說服了他，而且瑪拉的人生座右銘顯然讓他非常印象深刻——他將那一段話刺在他的前臂上！

人人皆有兩條命。
在你意識到自己只有一條命的那一刻起，
第二條命才正式展開。

如此顯眼公開、表達賞識的字句開啟了兩人之間的柏拉圖式友誼（**或是超乎於此呢？**）——自發型的獨行俠與非自願的排擠對象開始互相交換課業上與私人的資訊、分享課堂筆記與煩惱，到最後甚至比新婚夫婦更加瞭解彼此。他們對彼此的信任深厚到願意給對方閱讀自己日記的程度。

一群鳥在她正上方的高空中振翅，朝萬湖的方向飛去，將瑪拉從思緒中拉回現實。

她望向手錶——晚上七點三十七分。距離既定時間還有一些時間。

她將鞋盒大小的包裹拿出後車廂。包裹上的手寫便條就跟送貨指示一樣奇怪。

> 致　漢森女士本人：請於送貨人員面前當場拆開包裹並簽收，但請勿於晚上七點四十九分之前打開。
>
> 提早一秒都不行。

3

漢森？

據瑪拉所知，她並不認識任何姓漢森的人。儘管如此，這個姓氏加上奇怪的交貨指示，莫名地在瑪拉的潛意識中激起某些迴響，但卻不是協調的共鳴，而是某種走調的聲響，令瑪拉感到稍微不安。

「拜託，瑪拉，振作！」她訓斥自己。

那個包裹上有一個手把，相當實用，因為包裹本身大概相當於一塊磚頭的重量。瑪拉將它提在手中，穿越員工專用停車場走向那棟建築。她只穿了一件輕質亞麻襯衫、短褲與涼鞋，但她在走了短短幾公尺後就已經開始流汗了。停車場外緣的其中一邊種了一排樹，它們的枝葉毫無動靜——無風的狀態加強了熱島效應。

現在在巴塞隆納一定更熱，她試圖說服自己接受這種天氣。她知道自己一定會喜歡那裡的。基利安寄了一封電子郵件問她想不想參加校外旅行，這讓她很開心。

「拜託不要留我自己一個人面對那群沒教養的醉鬼。瑪拉，我們兩個一樣——他們在用吸管喝桑格利亞水果酒的時候，我們都會想要計算伯努利分佈的流速。如果沒有你的幫忙，我該怎麼算呢？」

瑪拉大笑，跟他說她會考慮考慮，但其實她早就已經下定決心了。那正是她接下所有送貨工作的唯一原因啊！這樣她才能負擔這趟長達一週的旅行花費。她母親只幫她付生活基本必需開銷、雷文又消失了，而祖母已經搬去安養院住一個月了，每一分毫的積蓄皆不得浪費。於是，瑪拉還缺很多資金，才有辦法買機票、訂住宿、去夜店和餐廳，還有買紀念品。

但距離出發之前，我還有十五天。

瑪拉手裡拿著包裹，經過一塊看板，上面列了建築中的所有公司行號。其中有些名稱模糊得難以辨認，標誌泛黃、字母脫落。

她在看板上沒有找到任何「漢森」。

隨著暮光使無雲的天空變得昏暗，她踏上花崗岩入口樓梯的第一階。

瑪拉看著自己的前臂，好似那不是她身體的一部分一般——上面滿是雞皮疙瘩。

這裡是怎樣？

她回頭，注意到一輛黑色商旅車停在停車場的邊緣，旁邊有一棵橡樹。

瑪拉望向那輛車——看起來像靈車。

接著，瑪拉注意到車內有一抹黑影。

在後座。

只有一瞬間。

然後就消失了。

她愣住了。她逼自己冷靜下來。

在這樣一個美好的夏日傍晚七點三十九分，是能發生什麼事呢？

好吧，那抹黑影可能會扯開商旅車的門跳到她身上。但假如那是埃德加想做的事，他應該會有非常多更好的機會，例如在她臥室的黑暗中。但那當然只是個愚蠢的想法。

他已經沒有活著了。他死了。埃德加傷不了我。

瑪拉將整個身體轉向。她想利用這個機會確認周遭沒有任何讓她陷入危險的東西。她的雙手冒汗，但她的喉嚨卻感到很乾。她吞了吞口水，讓她的耳朵整個打開、使周遭噪音變得更大聲了——鄰近市區高速公路源源不絕的轟隆聲、由遠處一棟辦公大樓傳來的笑聲、蟋蟀的唧唧聲。還有刮聲——來自那輛車、來自後座，如同長指甲在刮著皮製沙發的聲音。她的心臟蹦蹦地跳，她將手遮在眼睛上方，試圖透過反射著陽光的側窗往車內瞥一眼。然後，她看到……

沒有埃德加。當然沒有啦。也沒有危險，反倒有一個無助的生物——但比起生，看起來更接近死。

4

「該死，你在裡面多久了？」瑪拉透過窗戶對裡面的小狗說，牠看起來奄奄一息地躺在後座。那一團灰黑的毛球（她猜是雪納瑞幼犬）剛才的力氣還能夠站起來，也是在窗後現出一抹黑影，但現在似乎也失去控制舌頭的力氣了。牠的舌頭無力地垂在嘴外，有如死掉的氣球。也難怪了，畢竟天氣如此燠熱。室外肯定有個三十五度，那在黑色車內想必更是熱到無法忍受吧？完全沒有任何一扇窗是開著的，如果跟車內溫度相比，三溫暖感覺起來八成像是冷池子了吧。

「嘿……」瑪拉敲了敲車窗，但那隻可憐的小動物一動也不動。

是誰做這種事的啊？在一年之中最熱的天氣裡這樣？

她將包裹提起來，自顧自地點了點頭，毫不猶豫地將包裹扛起來砸向車窗。

破碎的安全玻璃落至後座地上。

瑪拉拉起車門鎖，接著打開車門。

「嘿，小傢伙，沒事了，一切都會沒事的。」她以令人安心的口吻說道。

那隻小動物一動也不動，也難怪了。

瑪拉傾身向前，感覺像是把頭探入烤箱似的。當她伸手撫摸那小巧的頭顱，可憐的小狗試圖想舔她的手。

很好，還沒有太遲。瑪拉暗自希望。

她溫柔地將牠抱了起來。那一團虛弱的小東西，心臟瘋狂地怦怦跳。「撐住喔！」她輕聲地對牠說。

她在前座中間的飲料架上發現一瓶開過的氣泡水。

首先，這隻小動物必須移到陰影下。她將小狗抱到橡樹下，小心翼翼地將牠安置到乾涸的地上。接著，她到商旅車上拿那一瓶水來打開，先是沾溼自己的手指，再換小狗的舌頭。牠睜開眼睛，朝她投了一個疲憊但感激的眼神。瑪拉感覺到自己的心臟開始因為喜悅而瘋狂怦跳。

「很好，小傢伙，非常好。請喝水。」她將瓶子伸到這隻混種雪納瑞的面前。牠舔了舔瓶口，然後她直接倒了一些水到牠的嘴裡。

「很棒，沒錯。」

小狗的精神緩慢但穩定地復甦了。這隻小動物努力試著撐起牠的前肢，但下一刻又隨即跌垮在地。

瑪拉望向四周。附近沒有半個人影。她跪在小狗面前搔了搔牠的下巴——牠顯然很享受。接著，為了不要讓項圈一直摩擦，她將牠的項圈稍微鬆開，並在項圈內側發現一個祕密小袋。

她希望能知道小狗的名字，並進一步找出主人的聯絡資訊，便將魔鬼氈撕了開來。

喔，你看。

隱藏袋裡有一張小紙條。她撥了紙條上寫的電話號碼——她有一種怪異的熟悉感。

電話響了。瑪拉由於驚嚇而被自己的口水嗆到，因為她不只在自己的電話裡聽到響鈴，在距離她幾步之外的地方也同時傳出鈴聲。唯一的解釋是，她所撥打的那支手機就在她的正後方。

在黑色的商旅車內。

她走回車子，而且緩慢地再度打開副駕駛座的車門，好似覺得自己會引起車內某個人的注意，然後對方會像患有狂犬病的動物一樣跳向她。接著，她又坐上後座，並在副駕駛座的地上找到手機。

它像響尾蛇般似地震動，螢幕閃閃發亮，並顯示出一些讓瑪拉懷疑自身神智狀態的東西。

那是什麼？

她對螢幕多盯一秒，就愈是發冷，即使車內的溫度依然過熱。她想要逃走，但她無法將眼神從螢幕上的年輕女士照片移開——她的鼻子稍微過大、稍微鷹勾，而充滿笑意的眼睛在整張友善的臉龐上尤其醒目。照片上方寫了這一段話：

瑪拉．霖德伯格，工作號碼來電！

噢，天啊。

她想要尖叫。

不管她正試著聯絡的虐待動物者是誰，他竟然把她的工作手機號碼存為聯絡人。

5

當瑪拉走進老舊的診所建築內，迎面而來的是宜人的涼爽。但那是整個環境中唯一稱得上宜人的東西了。

「嘿，這是怎樣？這是什麼提前舉辦的畢業整人活動嗎？」她對著空蕩蕩又顯然沒有窗戶的走廊大喊。沒有任何陽光穿透入內。瑪拉觸發了大門入口的移動偵測器，連帶啟動了走廊天花板的幾盞燈。現在，她將炙烤先生抱在懷裡（她幫那隻差一點被烤熟的可憐小狗取的名字），走過一扇又一扇緊鎖著的門，景象讓她聯想到監獄的廊道。

好怪。

如果說瑪拉能從童年所有的恐怖經歷中汲取一些比較正向的東西的話，那大概是埃德加·霖德伯格的病態行為讓她習得出色的理解力與觀察力。瑪拉自己小時候並不知道，是後來進行諮商時，才開始意識到一些早期跡象其實在她很小的時候就可以揭示父親的異樣行為。例如，他盯著她看得太久，或是他把手放在她肩上稍微久了一點。雷文後來也向她坦承自己也有看過這些情景，而且也有向母親提起過。當時堤亞抓狂，並指控雷文思想猥褻且病態。那正是正值十七歲的雷文終於與父母決裂的一刻。他當天晚上以兩瓶龍舌蘭封印這件事，並開始出於自憐而酗酒。後來，他從家裡搬出去之後，他用喝醉的方式來壓抑自己將妹妹獨自遺棄於父母家中的罪惡感。

由於瑪拉不願意接受那個嚇人的、不散陰魂的正是她最親密的家人，她用盡全力為自己的感受尋找其他理由。

甚至直到如今，她仍會直覺地在每一個不熟悉的空間內尋找可能的危險來源。她會問自己：空間裡有誰？有沒有任何可能躲人的角落或縫隙？有什麼逃生路線？她對於周遭環境的觀察非常敏銳。就連此刻，在這個緊張的情境中，她都已經注意到別人可能不會注意到的東西了。

這棟醫療建築正如預期地破舊且失修，但整個場景更像是有某個道具師刻意讓它看起來閒置多年，即使這裡每天都有人在進出。

在敞開的大門入口處的對講機被拆除了，但「蘆葦角產科診所」的標誌被擦得晶亮，走廊上部分破損的亞麻油地氈地板聞起來像清潔產品的味道。地上還有一些紙，但就連那些紙看起來都像是被刻意垂掛在那裡似的。走廊上幾乎每一扇門前都有部分破損的垃圾袋，它們也一樣，彼此之間的距離可疑地平均。

瑪拉在其中一個垃圾袋中發現了一個碗。她將碗撿了起來。

「漢森女士？」她喊道，雖然她早就覺得一定有人在對她惡作劇——大概是她同學。當場唯一有反應的是炙烤先生。牠嘗試想舔她的下巴。

她用腳推開一扇標有「患者廁所」的門。管線運作正常，清涼的水從水龍頭流入碗中。炙烤先生貪婪地將頭探入碗內。

「待在這些磁磚上挺不錯的，你可以在這裡等一下嗎？我馬上就會回來的，小傢伙！」通常瑪拉相當膽小，絕不會獨自一人闖入這棟廢棄建築。她肯定會掉頭，然後叫老闆派別人來運送包裹。炙烤先生的遭遇讓她暫時變得怒火中燒、氣憤不已，但現在最初的怒氣已經過了，她決定不要再久待了。

此時，她注意到自己站在哪一個房間前面。

十二號。

號碼牌的正下方寫著「分娩室」。門的寬度足夠將一張病床推入。

而且門敞開著。

瑪拉看了看四周，思考了一會兒，不確定地望向一邊手中的包裹與另一邊握著的手機。接著，她被好奇心征服了。

她放下手機敲了敲門，雖然她很確定這個舉動毫無必要，也毫無用處。

這裡沒有人啊。

正如預期地，她沒有聽到任何回應。

「哈囉？」

她走入房間。與此同時，她身後的走廊燈跟著熄滅。

6

她的眼睛需要一些時間適應眼前詭異的場景。如果說瑪拉在這棟廢棄建築的大門口就已經覺得這裡很有問題了，那她現在算是非常肯定了。這幅場景看起來好像某個病態的鬼魂為一對新婚夫婦裝飾新房似的。窗戶被不透光的黑色毛氈窗簾弄得一片漆黑，地上至少有二十幾個小蠟燭在燃燒。而從這間原為產房的房間門口開始，地上有一條由玫瑰花瓣標示出來的路徑，通往一個看起來混雜了醫院病床、手術床與牙醫座椅的東西。

瑪拉直到此時才聽見微弱的古典音樂聲。她不禁想起祖母瑪格特，她也喜歡巴哈的《詠嘆調》，但絕對不是在如此恐怖的環境裡。

配上這令人不安的景象。

因為在那一張原本應為年輕母親生產的分娩床上，現在躺著……**它**。

瑪拉起初不願相信它是一個人，而不是一個頭裹在乳白色塑膠薄膜內的人偶。它突然發出的噪音有可能是任何東西——受虐的動物，或是垂死的人。

但她的眼睛開始適應閃爍的燭光了。她看見覆蓋西裝長褲的雙腿——她父親以前會穿的那種。她看見皮鞋——很像他以前會穿去上班的鞋子。

埃德加？

不是，那個人個子沒有這麼小。

而且埃德加已經死了，不是嗎？

瑪拉沒有感覺到任何恐懼，而是震驚。她在顫抖。她渴望太陽與日光將那攫住她體內的那股寒意驅散。

她望向四周，在牆上找到一個開關。她按下開關，昏暗的省電燈光讓詭譎的氛圍顯得更加強烈。她向**它**傾身，看見眼睛和嘴唇水腫著。雖然裹著它的厚膜幾乎無法透視，但它勢必為人類。她現在非常確定包在防水油布內的是一個人，而且快要窒息了，緊急程度正如幾分鐘前炙烤先生快要中暑一樣。

任何被包裹成這樣的人根本不可能吸到足夠的空氣。即使眼前這位陌生人努力試著換氣……

老天爺啊，他快死了……

這名受害者的胸腔因為過度換氣而激烈地上下起伏。她試著拆掉他頭上的防水布，發現套住他的頭，讓他每一次換氣都不禁抽蓄的其實是一個布袋。防水布袋在頸部位置緊封著，緊到瑪拉無法徒手將布袋拔掉。

瑪拉轉身，踢翻了一些蠟燭。她發現牆邊有一座儀器櫃及兩座梳妝台。她翻開所有東西，櫃子的每一個門、每一個抽屜，但都是空的，就像假的一樣。沒有手術刀，也沒有任何可以用來割開油布的刀子。

她考慮拿蠟燭來燒受害者嘴巴上的油布，但那麼做的話，如果沒有導致可怕的燒傷，大概也會造成致命的中毒局面。

沒有東西，這裡什麼東西都沒有，她想，**除了……**

那個包裹！

當然啦。

策劃這一切的瘋子勢必是出於某種原因才把她誘導至此。瑪拉剛才震驚地將包裹丟在門邊。當她想要趕回門邊拿包裹時，她因踩到玫瑰花瓣而滑倒。

她停頓了一下。

現在幾點了？

晚上七點四十七分。

包裹不能在晚上七點四十七分以前拆開，而且只能由漢森女士拆開。

但如果有什麼壞事發生，她可以不要遵從指令嗎？

「隨便啦！」她對自己尖叫。

還有什麼能比現在這件事更糟呢？

她快速扯開紙箱，發現裡面只有一顆沒用的石頭時絕望地尖叫。除此之外，箱內空無一物，除了……

一封信？

那封信非常長，在昏暗的燈光下難以閱讀，而且反正也沒用。瑪拉暗自希望自己漏了什麼，將包裹倒過來狂搖，此時有個東西哐啷掉到地上。比起剛才那一封手寫信，這還比較可能拯救人命。

瑪拉彎下腰，抓起那一串鋸齒狀鑰匙。

我該拿它們做什麼？

四周沒有門也沒有櫥櫃，也沒有上鎖的桌子。唯獨牆上有一個小盒子。

那是一個衝擊裝置，或是所謂的去顫器。

那個藍色裝置的尺寸相當於小朋友在玩的卡式錄音機，有手把與螢幕。她慌張地拍打機器，發現它其實仍能運作。

「請遵循螢幕上的指示。」等字樣亮起。去顫器垂掛著兩個手掌大小的電擊板，也就是將電流導入胸腔的零件。瑪拉無助地盯著它們看。

我現在應該做什麼？

那個男人（她認為那位受害者是男性）**還沒死，我不需要讓他復甦、我必須幫他鬆綁、我必須……**

她想到一個點子了。

她將盒子從牆上拆下來，並將去顫器摔至地上。一次、兩次……摔了第三次之後，亞麻油地氈地板上便散滿碎片。其中，正如她所希望的，有一塊金屬碎片如同炸彈碎片般地尖銳。

瑪拉彎腰將它拾起，接著感到一陣劇痛——她割傷食指了，鮮血開始湧出。

太好了，代表它有作用。

不過，她現在顫抖地過於嚴重，沒辦法在不切到他的肉的情況下將那個男人從防水布袋中釋放。

或是更糟。

但瑪拉別無選擇。她將臨時製作的刀子插入靠近受害者嘴部的防水布，感覺像是在切割緊繃的肌膚。

她不知道自己有沒有不小心碰到那個男人的嘴唇或甚至是舌頭，因為覆蓋於對方臉上的防水布滴滿了從她手指流出的血。

她將兩根手指塞入割縫，試圖將防水布上的裂口扯開。一直到她重複試了幾次之後，這項費力的工作才總算迎來成功。瑪拉抹掉額上的汗水，聞到自己散發出來又甜又酸的體味，那是由不同種汗水所混雜而成的味道——勞動、疲憊、恐懼。她沾滿鮮血的手為自己的視線蒙上了一層紗似的，使她再也看不清楚了，尤其是受害者的臉。相反地，她聽見一陣被悶住的咳嗽聲。不是嘶啞或嗆到的聲音，更像是富有旋律的口哨聲。

好像惡魔的輕哨聲，瑪拉想。她被恐懼逼到發瘋了，覺得自己以前從未聽過如此駭人的聲音，但這份恐懼很快就被第二個聲音壓過。那是一個單詞，一個呻吟的問句：

「為什麼？」

不同於剛才的口哨聲，這個聲音聽起來很熟悉，但她認不出是誰的聲音。奇怪的是，受害者聽起來對於自己在最後關頭逃過死劫一點都不感激。

他似乎變得更加困惑、絕望，而且慌張。

而且，防水布底下的那個人現在不但可以再次呼吸到足夠的空氣，他也獲得鬆綁了——雖然關於後者，瑪拉無法解釋。

他是怎麼辦到的？我還沒鬆開他的手啊，不是嗎……

還是他的雙手根本沒有被綁住？**我剛才沒有檢查，我直接假設……**

她沒有想完。

那具人形突然跳起、猛烈扭動，並用手抓起那一塊銳利金屬，撞穿她的下顎、刺入她的口腔。

瑪拉踉蹌地後退，等待疼痛感的來襲——稍微延遲了一下，但比預期中的更加猛烈。

她將金屬扯出下巴，結果發現那是錯誤的決定，因為她現在開始吐血，出血量多到讓她滑倒在自己的血池中。走去房門邊或許能得救，但她覺得自己再也沒辦法到達了……正當她準備向門把伸手來開門時，她感覺到一隻手抓住自己的腳踝。那個裹著防水布的人肯定是滾下床爬向她了。此時，他抓著她的腿將她往後拉。瑪拉胡亂地揮舞著雙手，接著失去平衡，並朝門的方向撲倒在地。瑪拉與門之間的距離忽然變得好近，近到她的頭以全力猛地撞上突出的門把。

她的鼻骨頓時粉碎。它發出喀嚓的聲響，就像有人用靴子後跟將堅果敲碎那般。

痛楚加劇，血也流得愈來愈多。

不過，令人不可置信的是，雖然那份痛感已經超乎一般人在有意識的情況下可以忍耐的極限，但瑪拉卻沒有因此喪失任何其他感官。除了她身上所有傷口的拉扯、抽痛與咆哮之外，現在出現了另一種更加幽微的感知，悄悄地潛入她意識中最偏遠的房間。

她在跌倒的瞬間，從眼角餘光瞄到某個東西。

一支三腳架。位於房間角落。

我被錄下來了。這是她的最後一個思緒。

我的死被錄下來了！

7

三年後
下定決心的兩年前

她家中只有兩個人知道她的錢是從哪裡賺來的，她沒有跟其他任何人說。對外而言，她當時正在寫學士畢業論文，領域是行為生物學，主題為「人類於極端情境中的先天具備及後天習得之侵略策略」。這個冗長的標題已經足以讓不甚重要的泛泛之交（如果有的話）不會再進一步詢問她的職業了。

如果她去參加派對的話，她寧可吞掉插在雞尾酒上的裝飾小傘，也不想跟其他客人聊自己的工作日常。沒有人會想知道的。沒有人會想相信世界上竟然會有這麼糟糕的事存在。

不幸的是，像她這種人常常會受雇於這般可怕的工作——只需要一個沒窗戶、有冷氣的房間，以及記事本和鉛筆，當然還有配有多螢幕的電腦。她坐在電腦前戴著降噪耳機，雖然她同事——通常是男的——大多拒戴耳機。他們再也受不了那些尖叫與哭喊了，還有更令人難耐的哀求。

「拜託不要，爸爸。拜託住手，你弄痛我了。」

身為柏林刑事偵查科的網路資料分析師，她必須瀏覽成十上萬的施暴及虐待影片。其中有一個分類更是超乎一切想像所及的極限，那就是受害者甚至無法向施暴者求饒，因為他們仍在襁褓中。

幸好，她正在看的影片中已經看不見人影了。令人髮指的行為已經結束了，事發的浴室再度空無一人。相較於桌上的另外兩個螢幕，這段影片的視角呈現出靜止影像。

白色角落浴缸，型號為西朗，於二〇一七年初停產，她在記事本上寫道。經過漫長的搜尋之後，她終於在eBay網站上找到這一款與當地計程車同色、形狀圓胖的浴缸。她在今天下班前會將它輸入至網路犯罪資料庫。其他案件的偵查員也曾經在犯罪現場看見這項重要證物。

她覺得自己身後的門被打開了，於是摘下耳機。

她的科長克莉絲汀．弗格桑坐在輪椅上，從走廊朝她點了點頭。克莉絲汀一如往常地綁著一個整齊的髮髻，並穿著一襲跟她雙眼同為鼠灰色的直筒裙套裝。藏在金框眼鏡後的那雙眼睛顯得機靈。此外，她也一如往常地散發著粉味淡香水的宜人香氣，即使一整天下來，味道已經變得相當微薄。

克莉絲汀臉帶微笑，用她一貫的菸嗓說道：「我可以跟你很快地說一下話嗎，瑪拉？」

8

瑪拉點了點頭，將螢幕切暗後起身。正當她準備離開時，她充滿愛意地向炙烤先生瞥了一眼。牠睏倦地打了個哈欠，繼續躺在暖爐前舒適的寵物床墊上。

「馬上就回來喔。」她在離開之前彎下腰，拍了拍牠的頭。

若不是因為有炙烤先生，她三年前大概早就瘋掉了。這隻狗是唯一的證據，證明那些在婦產診所發生的事不是她自己想像出來的。她不知道自己究竟是怎麼逃離分娩室裡的那個瘋子，也不知道自己是如何先跌到，再成功爬起身來跑到建築物外。

她所記得的最後一件事是跑到外面的車道——頸後仍能感覺到裹著防水布男人的氣息——然後將一輛車擋下。

不幸的是，那名駕駛正忙著用手機。二十七歲的鼓手山米．卡拉，當時正在前往練習室的路上，毫無減速地撞上瑪拉。她的頭撞到柏油路面，光是顱底的斷裂就讓她幾乎丟了命。

警員後來有去搜索那一棟建築，但那也已經時隔四天後了。那是瑪拉在進行第二次手術之後第一次有辦法開口說話。她將自己所記得的事都告訴了警察。其中，大部分的事件感覺起來都好像不是發生在她自己身上似的，而是別人遇到的事。她的記憶感覺像是在看一部關於自身過往的電影一般，像是那些由演員取代真人所搬演的現代真實犯罪事件紀錄片。但隨著時間流逝，她的精神狀態再也無法躲在「第三方不相關觀察者」的角色中避難了。更確切來說，隨著她的身體逐漸康復，她的神智也愈發清晰。她意識到自己確確實實地親身經歷了這一切——婦產診所、裹著防水布的人、卡在下顎內的金屬碎片、抓住她腳踝的手、撞上門把而粉碎的鼻子。

那一場意外。

然而，偵查員在現場不但沒有找到商旅車或接生床，在分娩室中也沒有找到任何謀殺的證據。沒有血跡、沒有掙扎的跡象，她的手機也消失得無影無蹤。而大樓管家跟警察說，那棟建築出租給影視製作公司拍攝醫院影集或恐怖片，不過當時並沒有任何拍攝工作。

瑪拉試圖說服警員，收拾醫院拍攝場景相當容易，而且她待在加護病房裡的時間之久，勢必足以讓凶手湮滅所有痕跡。但由於他們找不到行凶證據，警察決定不再進一步執行更全面的調查，尤其更是因為送貨公司經理史帝夫否認自己曾在瑪拉的後車廂放置任何包裹，也不曾指派她前往萬湖。而事實上，在他手機的WhatsApp寄件匣內，根本找不到類似內容的訊息。

只有瑪拉的哥哥對她的陳述毫無一絲懷疑。他甚至瞞過護理師，將警員於診所大樓內尋獲的炙烤先生偷渡至她的病床邊。

瑪拉的朋友當中，只有基利安前來探望。在她最後一次手術完之後不久，護理長通知她基利安來訪時，她其實想讓她將對方請走，但他已經站在門口了，尷尬地捧著一束花。他穿著長袖T恤，所以她看不見他的刺青。她所看到的，反而是基利安眼神中的驚嚇。她遇難後的大幅改變令他感到迷惑。他的眼神中是否甚至帶有一絲嫌惡呢？如果有的話，她也能夠理解，畢竟連她自己都幾乎不忍直視鏡子中那充滿傷疤的腫脹臉龐了。不論這個男生——在學校中對她而言唯一有意義的男生——在意外發生前對她有什麼感覺，都已經被那個防水布人剝奪殆盡了。基利安第二次來訪時，瑪拉刻意將自己被拒於門外。她確保基利安無法得到自己的新號碼；當她從診所轉移至復健中心時，她將他寫的兩封信留在床頭櫃裡，完全不曾拆開。

他有一次一定是趁她睡覺時偷偷來的，因為她之前借給他的日記突然出現在她的床頭櫃上。

從那之後，她再也不曾聽到他的消息。唯獨在她的夢境中，他微笑著接受她的道歉，並告訴她這有多麼愚蠢，她根本不用因為不該有的羞愧與自憐而切斷和他的聯繫。

「你在我們科內多久了呢？」她們兩人面對著面坐在會議室中，克莉絲汀問道。

那間會議室四周全是玻璃，如同身處在水族館內似的。不過，開放式辦公室內那些愛窺探的眼光仍被屏蔽於外，因為科長已經先將電動窗簾降下來了。瑪拉好奇著為什麼克莉絲汀沒有邀她進去科長辦公室。比起這張有如怪獸般的會議桌，科長辦公室會議角落的沙發感覺隨性許多。克莉絲汀通常都盡可能保持較為隨性的環境，甚至會使用不正式的稱呼方式，反而是瑪拉在過去這幾年來都堅持使用正式稱謂。

「您在三年前招我進來的。」瑪拉回答道。**事發後短短兩個月內**，她忍不住默默計算。基本上，瑪拉的時間軸始於她重生的那一天，也就是她碰上車禍後、身負重傷抵達醫院的那一天。

相較於克莉絲汀・弗格桑，她的遭遇已經是不幸中的大幸了。她的科長在遭遇肇事逃逸意外之後必須裝上兩條腿部義肢，那常使她疼痛不已，所以她寧可像今天這樣坐輪椅。

「你想待多久呢？」克莉絲汀問。

很合理的問題。她的刑事偵查科職涯完全是意料之外的發展。瑪拉沒有公務員身分，甚至連警察也不是。當初，克莉絲汀用手邊可得的資源，臨時為瑪拉生出一個特別職位，因為她知道瑪拉的創傷背景大概很難讓她通過刑事偵查科的心理素質測驗。儘管如此，她並不想放棄她的特殊專長，於是幫她在社會控制媒體弄了一個薪水不錯的工作。社會控制媒體是一間私人公司，專門以合法的色情影片交換方式掃蕩非法素材。

儘管Facebook、Instagram、TikTok等平台能夠藉由人工智慧辨識乳頭和生殖器官，以此為目的的高效能計算編程卻無法區別強暴場景究竟是演的或真的。即使兩者都相當悖理，只有其中一類案件必須由檢察官受理。在私人用戶每天上傳至色情平台的上百萬部變態影片當中，犯罪素材實在過於氾濫，以致於社會控制媒體及刑事偵查科之間幾乎算是有一條窗口直對的專線。而現在，瑪拉甚至有自己專屬的駐外辦公室，但她沒有權限翻看仍在辦理中的訴訟檔案，當然也沒有官方職權。她的工作內容僅限於分析世界上最令人作嘔的影片與照片，找出任何怪異的特徵，像是施暴者T恤上的標誌——他們通常不會露臉且影像模糊——也可能是遺留在床頭櫃上、菸灰缸裡的香菸屁股的品牌，或是之前曾在其他影片出現過的壁紙撕痕等。總之，瑪拉負責找出所有潛在線索，可能可以幫助檢察官在網路世界中最偏遠的陰溝內，搜索出最可惡的人渣。

「我未來還沒有其他計畫。」瑪拉如此回應她的長官。

克莉絲汀點頭。「你知道，我一直把你放在心上。你也知道我們這裡有多麼需要你——呃，我是說社會控制媒體——但我很擔心。」

瑪拉與克莉絲汀兩人是在復健中心相識的，身為警官的克莉絲汀正是在那裡注意到瑪拉的超凡天賦。由於她的超高敏感度，她能夠在非常短的時間內記得周遭環境中不尋常的細節，以及身處其中的人物。例如，只要瑪拉曾經進入一個空間，她隔了幾天之後仍能全憑記憶說出其中插座的位置與數量、燈罩內部的顏色，以及層壓板需要修補的地方。

奇怪的是，遭逢那一場意外之後，瑪拉理解事物的能力更是大幅提升。她不只會注意到人們的穿著、髮型、儀態或行為，也能從她自己的觀察中能出結論來判斷那些人的天性。以克莉絲汀為例，她「看見」這位警官連最親近的摯友都想保密不提的東西。當初兩人在復健中心一起吃早餐時，她問對方的第一個問題就已經足以顯現了：「您的工作是警官還是保全呢？」

「你怎麼會這麼問呢？」

「我昨天在您的房間找到您的老花眼鏡，還注意到架子上的黑色工作鞋。尺寸是三十九號，對嗎？它們看起來跟制服很搭，我猜制服就放在衣櫥內吧。」

克莉絲汀猝不及防地笑道：「說不定我在工地工作啊？」

「有可能，但您昨天在跟心理治療師對話時提到一場『訊問』。大部分的人會說『偵訊』，它現在已經不是正式用詞了，只是口語用法，會出現在像是我們昨天在公共休息室看的那種浪漫喜劇裡。我昨天看到您翻白眼。說到感情，您什麼時候要結婚呢？」

克莉絲汀看起來像是舌頭被咖啡燙到似的。「你說什麼？」

「亞莉珊卓，您的女友。剛剛還在這裡、帶花來給您的那個。根據包裝，她應該是從街角那間花店買來的。那個IKEA花瓶是她從一〇四五房的瓦爾德瑪．路德維希那裡借來的——至少我昨天幫他弄拐杖的時候，那個花瓶在他那裡。」

「我不知道你在說什麼。」

「淡綠色的眼睛，衣服穿四十號、鞋子三十八號。手上戴著跟您一樣的卡地亞戒指，在左手邊跟心臟同一邊。」

克莉絲汀單邊眉毛抽搐了一下，使她露出破綻。她那滿懷欣賞之意的笑聲預示著兩人師徒關係的開端。而這段關係一直延續至今，這位警官繼續以較不正式的「你」稱呼瑪拉，瑪拉則以正式的「您」稱呼對方，包括現在這次面談也一樣。但瑪拉覺得，這次的面談感覺愈來愈像是在對嫌疑犯進行詢問了。

「你這星期看完幾部影片紀錄了？」克莉絲汀想知道。

「十部？」

她的長官搖了搖頭，說：「二十二部才對。現在才星期三而已。」

「我動作很快。」

「那就是我擔心的事。你長期下來會沒辦法承受這種壓力。」克莉絲汀嘆了一口氣。

「您希望我怎麼做？我已經去看您推薦給我的精神科醫師了。」

這是規定：所有影片分析師每年都必須參加一次督導會談，談談工作所帶來的情緒壓力。瑪拉之前成功逃避了很長一段時間，但克莉絲汀從未放棄，直到她終於去看榮布魯特醫生。繼過去那位兒童心理師之後，這是瑪拉的第二位諮商師——他現在在瑪拉．霖德伯格的檔案內寫滿了恐怖故事。

六次會談的療程已經結束了，但科長一定很清楚。同樣地，她一定也知道瑪拉翹掉最後兩次會談，因為她替那位知名醫師解除了向克莉絲汀保密的條款。

毫不意外地，克莉絲汀說道：「你把療程停掉，那是一大錯誤。」

瑪拉聳了聳肩，說：「您擔心我，這我尊重。但您也知道，我的腦袋已經被切開過一次了，我實在沒有什麼興趣讓陌生人再次探入我的腦袋。」

克莉絲汀皺起眉頭。「我想你應該沒興趣知道真相，但我和榮布魯斯醫生想法一致。我們知道你為什麼會在這裡大量超時工作，你又為什麼把自己操成這樣。我清楚知道你在尋找什麼。」

「所以是什麼？」瑪拉問，同時將雙臂交疊在胸前。

「那個殺手。裹在防水布裡、在接生大樓裡的那個。」

「他怎樣？」

「你想知道當初是誰差點把你殺死的。你慌張地逃離誰，然後因此撞上車子。多虧了誰，你……」克莉絲汀疑惑地望著她：「你那時候做了幾次手術呢？」

「七次。」

「多虧了誰，你必須做**七次**手術，然後頭內多了金屬片，臉上還多了幾道疤。最重要的是，這讓你一直做惡夢。」

「我睡得很好。」瑪拉謊稱道。

「好啦，那我明年就會贏得夏威夷的鐵人三項。不要騙我……不對……不要騙**你**自己了！你跟我提過埃德加的事。」

那個影子。

「他現在還有在跟著你嗎？」

「沒有。」瑪拉再次撒謊。就在前一天，她在波茨坦廣場地鐵站才又感覺到有人在對向月台觀察她。

「我們不要再矇騙自己了。」克莉絲汀說。她離開會議桌，向瑪拉靠近。「你為什麼總是第一個來、最後一個走？答案很明顯——你在分娩室裡看到有三腳架上裝著閃爍的相機，所以你想要找到你的影片。然後你會戴耳機，是因為你不想再次錯過那個嘶啞的咳嗽聲。」

瑪拉感覺到自己臉龐漲紅，從她太陽穴下的髮際線延展至耳後的那道疤痕，也跟著開始發癢。這絕對是偏頭痛馬上就要發作的徵兆。「到底為什麼要提起這些？您想把我開除嗎？」

「不是，我想給你看一個東西。」克莉絲汀將輪椅轉向門口，接著離開房間。

不久後，瑪拉不禁地想，自己當初如果沒有成功逃離分娩室內的防水布人，情況會不會比較好。

9

「是一份文件，你必須親眼去讀。我把它忘在我的辦公室了。」拋下這幾句話之後，克莉絲汀自己推著輪椅離開會議室。她兩分鐘後回來時，腿上放了一個棕色的資料夾。瑪拉很驚訝地發現，她長官在這短短的間隔中勢必補噴了些粉味淡香水。

「那是什麼？」她盯著克莉絲汀遞給她的紙問道。那張紙雙面皆印了內容。

警官以一種友善但堅持的手勢提醒她必須自己閱讀那份文件。

太好了。

瑪拉只有快速掃讀，其中包含許多她不懂的醫學術語，顯然是榮布魯斯醫生的診斷報告大綱。

有一個段落被標成紅色。

「那是什麼意思？」瑪拉問道，但並沒有抬頭。

她將相關段落重讀了一遍。

疑似臉孔失認症

「那是你罹患的知覺障礙的病名。」

她困惑地看向克莉絲汀。那是她在稍早離開房間之後第一次對瑪拉開口，卻讓瑪拉失聲尖叫，任由手中的紙張掉到地上。

她在發抖，但並不是因為克莉絲汀所說的話。克莉絲汀現在安靜地做出手勢，請她坐回位置上。她之所以發抖，是因為克莉絲汀的聲音並不是從她正前方的這個人口中所發出的，而是來自會議室外的另一位女士。

「我想，是時候面對真相了。」

在說這句話的同時，說話者走到會議室門口。她也綁著一個髮髻、戴著金框眼鏡，也穿著鼠灰色套裝。然後，跟克莉絲汀一樣，她也坐在輪椅上。

雙胞胎？

「現在是發生什麼事？」瑪拉倒抽一口氣：「這到底是怎樣？」

「榮布魯特醫生或許已經找到答案了。為什麼警察在婦產診所裡找不到任何證據？因為你遇到的攻擊事件大概從未發生過。」

瑪拉的嘴巴張得偌大，感覺受辱且不知所措。「您為什麼要這麼做？這是什麼心理遊戲？」她問道，好似有人將她眼前的遮眼布撕掉，然後將現場清空後搭出一個奇怪的視錯覺景象。兩名女性都坐在輪椅上。其中只有一個人是克莉絲汀吧。

「這不是遊戲。」左邊那位開口否認：「是你的許多問題的解答。」

「住口！」瑪拉大吼，聲音變得愈來愈大。雖然她自己沒有意識到，但她現在其實正摀著自己的耳朵，卻無法將以下這段話阻擋在外：

「你患有臉孔失認症。那就是臉盲，意思是你無法透過別人的臉來分辨他們是誰。」

瑪拉發狂地來回張望著眼前的兩名女性。在她看來，兩人看起來幾乎一模一樣。

「讓我自己靜一靜！」她尖聲叫道。此時，坐在她右邊輪椅上的人站起身，以清亮的聲音說道：「我覺得我還是離開比較好。」

「剛剛那是誰？」當那位女士以輕盈步伐、毫不費力地大步走出房間時，瑪拉驚恐地問道。

「我女友蘿克珊娜。她來幫我做這個實驗。」克莉絲汀本人以懇求的姿態舉起手，說道：「瑪拉，拜託聽我說。我知道這有多麼讓人不安，但我想明明白白地讓妳知道，為什麼你不論如何都不該停止榮布魯斯醫生的治療。蘿克珊娜的髮型跟我的很像，也穿著一樣的衣服，但我們的長相就跟我們的聲音一樣差很多。即便如此，你依然沒有發現遞給你文件的人並不是我。」

瑪拉閉上雙眼，奮力地搖著頭，說：「我沒有發瘋。」雖然她感覺情況似乎完全相反。

「對，完全沒有。臉孔失認症跟思覺失調之類的毫無關聯。很多有這種障礙的人都沒有察覺，尤其當他們跟你一樣聰明、善解人意時更容易這樣，因為你知道如何透過許多其他東西來分辨你的人類同伴，像是聲音、儀態、氣味或刺青等等。你只有在分心、無法專注的時候才會失去辨別能力，像是我們的雙胞胎遊戲，讓你懷疑起自己的感知。當然啦，還有當你的情緒處於緊急狀態的時候，或是當你受到驚嚇的時候。例如，你剛才無法分辨我們誰是誰的時候，或是當時在婦產診所裡的時候——那裡肯定又暗又可怕。」

克莉絲汀向瑪拉靠近，但瑪拉往後退開。現在她的背部抵在簾幕上了。

「這就像視障者的聽力會比較好一樣，你的大腦會為了彌補臉盲的情況，讓你變得更敏感，但有時候過頭了，你的感官就會開始騙你。那就是為什麼你會看到有影子在跟你，然後你會聽到嘶啞的咳嗽聲。」

埃德加。

在瑪拉眼前的克莉絲汀，開始像辦公室內其他沒有靈魂、沒有名字的東西一樣變得模糊。瑪拉用手掌擦拭眼睛，但眼淚卻一直不停地流出來。

「瑪拉，拜託。」正當她準備離開的時候，她感覺到克莉絲汀的手抓住她的手，但她將她甩開。

「請您讓我走。」

「拜託，不要浪費你的生命去追尋一個幻影。這個世界上沒有埃德加、沒有影子，也沒有聲音嘶啞的殺人犯。」

瑪拉向她的長官點了點頭。她感到很難過、很受傷，她將掛在脖子上的門禁卡拿下來——也就是她的進出權限——接著把它放在桌子上。

或許克莉絲汀是對的，或許她真的患有知覺障礙症。而且她的長官大概真的很想幫助她吧，想保護她不被自己傷害，因為想當然耳，她的工作遲早會讓她精神崩潰。但即使是出於最大的善意，她也沒有權利操縱她。沒有人會為了讓別人看到自己的傷疤，而把對方的衣服扯破吧，更別說是在陌生人面前了。瑪拉覺得非常赤裸，還深受羞辱。就在那一刻，她和克莉絲汀之間出現了裂痕，任何好話與善舉都無法填補。

「史特拉波。」她輕聲地說。

「你說什麼？」

她強迫自己再回望導師的眼神最後一次。「在我剛才分析的影片裡，出現一個已經絕版的角落浴缸。它們大部分都是由一間位在達爾戈附近的公司出售和維修的。那間公司叫史特拉波，他們在前七年提供免費維修漩渦功能的服務。如果我是您的話，我會去找出他們最後這幾年的維修人員。幸運一點的話，您會找到一名木匠或木工，登記有一個現年七歲的兒子。」

爸爸，拜託住手，你弄痛我了。

「您在搜索的時候，記得去找隱藏門或內嵌式的空間。那個人非常擅長手工藝。浴室牆櫃裡都是一些從五金店買來平凡無奇的工具，無法追蹤線索，但儲藏方式非常專業。然後，對，影片中施暴者的手掌上確實有工匠的清潔膏，就是工地工人會用來除去嚴重髒污的那種。」

「瑪拉，拜託不要這樣。」克莉絲汀在她身後吼道，但她已經轉向、準備去將炙烤先生帶走了。

然後再也不要回來。

10

兩年後
下定決心的九天前

這個房間曾經發生一起令人作嘔的罪行，或是有什麼可怕的事情即將發生。瑪拉感覺到了。

她正躺在床上。床的尺寸對單人而言相當寬敞，但對雙人而言稍嫌狹窄。她一踏入這間旅館房間之後，就感覺到一股幾乎將她吞噬的不安氛圍。她試圖找理由向自己解釋這份不安。

當她打開三一三號房的房門時，她仍處於心煩意亂的狀態。她必須思考那個邀請——掛在她家中冰箱上好幾個星期的邀請函。

高石畢業生——五年了！

卡片上寫著這段話，下面的照片是那棟位於波茨坦大道附近的磚造學校——實在有夠醜陋。

一起來慶祝復刻校外旅行
十二月十五日至十八日
雲霧小屋見？

這是她收到的第二張邀請函，是第三次全校出遊活動——她後來也不會去參加——因為他們從高中畢業後不久，當同學們都在巴塞隆納舊城區跑酒吧和夜店時，她就已經整個人被包起來困在醫院內了。過去這幾年來，她開始愈來愈想要將自己在最後在校時光所被剝奪的一切慢慢補回來。

但真的有必要為此長途拔涉到山上嗎？然後在那裡待上一整個週末？我不覺得自己能夠辦得到。她今天在吃早餐時這麼想著。自己一個人跟一群現在已經是完全陌生的人待在一起，在德國—奧地利邊界、海拔超過兩千公尺的阿爾卑斯山脈中完全與外界隔絕。

雖然榮布魯斯醫生一定會建議我來趟「回到過去」的旅程。

她是在大約一年前重新回去找他的。她哥哥再次消失無蹤，而沒有了基利安和克莉絲汀之後，她再也沒有對象可以說心事了。

「您必須讓以前的瑪拉復活。」那位精神科醫師在每一次面談結束之前，都會說這句口號。「我說的不是在經歷分娩室事件之前的那個瑪拉。有很高的機率是當時根本沒有發生任何事，只是您在那棟死氣沉沉的建築內過度恐慌。但我說的是車禍前的瑪拉，那個事件的意義甚至大於人生轉捩點。」瑪拉先前為了克莉絲汀來見榮布魯斯醫生的時候，他就已經在第一次面談中解釋過這個論點了。「它在您的精神上引起一場大爆炸，導致您的『舊我』爆炸，同時產生一個『新我』。」

瑪拉不會迴避談論現在式，但每當榮布魯斯談到她的童年，不論是在學校的霸凌情形或更之前的其他經驗，她都會固執地將話題擋下。這個反應正證實了榮布魯斯的理論。「意外發生之前有一個瑪拉，之後出現了另一個。『之後的瑪拉』所肩負的創傷實在太大了，所以她再也不想跟『之前的瑪拉』有所瓜葛。這就是為什麼您會有這些遙遠的記憶，而那就是您必須先開始處理的地方。您必須去面對『之前的瑪拉』，處理她、接納她。您必須找回自己！」

陷入思考的瑪拉咧嘴笑了出來。

雖然榮布魯斯自己並不知情，但他有一點確實說中要害。他向瑪拉指出，她在那棟廢棄的婦產診所中所遭遇的創傷，基本上是她幻想出來的產物。瑪拉現在已經接受這個說法了。沒有防水布人、沒有嘶啞的咳嗽聲、**沒有惡魔的口哨聲**。多虧榮布魯斯醫生向她展示的機制，現在，每當她又覺得這些幻覺揮之不去的時候，她已經能夠防止自己恐慌發作了。可是，這些機制仍無法為「之前的瑪拉」的另一個未完篇章劃下句點——那不是什麼幻覺，而是有個名字：基利安。

他就是真正的原因。瑪拉之所以沒有將校友會邀請函與廢紙一起丟掉，是因為這次同學會的召集人（亨德里克．羅爾布希特，一個無聊但無害的宅男，甚至在十年級時就會穿防護袖套）特別親手寫了一小段話給她：

基利安也會來喔！

這幾個字同時讓瑪拉感到既期待又不安。這麼多年來，她從未成功將基利安從思緒中徹底抹除。她一再地回去翻閱日記中關於他的段落，當時的她將那些無傷大雅的小調情美化成熱烈的戀情。她常常在想：對方過去到底對她有什麼感覺呢？他現在變成怎樣了？她從未在網路上或社群媒體上尋找他。如今，她的疤痕已經沒那麼新鮮、瘀傷沒那麼紫黑，身體也不需要仰賴束腰了，基利安會有什麼反應呢？反正谷歌也不會告訴她這些答案。

如果她向基利安道歉，自己當時因為毀容而不敢面對他，或許他會接受吧？或許他會覺得，比起當初把信原封不動丟掉的瑪拉，現在的瑪拉甚至更加破碎。

我實在是一團亂啊。我已經沒有坐在刑事偵查科的電腦前了，反而躺在廉價旅館骯髒的單人床上，試圖釐清這裡到底有沒有發生過可怕的行凶事件。

瑪拉認清了——她試著在床上躺平來閉上眼睛以整理思緒的努力終告失敗。她目前的工作是房務清潔人員，每一間「套房」有六分鐘的時間，不然就會被總管家訓罵。

從她踏入三一三號房開始，已經過了十三分鐘了。

超出七分鐘了。

好吧。

瑪拉睜開眼睛準備下床，但她剛進入房間時所感受到的那股令人不寒而慄、無比不安的氛圍依然存在。

這裡有些不對勁。這是她稍早的第一個想法，而一直到現在，她還是這麼認為。

剛開始讓她感到吃驚的是房間的整齊度。房客在離開之前先替房務人員將床整理好並不是什麼罕見的事，可是，這裡的整齊度顯得矛盾。一方面看起來一絲不苟、幾乎達到偏執的程度，將自備的清潔產品以精準的等距間隔擺在浴室架上。但另一方面，某些東西似乎被隨機地混在一起，好像房客自己也注意到，過度完美可能會引起惱人的效果。例如，隨便丟在床前的那一堆毛巾，下面壓著一條摺得有稜有角的男孩睡褲，看起來就跟秀場模特兒額頭上的痘痘一般格格不入。

瑪拉在心中將自己一開始快速掃視房間時所構思的各種可能假設。訂房人很可能是一位超過五十歲、甚至或許超過六十歲的男性，證據是浴室內的抗老乳液，再加上電視音量的設定高於平均（就數據而言，人類聽力於五十歲之後開始衰退）。

瑪拉將雙腿伸下床，並套上她的健康涼鞋——她剛才為了好好思考而躺下之前脫掉的。

我該還是不該呢？

房務清潔人員被嚴格禁止在房內翻找東西。而瑪拉除了直覺之外沒有其他任何證據，但過去當她仍在克莉絲汀那邊擔任分析師時，她的直覺不只一次將她導往正確的方向。她現在之所以猶豫著是否要跟隨直覺，並不是因為她怕丟掉工作——他們現在很缺員工——也不是因為她不信任自己的直覺。真正的原因是她已經答應榮布魯斯醫生，在正視自己心中的惡魔之前，她不會再去涉入陌生人最黑暗的內心世界。

啊，管他的。

如果她現在選擇閉眼不管，她回家後整個晚上就會徹夜難眠。比起失眠到隔天清晨一直責怪自己沒有出手預防惡行，她還不如屈服於內心的衝動。

瑪拉打開衣櫃。她內心的不詳預感變得更加真確了。

有東西不對勁。整個完全不對。

剛才的床只是第一個問號。

為什麼呢？

旅館並未訂滿。根據第二位房客的牙刷和睡衣的顏色與外型，使用者非常有可能是一位介於十至十二歲的男孩。那位成人很可能是他的父親，希望把他帶在身邊就近看顧。但參議員旅店是一間廉價旅館，大多數跟未成年家庭成員一起入住的大人，皆會訂兩張單人床的房型。而且很少人會攜帶像瑪拉眼前的這些孩童衣物。

女用襯衫、牛仔褲、裙子、吊帶褲。

所有衣物都是新買的，整整齊齊地掛在衣架上，而且吊牌都還在。有各種尺寸，男孩、女孩的樣式都有。

瑪拉的口腔感到乾燥，太陽穴上的疤痕又開始發癢了。如今，她已經搞懂了，這並不總是偏頭痛發作的徵兆。但每當她準備得出某個重要結論的時候，這個現象就一定會發生。

她走回浴室打開垃圾桶，是空的。同時，她也發現垃圾袋不見了。房客肯定將它拿到樓下或藏在某個地方。

好怪。

接著，她將房客放在盥洗櫃其中一格抽屜的化妝包打開。

啊哈……

在剃刀替換刀片、牙線、一套指甲刀組，以及可拋棄式隱形眼鏡當中，她找到一些藥物，例如布洛芬（Ibuprofen）[1]、甲狀腺激素與止咳藥。還有——**賓果**——美德能錠（MPA），尚未拆封。雖然藥房標籤（每日早餐飯後服用一顆）的日期已經是四週前了，但那一包美德能錠仍未拆封。

雖然她已經幾乎確定了，她繼續尋找最終證據，並在盥洗櫃內找到了：各種不同類型的保險套、一罐按摩乳液，以及DVD光碟。

瑪拉將光碟從沒有標籤的盒子中抽出，並將它帶至臥室，接著打開電視。

這間旅館的電視櫃中依然擺有老舊的DVD播放器。在Netflix、Prime Video等串流平台的

1 譯注：非類固醇消炎止痛藥。

時代裡，已經沒有人在用DVD播放器了，但比起將它們丟於原處不管，將它們作廢更加費事。

瑪拉將光碟放入播放器內按下播放鍵，然後坐到電視前的床緣上。

二十秒之後，她開始哭泣。

11

那可能是假的錄影。有演員，再加上非常專業的後製編輯，讓影片看起來真實到能夠騙過觀眾。不過，根據瑪拉找出影片的情況本身，就已經打破這個希望了。她非常確定：這不是演的，這是真的，有個人在這裡被折磨至死。

瑪拉抹掉臉上的淚水。她看到袋子時，感到一陣噁心。

它是由牢固的塑膠所製成，類似超級市場會給的那種可回收購物袋。唯一不同的是，這個袋子沒有提把，而是可以繞至底部綁起來的拉繩。它直接綁在受害者的脖子上。

那個人究竟是男是女，無可辨識。如果真的要的話，瑪拉必須將影片暫停，進一步分析那件乳白色的衣服，但她目前沒有想到這麼多。

她抓著衣櫃的桿子，努力抵抗著一股理智盡失的感受——那段影片正將她拉出旅館房間，拉入另一個時空。

回到五年前，回到那棟棄置醫院的分娩室內。

回到那個防水布人。

跟當初不一樣的是，這段影片中顯然沒有戴面罩的凶手，而是一名遭受虐待的受害者——躺在浴缸內，不是接生床上。受害者被麻醉了，但尚未失去意識。雙手被綁在胸前，牛奶色、半透明的袋子如同第二層皮似地貼在臉上。受害者之所以還沒窒息，是因為在嘴唇附近有一個小小的氣孔，而氣孔上插著一支紙吸管。接下來發生的事超乎任何人能夠理解的範圍。瑪拉的第一個衝動是將視線移開，儘管她在刑事偵查科時已經看過上百次類似的、難以想像的暴力景象。

凶手將吸管填滿。主要是水，但另外還有一桶黑色的內容物。可能是土或灰塵。排泄物？裡面混了水，形成棕色、濃稠的湯狀物。過了一段時間之後，那個依然醒著但無法動彈的人臉上灑滿了湯狀物。感覺有如過了永恆之久，紙吸管慢慢瓦解，他也慢慢地、痛苦地被水土混合物淹浸窒息。

瑪拉沒有等到最後可怕的死亡掙扎。

她站起身走到電話旁，按下撥號快捷鍵。

「櫃檯，您好？」

「瑪拉·霖德伯格，員工編號RE10711，目前在三一三號房內。請派保全過來，但請盡量保持低調。」

「原因是？」

她憤怒地搖頭。「我會很樂意親口向他們說明。與此同時，請注意這間房的房客有沒有回來旅館，什麼時候、跟誰，並請馬上讓我知道……」

瑪拉嚇了一跳——僅離她兩步之遠的牆壁傳來一陣嘎吱聲。下一刻，接到隔壁房間的連通門被打了開來，一位坐在輪椅上綁著髮髻、戴著金框眼鏡的女士滑進房內。

12

「太棒了，瑪拉，你還是一如既往地能幹。」

克莉絲汀看起來老了些。她的頭髮變得更白，脖子上的肌膚變得較為鬆弛斑駁，但她的雙眼仍與兩年前她們最後一次見面時一樣，機警且富有熱忱。

即使她的腦部部分功能失靈，但她馬上認出克莉絲汀。反正瑪拉也不喜歡「臉盲」這個詞，她當然可以**看出**臉啊，只不過無法用其他人的方法來辨別臉部相貌罷了。更確切來說，她罹患的是臉部失憶症，因為她所缺失的其實是記憶。如果她遇到一個不認識的人，或是每次只隔一小段時間粗淺地認識一個人，那瑪拉可能會每隔十分鐘就向對方自我介紹一次。身為過去曾受排擠的人、如今又學會如何享受孤獨，瑪拉在榮布魯斯醫生的診斷之前，其實從未注意到這件事。由於她的善解人意與注意細節的能力，她能夠藉助其它特徵，快速地辨識出那少少幾個進入她生命的新角色。不過，就跟其他記不住他人名字的人一樣，或是一直忘記自己的電腦密碼、只記得購物清單上的前三項——像她祖母——她的大腦無法儲存相貌。每次她遇到人的時候，腦中就會開始播放臉部記憶，但通常都會失敗，因為卜顎的尺寸、耳朵和鼻子的形狀，或是雙眼之間的距離，並無法提供她任何辨識特徵。甚至連額頭的高度或顴骨的寬度也沒辦法。但儘管如此，她在分辨全然陌生的人與舊識上並沒有障礙。她可以藉由儀態、手勢、臉部表情、聲音、穿衣風格、首飾，甚至是氣味，來辨別少數她經常面對面溝通的人。這只有在有心人士試圖欺騙她的時候才會失靈，好比克莉絲汀和她女友。當時，瑪拉毫無理由起疑，於是落入那場偽裝遊戲的陷阱。而如今，瑪拉透過對方獨一無二的菸嗓認出她昔日的導師。

「你在這裡做什麼？」瑪拉問道：「現在是怎樣？」

她以正式的「您」稱呼昔日長官的日子已經過去了。

克莉絲汀在靠近瑪拉的同時，她的輪椅在地毯上留下細窄的凹陷痕跡。「你已經把一切都湊起來了。那名男孩的牙刷、各式童裝，還有開給性犯罪者抑制衝動的美德能錠——我們的房客顯然沒有用藥太久。沒錯，我承認，是我準備這間房間的，包括那個影片！」

「你為什麼要這麼做？」一臉錯愕的瑪拉問道。

「因為我想知道，你是不是依然最擅長閱讀空間，以及空間裡的人。」

瑪拉勃然地搖頭，說：「答案是『不』。」

「你根本連問題是什麼都還不知道。」

「噢，我知道。你想要從我身上得到些什麼。我大概應該分析某個東西吧。影片，對吧？那是真的。」她愈說愈生氣。「你知道如果你問我的話，我絕對不會願意看。你在設計我。」

克莉絲汀說：「對。」毫不拐彎抹角、毫無推託藉口，直截了當的「對」。這般理直氣壯著實讓瑪拉愣了片刻。

「拜託，我需要你的幫忙。」

瑪拉防衛性地舉起手。「你覺得我為什麼要為了一點微薄薪水在這裡一週工作六天？因為我喜歡打掃廁所、刮掉床頭櫃上的乾鼻屎？」

「你想要獨處。」

她點頭。「一個人，不跟任何人接觸，沒錯。我不想要身邊有任何人，我不想要被迫跟任何人說話，所以我才會找一份幾乎整天都可以待在空房裡的工作。」

「但我還是需要你。」

「那不是我的問題。」

「或許是喔。」克莉絲汀摸了自己的臉頰——顯露困窘的姿勢。瑪拉的結論是，克莉絲汀正在掙扎，不知道目前她可以說出多少資訊。

「你也看到影片了。」

「而就因為這件事，我會恨你一輩子！」

「我是沒差啦。你知道的，當我想要解決案子的時候，我不會去考慮任何人事物。」

瑪拉點頭。顯然是這樣沒錯。

「那段影片大概只是冰山的一角。那是一個怪物，或許是連續殺人犯。」

「我不想知道任何相關資訊。」

「就先聽我說嘛。這個案子需要像我們這樣的人才有可能破解。更確切來說，這需要你。」

瑪拉點頭。花上數小時觀看最可怕的場景，聆聽最無辜的人哭喊。他們常常是被自己最信任的人虐待，他們向這些人尋求保護，卻被對方譴責至死，而這般經歷對一個人會有什麼影響？他們會留下什麼樣的情緒傷疤？終使他們殘破不堪、產生依附障礙，甚至連自己都不想信任自己。這一切，唯有曾經被迫親身經歷類似情況的人才能理解吧。

像我們這樣的人。

但那並不會改變任何事，於是瑪拉說：「我再說一次，克莉絲汀：這一切都已經不關我的事了。」

「有關，而且比你想得更有關得多。更別提如果我們不出手阻止，那個殺人犯將會繼續行惡。」

瑪拉奮力地搖頭，說：「我不要再看更多影片了。」

「你也不應該看更多影片了。我想要拜託你的是在真實世界裡進行分析。」

瑪拉存疑地挑眉。

「這很緊急。我們三天前收到所有相關資訊，現在已經能把嫌疑犯的範圍限縮到可控的數量了。我們不知道是誰，但我們知道凶手不久後會去住哪一間旅館。他們只有幾間房間而已。你只需要去看過每一間有人住過的房間，然後尋找我們在簡報會提供給你的線索即可。」

瑪拉指著自己的太陽穴，說：「我是清潔婦，不是臥底間諜。」直諷克莉絲汀腦子有問題。

「你天賦異稟，卻在虛擲自己的生命。我並不只是在請你幫忙而已，我在給你一個機會。」

最後一個，沒人說出口，卻懸在空氣中。

瑪拉保持沉默。那股靜默就這樣落在兩位性格迥異的女性之間，直到克莉絲汀終於受不了。「拜託，我們這個案子的分析師已經將凶手檔案建立好了。對你來說，只不過像是一場兒戲，就像剛才一樣。」

「不管你說什麼，答案一樣是『不』。你只是在浪費自己的時間，克莉絲汀。」

「行行好吧，瑪拉。克服你的恐懼吧。你不會受到傷害的。」

當然啦，大魔術師又從帽子拉出另一隻兔子了。

「純就學術興趣而論，假如我又回去對你唯命是從，我能得到什麼？」

「一段影片。」克莉絲汀回答。

瑪拉的口腔變得乾燥，手掌開始冒汗。

「你們找到什麼了嗎？」她問。

關於那間分娩室？關於那個防水布人？

克莉絲汀聳了聳肩，說：「我們來交換條件。你幫我們，然後我可以給你看你這幾年一直在尋找的東西。」

13

兩天後
下定決心的七天前

時間是早上八點零六分。當瑪拉向列車長詢問下一站在哪停靠時，前往慕尼黑方向的城際快線列車（ICE）尚未駛離柏林南十字車站。她已經改變心意，想要隨即下車，但她錯過了第一次機會。列車稍早在即將抵達路德城威登堡（Lutherstadt Wittenberg）之前臨時停靠，瑪拉正是在那個時候被一通電話分心。

「你快到了嗎，親愛的？」

噢，不。

儘管她已經做好萬全準備，包括採購冬季衣物、打包行李、訂火車票、領錢，接著最後再將炙烤先生帶去給鄰居照顧，但她徹底忘記告知祖母瑪格特。這天是星期五，瑪拉唯一的休假日。她在好幾週前就答應要去安養院拜訪祖母了。她的失智症惡化得比醫生預期的更快，但今天的狀況顯然不錯，她甚至還能打電話呢。

「我們還要去拜訪安斯加爾呢。」

瑪拉馬上修正自己剛才突然冒出的想法——今天祖母瑪格特的狀況並沒有「不錯」。她哥哥的名字是雷文，不是安斯加爾。而且她們更是完全沒有安排要去拜訪他。

那個迷途浪子——她父親總是這麼稱呼他。

一無是處——她母親這樣叫他。

神童——他對瑪拉而言是這樣的存在。他年僅十六歲時，就已經在柏林的各大熱門夜店裡當DJ了。只要他有辦法讓舞池裡的群眾陷入狂歡，那些老闆都不會太仔細檢查他的假證件。不過，在那些夜裡，雷文那有創意又敏感細膩的心思，卻深受內心的空洞所擾。而那個空洞總在狂歡派對之夜結束後，藉由過多的金錢加以掩飾。雖然雷文所賺的錢比他其他朋友都來得多，但他不知道該如何明智地用錢，其中大部分都花在可以替他抑制負面情緒的合成毒品上了，

這則悲劇故事的結果，就是目前的第四次勒戒治療。他們拒收任何訪客。

「奶奶，對不起，我今天不能過去。我現在根本不在柏林。」

「噢。」聽得出來祖母瑪格特很失望，她說：「你什麼時候開始會出去玩了？」

這個問句反倒清楚地提醒了瑪拉，她並不是那類會在週末臨時出去旅行的人。更確切來說，她不是那類會臨時起意去做任何事的人，尤其是旅行。瑪拉最後一次離開柏林已經是四年前了。那時候她在刑事偵查科連續值兩個班，回家時在區域列車上睡著，一直快到法蘭克福／奧德之前才醒來。

「你要去哪？」

「去高中同學會。」

「你說什麼？」瑪格特開始大笑：「跟陌生人聚會？那根本不是你會做的事！」

「那是以前的同學啊。」她回答道，雖然瑪格特當然沒有說錯。自從畢業後，她就從未跟那些稍後會在山中小屋見面的人聯絡過了。她再也無法認出那些人的臉了，而這並不單只是因為她的臉孔失認症。

「你一切都沒事吧，親愛的？」想當然耳，她祖母勢必想知道她怎麼了。瑪拉發現自己有多麼想念昔日的瑪格特奶奶——她還住在她家的時候，她幾乎每天都會充滿關愛地問她這類問題。她多麼想跟她說：

「不，奶奶，一切都不好。我很憂鬱、很害怕。我現在這麼匆促地走掉，大概是一個天大的錯誤吧。」

除了因為想要見到基利安之外，她之所以會如此匆忙地離開，當然只不過是想要逃離克莉絲汀與她的花招。但她不知道瑪格特神智清醒的情況還能持續多久，她不希望自己的問題令祖母招架不住。

變老——多麼邪惡的發明啊。

如果是以前，她一定會直接告訴瑪格特她和克莉絲汀重逢的事。她和前導師的重逢最終以尷尬的局面作結。

「我應該再回去替你工作囉？」瑪拉對克莉絲汀大吼道：「你到底在想什麼啊，你這個蠻橫的賤人？你兩年前先是狠狠地揭開我臉盲症的瘡疤，害我摔得狗吃屎，不得不辭掉你的工作、再重新尋找全新的人生軌道。然後，現在我做了這麼久的諮商治療之後，終於認清你說的是對的了——我的臉孔失認症確實會讓我產生幻覺——你卻突然偷溜回我這簡單卻滿足的獨處生活，想要再次破壞它的平衡。」

克莉絲汀以平緩許多的聲音回應，大概是希望將對話導回較為平和的方向。「聽到你有繼續接受諮商治療，而且顯然進步很多，我很開心。」

「而如果我可以聽到你現在馬上離開這裡、順手把門關上，我也會很開心。因為我已經受夠了。我受夠你，也受夠那份讓我生病的工作了。我現在已經總算不會在每個 Instagram 影片中尋找接生床的影子，也不會在每次聽到有人咳嗽時就開始爆汗。我不想要、也絕對不會再看任何恐怖的影片了。我不想看任何女人在浴缸裡窒息。我只想要自己一個人好好地過我的生活。」

然後讓「之前的瑪拉」和「之後的瑪拉」和解。

最後，是瑪拉先離開的。她衝出房間後，坐電梯下樓又穿過旅館大廳，然後坐上計程車回到位於地區法院附近的公寓住處。她總算能大哭一場了。接著，她立刻計劃離開這座城市，去到一個克莉絲汀無法埋伏她的地方，最好是一個手機不通的地方，這樣那個偵查官就無法打給她，甚至連追蹤定位都無法。她的目光落至冰箱上那張高中同學會邀請函。她說服自己只是先傳個 WhatsApp 訊息，試著問問看那棟前身為山中小屋的旅館還有沒有空房——他們現在改裝為浪漫的山中精品旅館，以「雲霧小屋」的名稱向旅客打廣告。

她的手機螢幕不到三分鐘就又亮了起來，通知顯示為同學會召集人的回覆。

「你很幸運！」亨德里克寫道：**「剛好剩下一間單人房（常春藤小巢）是空的！！！」**接著他請瑪拉先用PayPal將單人房整趟行程的費用匯給他，總共是兩百七十五歐元。最後再附上詳細的轉帳資訊。

瑪拉一度考慮回他說，自己如果真的要去的話，星期五才會到，也就是比其他人晚一天。但為什麼呢？以免自己在最後一刻改變心意嗎？

但總之，她已經出發了，也已經將祖母拋諸腦後了——很顯然是在列車臨停結束再重新出發時，她與祖母的通話斷訊了。

不過，她並沒有將手機移開耳邊。她發現，將思緒大聲地說出來具有一種定心且幾近淨化的效果。而比起自言自語，如果她將手機繼續擺在耳邊，其他乘客比較不會覺得奇怪吧。

「我想要找回我之前的生活，奶奶。」她對著無聲的電話說：「它一點都不完美，我有很多恐懼的事，還有對於爸爸死去的愧疚感。但你也知道，那時候的生活仍有希望。我有高中畢業文憑、想要去巴塞隆納，還有一個信任的朋友。當時的我還有未來，但現在我卻只活在當下，因為我怕過去跑回來折磨我。」

瑪拉開始哽咽。

我想要找回「之前的瑪拉」，她又在腦中默唸了一遍。接著，她幾乎尖叫出聲——電話另一頭傳來清喉嚨的聲音，代表她剛剛搞錯了，通話根本沒有斷訊，一切都被瑪格特聽到了。

「你說得對，親愛的。」她說：「我覺得那是一個很棒的決定。」

「真的嗎？」

「真的，你必須面對自己的過去。還有什麼地方能比同學會適合呢？去跟那些超過五年前認識的人重聚。」

瑪拉覺得身上的重擔頓時消散，感覺就像將身上很重的後背包放下來一般。她祖母的話——在各種意義上皆意外地清晰——深深地觸動了她。

真可惜，我跟媽媽從未有過這種情感連結，瑪拉心想。堤亞先前只會出於義務地來醫院探訪她，待個幾分鐘之後就馬上離開。祖母瑪格特每夜都會坐在她的床邊，並握著她的手。她有太多必須感謝祖母的地方，但祖母如今漸漸陷入一個沒有其他任何人能夠觸及的世界，這幾乎是唯一令瑪拉感到痛惜的事了。例如，她掛斷電話之前向瑪拉道別說：

「我現在要去坐計程車了，我會幫你向安斯加爾打招呼的。」

「謝謝，奶奶。」雖然瑪拉知道今天不會有任何計程車去家裡載祖母出門，她仍然如此回應。而儘管最後收尾顯得哀傷，但整通電話為瑪拉帶來相當正向的感受，讓她感到被愛與被尊重。隨著被她拋在身後的龐然大物——柏林——距離愈來愈遠，她的正能量就愈發強烈。而當圖林根森林從她的身旁閃過時——整片山坡地布滿了戴著雪冠的針葉林，充滿聖誕節氣息——她開始打從心底地享受這趟旅程。

這是正確的決定，她有如唸咒語般地重複想著這句話。即使幾個小時之後，廣播通知表示列車因鐵道工程而延誤一個小時——她可能很難趕上轉往加爾米施—帕滕基興（Garmisch-Partenkirchen）的列車了——她的興奮情緒依然不減。

這些事都沒辦法破壞她的好心情的。一直到即將抵達因戈爾斯塔特（Ingolstadt）車站時，一名年輕男子經過她的座位停下腳步，接著轉身問道：「瑪拉？瑪拉．霖德伯格？」

14

她抬頭望向他，找不到任何線索能夠指出，她曾經遇過這位一頭黑髮穿著西裝的高大男子。她無法憑藉對方稍微不正的脖子認出他。不論是他的，雙長腿——配上那條優雅但緊身的褲子並不是那麼好看——或是他的前額和臉頰上數不清的雀斑——那讓他咧嘴笑的模樣看起來有點調皮——也都無法認出他是誰。

「我們認識嗎？」她不太確定地問道。

「我們認識嗎？」他笑著說，同時放下手中的公事包。「你很好。是我啊，菲爾——菲利浦・克拉姆。我們之前在學校坐在隔壁啊。」

那個名字聽起來很耳熟。在她腦中後側抽屜的某個陰暗角落的深處，或許藏有一張一個比她年輕五歲且滿臉雀斑的男孩的照片吧。但她就是完全無法想像他坐在自己隔壁的畫面。

「黑澤爾老師的數學課。」他試著幫她回想，繼續補充道：「最後一排。你考試的時候把她叫過來，假裝你有問題。然後等她走回講桌的時候，我們迅速地在她背後交換考試卷。」

「噢，對……當然。」瑪拉露出不確定的微笑。

瑪拉其實清楚記得交換答案卷的小伎倆。基利安在她的日記裡有讀到這件事，並自己把這招拿來用。

但菲爾？菲利浦．克拉姆？

他怎麼可能看起來這麼陌生呢？

對她而言，相貌或許意義不大，但他的體型絕不是什麼不起眼的普通身材類型。

「我第一眼沒有認出你。」他說：「你看起來很……」

「……**不一樣**。」他想要這麼說，但他說到一半就尷尬地打住了。

瑪拉伸手碰了下她的疤痕，簡短地說：「一場意外！」

他點了點頭，說：「有聽說。」他充滿興味地看著她。「還有看到你的名字。」

「新聞上？」

「這個資料夾上。」他笑著指向她的資料夾——她先上網查了這趟旅程目的地的相關資料，並將所有資料都放在這只資料夾內。資料夾封面上確實寫了斗大的「瑪拉．霖德伯格」。

「要不要坐下呢，福爾摩斯？」她禮貌地問他，並將隔壁座位上的幾張報紙清掉。

他向她揮了揮手。「不了，我馬上就要下車了。」

「是喔？」

好怪。

一方面，她省得跟對方閒聊自己根本記不得的共同記憶。**但另一方面**……

「所以你沒有要參加高中同學會嗎？」

「什麼同學會？」他問道。

「畢業五週年慶祝？在一棟山中小屋？」

菲爾聳肩說道：「不知道，我沒收到邀請。但反正我總是在外面跑來跑去的，過去這幾年也已經搬過四次家了。一定是寄丟了。」

「也對，應該是那樣吧。」瑪拉語氣單調地說，又看了這位應該是她同學的人一眼，但仍然沒有任何一絲似曾相識的感覺。

「那就這樣囉。很高興再次見到你。」

菲爾模仿軍人的動作，敲了一下隱形軍帽向瑪拉示意。

「嗯，我也是。」瑪拉說謊道。

菲爾抓起公事包轉身離開，接著又再度轉向瑪拉，露出哀傷的表情對她說：「噢，對了，關於基利安的事，我很難過。」

瑪拉剛開始以為是菲爾的話，讓她覺得好像有一股無形的力量試圖將她拉離座位。但事實上，列車霎時開始煞車——他們已經駛入車站了。月台上的人、椅子、遮棚及指示牌閃過她的身旁。

「什麼意思？」她問菲爾。

他咬著下唇，應道：「呃，你沒有聽說嗎？」

列車停住了。

「沒有，什麼事？」

現在變成他露出不確定的乾笑。他指向前方的列車車門——車門已經應著「嗶」聲滑開了。

「你看，我們下次再聊喔。我必須趕上轉乘列車，抱歉啦。」

接著，他消失了。

15

在瑪拉坐了將近七個半小時的車之後，她終於抵達位於巴伐利亞邦境內的目的地。太陽已經準備下山了。她從正門走出車站，厚重的雪片落在她的發熱外套的領口上。一間首飾店的入口處遮棚上掛有一個鐘錶品牌的溫度計廣告，顯示為攝氏零下五度。雖然稍早與菲利浦・克拉姆的詭異相遇讓她在接下來的車程中感到非常不安，甚至一度認真考慮要搭上第一班列車回家，但她還是套上手套，張望四周尋找公車站牌。

為什麼菲爾在提到基利安的時候，變得如此欲言又止？

有好一段時間，沉浸在思緒中的瑪拉眼前閃過一些驚悚的畫面，如同列車窗外的冬季景觀那般。基利安死於車禍、被搶劫了，或得了不治之症而躺在加護病房中。過了好一會兒之後，她才想到最簡單不過的做法——上網搜尋他的名字。

沒東西。

沒有恐怖的故事，也沒有訃聞。**當然啦**。亨德里克才寫說基利安也會來雲霧小屋，所以她很快就可以親自問他，她遇到菲爾的時候，他所指的是什麼事。

瑪拉也沒有找到基利安的Facebook或Instagram帳號，但她也沒有太意外。網路上也找不到任何關於她的東西，除了新聞當初曾經報導她父親的事，還有後來她自己聲稱的診所攻擊事件，以及後續的車禍。不過，當她搜尋菲利浦・克拉姆時，倒是馬上跳出不少社群媒體的條目：幾十張露出不羈笑容的自拍照，然後他辦了一間新創公司，想要在全國各地架設充電站，公司位於因戈爾斯塔特。

對啦，轉乘列車嘛。

不過，至少，他有一件事並沒有說謊。

他確實曾經讀過高石高級中學。瑪拉也在高中畢業紀念冊中翻找了一下這些資訊——她當初因為住院，甚至無法去學校參加畢業典禮，所以她後來還必須上學校網站重新訂購。高石高中的校刊委員會還特別依照姓氏字母順序，為所有畢業生附上一張護照照片尺寸的相片。她的畢業紀念冊如同新的一樣。也難怪了——對瑪拉而言，這就像一本完全毫不相干的圖片輯，她怎麼會去翻閱呢？就連她自己的相片都看起來莫名地陌生，沒有疤痕，嘴部也還沒因為下巴受傷而走樣。現在菲利浦・克拉姆大概只能透過雀斑來辨識她吧。而就跟其他所有畢業生一樣，他的照片下方附有一些資訊：

最喜歡的食物：豬肝腸吐司配美極（Maggi）沾醬

最喜歡的科目：歷史

最喜歡的T恤標語：「沒有問題，只有挑戰。」

這種老掉牙又裝懂的引句讓瑪拉直接將菲爾認定為愛吹牛的人。當初，記者在埃德加死後一窩蜂地湧入，甚至願意付錢向霖德伯格家的親朋好友買「內幕報導」時，誰沒說過自己是她的摯友？說不定他今天就會去跟朋友和同事說：「**你們知道我今天在火車上遇到誰嗎？我們以前都叫她『瘋瑪拉』，我讀書的時候坐她隔壁，她一下子就認出我了……。**」

好的，總之，他確實跟她同一屆。等一下遇到其他那些昨天就到山中小屋的人時，就可以弄清其他事情了。

他們有期待見到我嗎？

與此同時，瑪拉已經找到可以載她上去卡爾滕布倫（Kaltenbrunn）的客運了——希望蜿蜒山路上的雪已經鏟空了。她之前已經查過資料了，那是阿爾卑斯山脈中海拔數一數二高的村莊，接近德國與奧地利之間的國界。而根據邀請函上的計劃，各位老同學們前一天會先在這裡集合，再一起轉移至雲霧小屋。由於她晚一天到，她必須自己前往目的地。

正當瑪拉將後背包拿到公車後方放好時，發生了一件事情。

她所站的位置伸手可及車尾燈，而由於大燈直接照在她臉上，她此刻在公車停車場中所接收到的感知根本不可能成立……因為即使她才是遮住光源、製造出影子的人，但她感覺到身後有一幢奇怪的黑影正在朝她靠近。她的身體感覺像是有一滴冰水落在她的脖子上，慢慢順著她的脊椎滑落似的。

瑪拉轉身，透過她嘴巴呼出來的白霧，她看見一名較為年長的男性的臉。她心想，自己這輩子從來沒見過這個人，但她當然也無法完全確定，她只知道對方不可能是不久前才剛幫她搬放行李的公車司機。面前這個人的身形過於高瘦，而且他的長型牙齒由於抽菸（她聞到對方呼出的氣味）而變得太黃了。

「怎樣？」那名陌生人不友善地對她發出噓聲，聲音尖銳，但顯得壓抑而安靜。但這附近根本沒有人可能會聽到他們的對話，其他也想要去卡爾滕布倫的少數乘客已經坐上溫暖舒適、引擎嘎嘎作響的公車了。

「不好意思？」

「你瘋了嗎？」奇怪的老男人問。

「抱歉，我……」瑪拉困惑地看著行李艙，不知道是不是自己放行李的時候做錯了什麼。

「我本來想把背包帶到座位，但司機跟我說，他不想要東西整個混在一起，所以……」

「快滾！」

「什麼？」

瑪拉覺得很不舒服——不只是因為對方命令式的口氣，還有老男人灰色瞳孔所投出的眼神。

那個眼神帶著恐懼。相較於瑪拉對他的懼怕，對方似乎更怕她，他說：「看在老天的份上，千萬別上車。快回去，不然就太遲了。」

然後，他倒退一步，在自己身上做出畫十字架的手勢，再匆促地跑走。

16

雲霧小屋看起來像是一座刻在岩塊上富麗堂皇的咕咕鐘。覆雪的翼型屋頂如同一本倒蓋在木屋上方的書，前沿突了出來，俯瞰著下方四周建有圍籬的寬敞平台——從那裡望向山谷的景色肯定十分壯觀。瑪拉由於爬得過於費力，而感到側腹疼痛，不得不停下來暫作休息。她的打扮顯然不適合爬山。雖然她的靴子看似堅固，但並不防水。已經浸濕的襪子在她的肌膚與皮革之間摩擦，感受堪比砂紙。至少她沒有滑倒而滾落部分結冰的山坡，再加上雪也停了。不過，這些只能算是小小的安慰。她現在獨自一人，如果發生什麼意外，周遭完全沒有人可以幫她。就連她的手機也沒辦法，因為在這荒郊野外只有特定地點能夠收訊。但至少在雲霧小屋網站首頁中的「小屋簡介」有提到「通訊」這一項：

雖然我們覺得，如果大家把欣賞壯麗景觀的時間拿來滑手機，實在很可惜，但我們也能理解，大家可能需要向那些無法來雲霧小屋享受奢華、無憂生活的可憐蟲發送一些生命跡象。所以呢，距離平台約十公尺的地方有一個以紅圈標示的手機使用處，那裡會有訊號——只有那裡喔！

在她附近的範圍內，唯有上方幾公尺外的小屋燈光（目前可以取代她的手電筒了）顯示出人類生命跡象及前進方向。**希望上面那些人還沒建立起太緊密的關係，並覺得我是外來者**，瑪拉心想。

據她猜測，她應該是唯一一個晚一天抵達的人，所以，沒有遇到任何人並不意外。稍早在公車上還有另外七名乘客——三對伴侶和一位獨自旅行的人——沒有一個人讓她回想起任何東西。雖然她可能認不得一些面孔，但也沒人跟她相認。不過，她並沒有特別注意其他乘客。出現在公車旁的奇怪老男人和那令人不舒服的命令，再次喚回一股瑪拉從童年時期就揮之不去、時多時少的壓抑感受，也就是無法融入這個世界的感覺。因為不管她要去哪裡，總會有人在她已經決定好的人生方向上突然跳出來擋路。

「快回去，不然就太遲了。」

瑪拉盯著那個發瘋的老傢伙看了一會兒，但後來公車司機按了喇叭，她便上車。

「繼續走吧。」瑪拉再次對自己喊話，朝向住處邁進。相較於她印出來的圖片——另外還有幾頁她在這棟「浪漫滿屋」網站上找到的資料——她眼前的雲霧小屋看起來大了許多。

雲霧小屋建於一九二三年，這棟原為第一類避難處的山中小屋，早已不如昔日那般陽春。它過去為需要的人提供庇護長達數十年之久，但隨著氣候變遷，登山客意外遇上臨時大雪的情況愈趨罕見，於是，後來登山俱樂部認為沒必要進行維護，小屋最終便出售給一位私人投資客。對方僅保留小屋簡樸外觀的原貌，至於內部，則改裝為附有衛浴設施的舒適雙人房，住客不再需要睡在同一空間內的大通鋪。而過去這一百年來唯一未曾改變的一點是，人們無法搭乘纜車或自行駕車前往雲霧小屋。唯獨卡爾滕布倫至海拔一九六七公尺處的轉向站之間曾有齒軌鐵路，但也已經棄置許久。雖然轉向站自從千禧年之後便逐漸衰敗，至今仍為頗具知名度的觀光景點，但跟瑪拉一樣想從那裡繼續前行的人必須改以步行。雲霧小屋的投資人顯然認為，加入一些登山冒險的小浪漫會是不錯的行銷點子——他大概將它包裝成難忘的腎上腺素攀升體驗，目標賣給有錢的顧客吧。幸運的話，有一個叫格特弗利得的人會用電動雪橇載你一程。位於卡爾滕布倫的山魔王國客棧的主人負責處理雲霧小屋的入住安排等事宜，包括交接鑰匙，並幫忙運送行李，以及油、木柴、食物等旅客必須自備的物品。

不過，瑪拉的運氣不好。因為她想要趕上最後一班齒軌列車，她沒有時間繞去客棧稍作停留，所以她現在不只必須拖著自己的體重上山，還有隨著每一個步伐變得愈來愈沉重的後背包。

剛開始，冷冽的新鮮空氣令她那滿是城市塵土的肺感到舒爽，但現在每吸一口就帶來一陣痛苦，感覺支氣管內像是開滿了冰花似的。

當瑪拉終於踏上通往平台的階梯時，空氣嚐起來不再是清澈沁涼的山間小溪，更像是窩在爐邊的舒適晚間時光。她覺得她已經能夠聽到樺木柴與橡木柴在爐火中燃燒的劈啪聲了，陣陣升煙由外觀看起來很新的不鏽鋼煙囪冒出，形成一小朵的雲霧，飄進黑暗的夜空中。

瑪拉踩著沉重的步伐穿越覆雪的平台走向旅館大門。入口上方有一個寬敞的長形陽台，應該是前側可以看到山谷景致的房間陽台。

大門十分厚重，材質跟木屋牆壁的用料一樣，看起來就只是將稍微粗略處理過的木材加以堆疊似的。門的左右兩側皆設有兩片式的窗戶及設有百葉遮陽窗框，並以花盆作為裝飾，而每一扇窗內都擺著一盞桌燈，散發著微暗而宜人的柔和光亮。

瑪拉坐在門前的石架上擦腳。她試著尋找電鈴或門環，但後來又覺得好像也沒必要向大家宣告她的到來。一方面，門敞開著；另一方面，沒有人會聽見她敲門或按鈴。

木屋內燈光柔和，溫暖舒適的入口處顯然空無一人。

17

「哈——囉——？」瑪拉大喊。起初她還在擔心緊張，不知道誰會率先出現。但隨著屋內的杳無人跡的靜默變得愈來愈巨大，她的緊張先是轉為不安，接著變成另一種感受——她最後一次經歷那種感受是在萬湖的廢棄婦產診所內穿越走廊的時候。

「你們到底在哪？」

除了柴火的劈啪聲之外，她沒有聽見任何回應。

好怪。

瑪拉將後背包放下，看著她鞋子四周形成的水窪。一定有其他入口，或許在側邊吧？應該還有鞋室，或至少有個門廊。

她脫掉手套，以便解開靴子上結冰的鞋帶。她迅速脫下浸濕的襪子，接著將襪子與發熱外套一併披在一張白蘭地色澤的皮質扶手椅上。它的顏色與鄉村風格石製火爐前的其他座位區顯得相襯。

地面層基本上就是一個寬敞通風的大空間，堪比設計師酒店的大廳——那種會讓室內設計師在「森林與山」的標語下方排放蒸汽的酒店。

建材上完全僅採用天然素材，包括牆面、地板設計與傢俱，成功將當地特色與現代元素完美融合。踩在腳下的深色橡木鑲木地板溫暖宜人，不僅奠定了入門的第一印象，也與橡木色燈罩的弧光燈十分相搭。燈則有如垂柳一般，垂掛在爐火前的皮質沙發上方。

與此形成強烈對比的是石墨色的鋼質階梯，像通常會出現在十字山（Kreuzberg）工廠閣樓的那種。階梯上正對著爐火的牆壁堪比畫廊，牆面前方擺著一張大型餐桌——瑪拉只有在西洋老電影內的沙龍見過那種。掛在牆上的畫作大小相當於車輪，表面覆蓋了一層真的苔蘚。

「嘿，有人在家嗎？」她朝著開放式廚房的方向喊道。她從目前所站的地方便能清楚看見廚房中島，瓦斯爐上方掛著銅質湯鍋與平底鍋，擺設方式正如現代鐘琴的零件似的。

無人應聲。

又偏遠又荒涼，瑪拉心想，同時從後背包抽出一雙運動襪，接著穿上它們。她感到愈來愈不安，意識到這間小屋有如廢棄一般，沒有其他形容可用了。

火爐中的火焰仍有足夠的木柴可以燃燒，最後一批木柴頂多是在半小時前添入的。

除了一張以樹幹製成的大型餐桌之外，火爐前也擺了一只充當咖啡桌的老舊行李箱，放滿了使用過的玻璃杯、印有咖啡與牛奶痕的馬克杯，以及滿是蛋糕屑的盤子；在一個仍裝滿茶的杯子裡依然掛著茶包。

溫的，瑪拉伸手測試水溫。另一旁仍裝滿咖啡的咖啡壺則是冷的。

非常奇怪。

她穿越結合了客廳與餐廳的空間，進入一道走廊，接著——如她所料——通往右側的主要入口處。前方是一個寬敞的大廳，其門廊地板鋪著老式臥鋪火車所使用的木頭。鐵製鞋架上擺著四雙女用及兩雙男用冬靴，多少還算整齊，且大多帶有水痕。上方掛著羽絨外套、滑雪外套與附有內襯的多功能外套——據瑪拉的計算——共有六件。

好的，這也代表這裡不是只有我一個人，其他房客不至於距離太遠。

為了要打開比平台入口厚重許多的正門，她必須用肩膀推，因為強風也努力地想把門再度關上。

大概是下衝流吧。瑪拉抬頭望向右側的岩塊時心想。它幾乎以螺旋的姿態，從木屋垂直地延伸進入深邃的黑暗夜空。

開門後見到的是以礫石鋪成的環狀車道，表面覆雪的情況並不規則。其軌跡比一般轎車來得更小，但若為電動雪橇便顯得剛好。目前只有一輛傳統雪橇垂直擺放於結凍的垃圾桶旁。

「哈囉，有人聽到嗎？」瑪拉大喊，雖然她想不通那些旅客在這種氣溫裡，怎麼可能在不穿外套與鞋子的情況下離開木屋。她現在愈來愈不期望會得到回應了。或許大家全都待在他們的房間內，抑或是還有另一個公共空間。

她將門關上，臉頰立刻因為溫暖而產生反應，感覺似乎已經轉為深紅色了。

瑪拉將動作停了下來，試圖用聽覺尋找屋內的噪音，但除了窗外的風聲，以及窗戶下方的幾座葉片式電暖爐所發出的格格聲之外，毫無任何聲響。

根據網站簡介，為了節省能源，唯有在爐火不夠供暖時，才能開啟燃油發熱器。

顯然在場的人當中有一個怕冷體質的決定要多開暖氣。

暖氣加上爐火已經讓室內幾乎變得太熱了。總之，不論如何，對瑪拉的黏膜而言顯然過度乾燥。

在她確認屋內沒有地下室之後，她走回客廳與餐廳的空間。瑪拉掃視著這個空間，好似她稍後將被迫根據記憶描繪出空間平面圖一般。

她注意到一些卡牌。

在行李箱桌上，有一張面朝上的牌，旁邊則整齊地擺了一疊牌。壓在行李箱下方的沙發毯看起來有如一件破舊的乳白色冬季毛衣，好像是用同一顆巨型羊毛球織成似的。剩下的卡牌散落於毯子上，看起來就像有個輸不起的人生氣地把牌丟到地上似的。

瑪拉下意識地點了點頭。

根據一些證據推測，原先待在這裡的客人一直到不久之前才突然離開。

玩牌玩到一半。

沒穿鞋子、沒穿外套，不知去向、不知原因。

她從咖啡桌上拾起正面朝上的那張牌。

紅酒色的背面佈滿了無數個帶有黑影的問號。

這裡剛才在玩什麼？

不是斯卡特[2]牌、撲克牌，也不是其他經典的卡牌。她此時拿在手中的卡牌，正面並未標上任何數字、顏色或符號，反而只寫了一段文字。

一個小測驗？

瑪拉讀了前兩句文字之後，手開始嚴重發抖，導致她根本無法將卡牌上其餘的內容讀完：

> 七名孩子坐於櫥櫃內下了一個決定。數年後，其中六名在山上碰面，參加假冒成同學會的團體諮商治療。其中，至少有一人將以性命為過往付出代價。當時發生了什麼事？誰必須負責？

2 譯注：Skat，一種由三人進行的德國紙牌遊戲。

18

「我說啊，如果這是一個玩笑，那我知道比這個更好笑的。」瑪拉一邊爬上階梯，一邊大喊。

她起初的懼怕轉由憤怒取代。這趟旅程已經夠累人了，她沒心情理會其中一、兩個人長不大的中二幽默。顯然有人提議編撰某種犯罪晚餐測驗來消磨下午的時間，然後拿一張鬼牌來特別為這次聚會設計道具。等級大概是營火會那種中二玩笑。

「接下來呢？用保險套裝滿防曬乳、從陽台丟下去？」她在鋼質階梯上邊走邊吼。

沒有反應。除了陣陣狂風使百葉窗搖動的聲音。

或許他們有多的衣服，然後回到村莊去拿補給品？瑪拉想著。但格特弗利得應該已經幫他們帶來了吧，不然他們從昨天開始就沒有東西可以吃或喝，也不會有木柴。而且行李自然也已經到了——瑪拉將房間一間間輪流檢查時看見的。

正如預期，所有臥房皆在樓上。這間青年旅館顯然是以鼓勵聊天、信任原則的概念打造的，因為門完全無法上鎖，鎖上也找不到任何地方插鑰匙。

二樓的三間房間開門後先是一道畫廊，後端是面山的景致。想要住谷景房的話，就必須從鋼質階梯再往上爬至三樓。

大多數房間就跟木屋本身一樣，空蕩蕩的，但並非無人使用。較小的手拉行李箱和較大的後背包若不是放在床上、就是床邊，有些已經打開了、有些仍原封不動。例如鷹隼套房就是如此；這間睡的是兩位以前跟瑪拉進階生物課同班的同學——傑瑞米和寶琳娜。瑪拉不必動用她的偵探技巧，只需要看每一間房門邊牆上掛的黑板就能知道了。每一塊黑板皆用樸素但可愛的方式，將房客的名字畫出來：

西蒙、格蕾特、艾瑪迪斯、蕾貝卡……

沒有蔻拉，那個多嘴婆，謝天謝地。但她在三樓終於找到她其實一直在偷偷尋找的名字。

基利安。

六號房，天空王國。

瑪拉敲了敲門，沒人回應後，她進到房內。「哈囉，基利安？」她喊道，儘管房內根本沒人。

房內瀰漫著一股宜人的香氣。瑪拉仍記得很清楚，基利安之前會噴自己調的香水。任何店都找不到那樣的淡香水，因為他是在家裡他專屬的地下室內自己萃取製作的。

「有一天，我要創造出一款香水，效仿大自然中最美妙的氣味：書本的氣味。」

瑪拉閉上雙眼。他似乎成功了，瑪拉傷感地想著。整間「天空王國」瀰漫著一股美妙的木質香味，是珍貴印刷精緻紙張的味道。

基利安的房間面朝平台。假如他一個小時之前站在這裡的話，就能看見她從轉向站走上山來。

瑪拉閉上雙眼試圖回想他的臉龐，卻徒勞無功。儘管如此，她確信，當他站在她面前的時候，她肯定會認得出來。她會認出他的笑，除非他在這段時間去矯正右邊犬齒——他那彎曲的吸血鬼牙齒在畢業紀念冊內也很明顯可見。

當她看見基利安床頭櫃上的用皮製書套包起來的書時，她的心臟漏跳了一拍。

多瑪斯．阿奎納（*Thomas von Aquin*）
《論真理》（*Erörterungen der Fragen nach der Wahrheit*）

瑪拉露出滿足的笑容。

從眼前的一切看來，基利安依然忠於自己對於哲學的興趣。

她將書打開，翻到書籤的那一頁，此時她的笑容頓失，心跳也不再加速了。相反地，她感覺自己的心臟似乎停止了。

書籤是一張照片。

一張拍立得。

有兩個人在親吻，顯然非常相愛。

一名年輕男子、一名黑髮女子。那無疑是基利安，因為她認出他的刺青。

人人皆有兩條命……

她窘迫地閉上眼睛。

你到底在期待什麼啊，大笨豬？

自己沒來由地把人家趕出你的生命，然後還要人家為你守身禁慾五年？

「不。」她大聲地說，隨即被自己精力充沛的聲音嚇了一跳。她才沒那麼笨，不會為了一段從未發生過的戀情哭泣的。她心中的那一股酸楚並非由那個吻引起的，而是它所象徵的意義——這個影像證明了，在瑪拉陷於停滯模式的這幾年之間，大家的人生皆仍持續前進。至今，她基本上仍然躺在馬路上，剛逃離防水布人後被車撞。

她準備將照片放回原處，但有個東西使她停止動作。她的手指開始顫抖。她瞇起眼睛將頭歪向一邊，並眨了眨眼。可是，那份感覺依舊揮之不去。

對耶！

那名女子看起來很眼熟。

但是為什麼呢？照片中只看得到她的側面輪廓和手，而且即使有正臉，也無助於激起她的任何回憶，所以說……

我為什麼會這麼確定我看過她呢？

瑪拉轉了轉拍立得，與此同時，周遭環境出現一些干擾。天花板上的燈瞬間亮了一下，導致有一剎那，她覺得自己從相片紙看見一抹倒影。

一個臉。

就在她的正後方。

越過她的肩膀望過來。

埃德加？

她發出一聲尖叫還鬆手放掉拍立得，接著轉身。

什麼也沒有。

當然沒有東西啦。

瑪拉花了一些時間才發現自己又再次陷入過度敏感、過度激動的感知的影響了。但即使當她彎腰想找剛才自己踢到床下的照片時，她那由恐懼而起的緊張感並未消退——反倒相反。

她找不到照片——隨著找不到的時間拉長，她就愈發緊張。

不在床架底下，床頭櫃附近也沒有，甚至房間更裡面的地方也沒有。

瑪拉四處尋找，但都沒有出現。

拍立得依然不見蹤影。

如同未曾存在似的。

19

瑪拉找到她自己的房間——常春藤小巢——也在三樓，位於北翼的末端側邊位置。一樣沒有鑰匙。

她進到房間，滿意地點了點頭。房內傳統與現代融合的風格營造出舒適、有質感的氛圍。她將稍顯僵硬的陽台門推開，一陣冷冽的空氣瞬間吹入房內，感覺有如一隻被鬆綁的狗，在狗窩內等著衝入暖和的地方。由陽台俯望的景觀是側院內兩棟相鄰的小木房。一對腳印從側院一路延伸至後方山區的虛無黑暗中。

瑪拉將門關上，在鋪著厚重羽絨被、鄉村風格的床邊坐下。

她在腦中重新將每一道走廊再走一遍，回想起門上的黑板。

她花了一些時間才想清楚究竟哪裡出了問題。

這些不都是曾經跟我同班或修過一樣科目的同學嗎？

如果瑪拉沒有想錯的話，那這就意味著，這趟旅行並不像邀請函上所說的是整屆跨班級的同學會。因為如果只有那些曾經在高石高中跟她一起修過至少同一門課的同學應約參加，那樣的巧合就太奇怪了。

瑪拉感覺到太陽穴上的疤痕開始抽動，如同體內有什麼昆蟲頓時甦醒似的。在經過如此一番疲累的攀升之後，她的內心並未獲得平靜，而她頸後的痛楚很快地從頭部後側蔓延至眼睛。她的肚子也開始發出低鳴。

她想再回去廚房檢查一次，因為她聽到手機鈴響——聲音悶悶的，像是壓在被子裡。

不過，它的聲音夠大，足以讓瑪拉定位聲源方向。

某間房間的某個位置。

比她低一層樓。

20

技術上來說，她根本不可能聽得見那陣手機鈴聲，但讓瑪拉覺得更加不舒服的是，它的鈴聲跟自己的一樣。而且根據旅館網站的資訊，除了戶外的手機使用處之外，雲霧小屋內沒有任何地方能夠收到訊號。目前為止，她的手機在任何房間內都未曾顯示訊號連線或無線網路熱點。

可是……

瑪拉迅速下樓。手機鈴聲來自海狸小巢——三號房。

我剛才難道沒有關門嗎？瑪拉踏入房間時暗自問道。她記不得了，而且她也無法馬上找出手機。即使房間不大，她卻無法順利找出究竟是哪個區域在嗡嗡作響地震動響鈴。她猜，手機應該是在被子下方，於是她開始將被子上的衣服一件一件拿起來，但什麼也沒有。

甚至連厚重的羽絨被和枕頭下都沒有。

可惡，快點啊，瑪拉。

手機已經響很久了。如果來電的人失去耐心將電話掛掉的話，那手機大概會再次上鎖，她就沒辦法回撥了。

頓時之間，她不再確定鈴聲是否真的來自床上。

等一下……

她走向浴室。起初，鈴聲似乎漸大的趨勢，但又突然變得非常安靜，安靜到她以為鈴響停止了。不過，當她往床頭櫃的方向走了兩步之後，鈴聲又出現了。

該死的。**看來現在我不只無法辨認臉孔，連空間聽覺能力也不見了。**

她的情緒失控了。她原地轉圈，忍不住根據眼前所見的景象開始分析房客的背景。

傑瑞米和寶琳娜還在學校的時候就在一起了，雖然他們看起來很不搭。寶琳娜是個蒸氣龐克少女，浮誇的服飾看起來永遠像是要去參加維多利亞風格的化裝舞會。而傑瑞米大概是那種會穿籃球裝當睡衣的人吧。

根據他們房間的現狀，他們之間的差異顯然沒有讓他們畢業後就分手。又或許，他們只是基於昔日情誼而再次同床。

傑瑞米已經打開行李了。瑪拉不認為手機是他的。

這麼井然有序的人出去時是不會忘記手機的。

他事先將帶來的少數衣物（長褲、無袖貼身背心、運動襪、雪褲及牛仔褲）按照天次擺放在門邊的開放式衣櫃內。

至於浴室內——瑪拉從床的位置就能看見——牙刷和牙膏已經在房客自備的漱口杯中等候

它們那八股的主人了，還有愛迪達運動拖鞋整整齊齊地擺在淋浴室前方。

光是在瑪拉胡亂翻找床鋪時，就已經能夠看出誰睡在哪一邊了。傑瑞米的床整理得一絲不苟，那絕對不是他去當兵後才學會的。至於另一邊，寶琳娜的床上原本堆放著稍早瑪拉找手機時丟到地上的東西：一件冬季毛衣、一條毛巾、兩條緊身褲、一件紅酒色的蕾絲胸罩，甚至還有一條開封的士力架（Snickers）巧克力棒。

寶琳娜跟傑瑞米不同，她仍未將行李內的東西拿出來，而且顯然也不打算這麼做。她放在沙發旁的手拉行李箱看起來像是爆開似的，很明顯地，她把它當作抽屜來使用，隨機將需要的衣物抽出來或丟回去。

手拉行李箱！瑪拉心想。

她將頭歪向一側。事實上，她或許被自己的聽覺擺了一道。鈴響與床的距離夠近，而且——沒錯——當她在床的附近翻找時，它就變得愈大聲。

天啊，它到底為什麼會響那麼久？

那個想跟寶琳娜講話的人一定是個很有耐心的人，又或者……

或者它根本不是人。瑪拉終於在行李箱內的襪子堆內找到手機時，總算明白了。

那只不過是自動啟動的鬧鐘鈴聲。

可惡！

瑪拉失望地將手機螢幕上的鬧鐘關掉。寶琳娜將手機的鬧鐘響鈴設定為標準鈴聲。

瑪拉一邊嘆氣，一邊在手拉行李箱旁坐下。沒有令人驚奇的歡迎、沒有人打電話來解謎——這裡發生了什麼事？其他人全都去了哪裡？在這冰冷的黑暗中又沒有交通方式的情況下，沒人留下任何訊息給她這個比較晚到的人。

正如她所擔心的，瑪拉無法從手機汲取任何祕密，必須使用密碼或臉部辨識才能解開螢幕鎖。瑪拉大可以開啟相機應用程式，把房間、行李照下來，或者……

等一下。

她的目光落到一張明信片上。一定是她剛才在找手機時從行李箱內拉出來的，現在掉在地上。

是邀請函。這次同學會旅行的參加邀請。

高石畢業生——五年了！

一起來慶祝復刻校遊

十二月十五日至十八日

雲霧小屋見？

看起來跟掛在她冰箱上的那張很像，但只有「很像」而已。它們連顏色都不同，她的是淡紅色，而寶琳娜的是深綠色。另外還有其他更顯著的差異——背面的文字——她的寫著「基利安也會來喔！」，但跟這張卡片上篇幅較長的備註內容相比，兩者字跡並不同：

這份邀請函的寄送對象是所有檟櫃團的成員。拜託所有人、每個人都務必參加。我再也無法承受我們當年所做的事了，我的良知無法與之和解。如果你們把我獨自丟下的話，我就會把我們的影片傳出去。你們知道我會它傳給誰的。

21

瑪拉手中拿著那張邀請函，蹲伏在寶琳娜的行李箱前呆愣了很久。其中有幾個單字如同利箭般地刺入她的腦袋。

櫥櫃團。良知。影片。

她注意到自己的雙腿開始麻痺了，於是站了起來。瑪拉衝動地開始清理剛才尋找手機時所造成的那一團亂，好似這麼做也能將她腦中的混亂同時理清一般。

「當年」是什麼意思？

是關於什麼的「影片」？裡面會看到什麼？

它應該要「傳給誰」？

陷於深思的瑪拉將寶琳娜的東西從地上拾起，並重新放回床上，甚至比原本顯得更加整齊。她也仔細地將傑瑞米的被子摺好，使枕頭恢復蓬鬆。過程中，她的目光落在一本犯罪小說上。他顯然正在閱讀這本驚悚小說，封面上有一座山脈，以及一個出乎意料的名字。

《孤獨》
寶琳娜・羅加爾著
懸疑小說

你看看、你看看。甚至是由信譽良好的出版社出版的呢。

瑪拉小心翼翼地拿起書，好像它是什麼易碎物似的。接著，她抽出傑瑞米夾在書頁中作為書籤用的名片。是他自己的。

名片上標著傑瑞米・帕法爾，任職於全球工程的建築實習生，其總部位於法蘭克福、雪梨及杜拜。瑪拉將印壓著精美凸飾的名片舉至燈光下，便顯現出浮水印，是非寫實風格的摩天大廈天際線，大概是那間國際公司的主要建案吧。

不錯啊。

她把書放回原處，接著看見傑瑞米將自己的邀請函整齊地放在入口旁的小型鑰匙架上。它的顏色也不一樣，不過也包括了她卡片上沒有的備註內容。

但是為什麼呢？

瑪拉想到一個點子，或許可以釐清她腦中那些愈來愈逼人、複雜的思緒，解決那一團問號叢林。

我怎麼沒有馬上想到！瑪拉生氣地想著。

她急忙下樓，再次穿上發熱外套和靴子，接著踏入木屋前那一片冰冷的黑暗中。

22

如果瑪拉有停下腳步稍作停留的話，她就能獲得一些回饋：平台下那一幅美不勝收的全景——藍色的月光照映在重重交疊的山脈上，部分荒蕪、部分由森林覆蓋。

其中一座較遠的山脈貌似一隻沉睡的刺蝟，牠身上的刺其實是覆了雪的冷杉。牠身後升起了來自卡爾滕布倫的燈光，而牠前方的山谷之深邃，以致於空中掛了一層摻著孔隙的雲霧，好似沉溺於巨人的氣息當中。如果瑪拉駐足的話，她的雙眼大概很快便會因為好似來自四面八方的狂風而不禁流淚。正如她先前所讀到的，由於當地危險的強風，遇到緊急狀況也不可能調動直升機救援。

不過，瑪拉可沒心情享受阿爾卑斯山脈的浪漫，抑或是任何風險分析。

她只有一個目的地，而且那裡絕對不適合在半黑的狀態下拜訪——她現在才發現——也絕對不適合懼高的人前往。

為了找到它，瑪拉必須回想網站上以箭頭指示路線的手繪地圖。

越過平台、背對木屋方向左轉，走進一條通往山坡的窄路，抵達裸露岩塊。

在圖片裡，手機使用處貌似船桅上的瞭望台，但在現實中，雖然它四周圍了一個半圓型的木柵欄，卻顯得更加搖搖欲墜、不甚牢固，尤其那裡的強風又足以將任何障礙物拖拉位移。

在雲霧小屋周遭唯一有手機收訊的地方，其花崗岩質地板上沒有覆雪也沒有結冰，唯一解釋是有人（大概是格特弗利得）先替房客在地上灑鹽了。多虧了手機上的手電筒，瑪拉能夠確實地看見網頁上所說的紅色圓圈，站在中間便可以撥打電話。這個記號讓手機使用處看起來有如模型直升機的迷你停機坪。

瑪拉小心翼翼地踏離礫石小徑，像是要踏上未知的冰地似的。看見智慧型手機上確實顯示出兩格訊號，她鬆了一口氣。至少有兩格。

她翻找了一下號碼。

「哈囉？」接聽電話的人說。她是先到WhatsApp複製對方的電話再撥號的。

「嗨，是我！」

「請問是誰？」男聲冷漠地問道。

「抱歉，電話裡有很多雜音。」

瑪拉伸手蓋住手機來擋風，看起來像是試圖在暴風中點菸一般。

「瑪拉。這是瑪拉。」

「瑪拉，噢，嗨，這真是……哇，真高興聽到你的聲音。」

這位老同學聽起來既驚喜、困惑又高興，就像他正在跟某個大明星講話似的，從未想過對方可能會打電話來。

「我也很高興。」瑪拉回敬道。接著，她說出那句將她帶到這裡的問句，問電話另一頭的同學會召集人：「嘿，快跟我說，你們大家在哪？」

亨德里克．羅爾布希特清了清喉嚨，說：「什麼意思？」

他的聲音現在變得斷斷續續的，但那是因為訊號不佳。至少沒有斷訊啦，所以她能夠告訴對方：「我剛到，但沒有人在這裡。」

「不好意思，但我得承認，我現在很困惑。」

「你們全都回到村莊裡的酒館了嗎？你們剛剛在這裡有先喝過什麼了嗎？」瑪拉笑著問道。

「我正打算問你一樣的問題。」

她下意識地翻了個白眼。玩笑已經慢慢變得不好笑了。「好啦，亨德里克，玩過就好了。但我現在冷得要死，我再問一次：其他人在哪裡？」

他的回答只有五個字，但它們的力道已經足以讓瑪拉覺得好像有人將她腳下的穩固地板抽掉並替換成沼澤似的，令她開始下陷。

「什麼其他人？」他問。

瑪拉吞了吞口水，接著如同受到遠端遙控似地，以毫無起伏的單調口氣說道：「就其他參加高中同學會的人啊。你邀我來的那個。」

就在這一刻，她回想起那些黑板。她一直到了這裡，在這片黑暗、這股冷冽中，才頓時發現黑板數量太少了——至少缺了一塊。

不要說出來！不論如何，她還是在心中懇求道：**拜託！不要把我覺得你準備要說的話說出來。**

對方並沒有聽到她的懇求。因為——正如她此刻才意識到的——屋內並沒有寫著亨德里克名字的黑板，也難怪他會這麼回答了。

「抱歉，瑪拉，我真的不知道你在說什麼。我很討厭同學會之類的東西，我這輩子從來沒想過要去參加同學會，更別說要召集這種浪費時間的事了。」

23

出乎意料地，她感到寒意，卻沒有凍僵。

好像她待在這個山中世界的時間遠遠超過短短幾個小時，打從童年時期就已經習慣這種氣候了。

好像我已經鍛鍊很久了似的。

強勁的狂風如同被鍊住的怒犬似的，猛地跳向她。但她的內心卻十分平靜，好似已經麻木了。儘管——或正是因為——亨德里克剛才吐出了那句恐怖的話。

「抱歉，瑪拉，我真的不知道你在說什麼。」

他繼續說了一些話，但她愈來愈無法理解他在說什麼。她耳中出現一個哮鳴聲，將他們最後互道再見的語句淹沒。

他沒有邀請任何人？那會是誰？

而且其他人也都收到邀請函了，雖然他們卡片上的備註內容互不相同。

這一切到底是什麼意思？

眼前這無以解釋的情況似乎影響了她的聽力。她周遭的世界原有不斷怒吼的狂風，此時頓時像是被悶住似的，好像在她將電話緊壓在耳邊的同時，也在自己的頭部套上了帽兜似的。

對啊，帽兜！

她想到一個點子，並馬上在撥打下一通電話時試用。確實，在瑪拉戴上發熱外套的頭罩之後，她成功擋掉背景噪音，電話另一端的女士也更容易理解瑪拉說的話了。

「山魔王國。您好？」

另一端的女士幾乎是用吼的——多數人在接電話時，如果四周很吵就常會這樣。瑪拉聽見背景傳來藍調音樂，玻璃杯互敲的叮噹聲及笑聲。

「格特弗利得在嗎？」

「誰？」

「格、特、弗、利、得！」村莊酒館的老闆。酒館在這樣的週末晚上肯定已經被人潮擠爆了。他們本來應該要在那裡碰面並寄放行李的。瑪拉之前在谷歌地圖上查詢方向時，不禁對「山魔王國」引用了歌德敘事詩《魔王》（*Erlkönig*）的文字遊戲[3]莞爾一笑。

誰會在深夜暴風中騎車出門啊……？

現在，酒館的名字只引來不祥的聯想。

---

3 譯注：客棧原文名稱為Gipferlkönig，將「山頂」（Gipfel）與「魔王」（*Erlkönig*）兩字結合。

「不好意思，格特弗利得不在。有什麼事嗎？」

背景噪音變小了，那位調酒師或服務生應該是走出門外了。瑪拉記得網站首頁上的俗氣照片。一間獨棟的約德爾式（Jodel）木屋在夜幕中點著舒服的燈光，屋頂上覆著雪，煙囪冒著裊裊炊煙，背景有一座教堂塔樓。山魔王國的內部也一樣，絕不是什麼荒涼、廉價的山中酒館，不是毫無前途的村莊青年狂灌野格利口酒、喝得爛醉，以及找架打的地方。網頁上的照片呈現出一個風格傳統、氣氛浪漫的公共空間，擺著幾張放了灰色方格桌巾與白色餐巾的桌子，背景有一座氣宇不凡的木製櫃檯，而緊鄰在旁的房間則有必備的撞球桌、牆上掛了幾塊飛鏢靶。

「我想問格特弗利得可不可以來雲霧小屋接我。」

「你是誰呢？」

瑪拉報上自己的名字。

「霖德伯格？瑪拉．霖德伯格？」女士重複道。

「是的。」

「希望你不是從雲霧小屋打來的……？」

「我是。」瑪拉不確定地答道。

「該死的，我先生不是警告過你了嗎？在公車站！」

「快滾！」

「**那**是您先生？」瑪拉震驚地問道。電話中的女士聽起來比那個一口黃牙的奇怪瘦癟男人和善多了。

「噢，從你描述的方式聽起來，他又展現自己最好的一面了啊。」

可以這麼說喔。

女士嘆氣說道：「我知道他的性情有時候稍嫌乖戾了點。他不愛講話，但只要他一開金口就都是深思熟慮過的話。你應該聽他的。」

「您知道他為什麼會認識我嗎？我的意思是，為什麼他要警告我呢？」

還有，要警告什麼？

「哎呀，你知道嗎？我恐怕已經說太多了。格特弗利得交代過，不能跟任何人提起這件事。我應該也得遵守才對。」

瑪拉下意識地原地繞圈踱步，使她的臉再次感受到風吹。「好吧，那我可以親自過去一趟。格特弗利得什麼時候可以過來呢？」

「不好意思，親愛的。魔鬼峰頂剛才發生雪崩，有一群登山客失蹤了，所有人都過去現場幫忙了。格特弗利得騎了他的電動雪橇車過去。那大概會花上一整晚的時間。」

瑪拉回頭望向燈火通明卻毫無人煙的山間木屋。

「有多少人被埋呢？」她焦慮地問道。

「不曉得。」

「我會問只是因為……這個嘛，這裡完全沒有人。整棟木屋裡只有我自己一個人。」

「這樣的話，就沒有人會傷害你了，對吧？」格特弗利得的妻子回應道。

「是因為這樣他才警告我的嗎？因為有人想要傷害我？」

「你現在所能做的最多就是回到屋內，把所有門都鎖上，然後等到格特弗利得明天可以去接你的時候。畢竟那裡以前是個避難所，你在那裡很安全。我明天會跟他說，好嗎？」

不，一點都不好。

「**您**不能來嗎……？」

「不好意思，我這裡屋頂都要被掀掉了，來了一堆旅客。我必須掛掉了，但答應我一件事——如果你對那裡的環境沒有百分之百熟悉，自己在外面可能會有生命危險。千萬不要獨自出去！因為這裡的天氣瞬息萬變，形成了很多不同的雪層和冰層。你只要踏錯一步，就可能會引發雪崩。所以，你就待在雲霧小屋裡面喔！」

瑪拉盯著手機——已經完全沒有訊號了。螢幕上覆著融化成水的雪花，但她沒有伸手擦拭，就只是呆站在手機使用處，如同身軀定格、思緒凍結似的。

自從剛才跟亨德里克通完電話之後，她的耳中就一直有個哮鳴聲。現在，她開始聽到嗡嗡低鳴的聲音，像是成群且憤怒的昆蟲似的。唯一不同的地方是，嗡嗡聲依循著某種規律，有節奏性地時大又時小，如同滴答作響的調音器抵抗著持續不斷的急促風聲。

瑪拉過了好一會兒才意識到，那陣嗡嗡聲並不只是迴盪於她的腦中，而是真實存在的聲音。

她發現，當她離手機使用處愈遠，嗡嗡聲就變得愈大。她背對陡坡的方向，朝著她稍早從房間陽台看見的木營房走去。風吹使帽兜與她的後腦勺貼得更緊，但她卻仍能聽到那個聲音——愈來愈清晰。

宛如成群的昆蟲。

就在平屋頂的灰色棚屋內。她之前不管是在房間陽台上，或是在外面講電話時，都沒有看見這棟建物。甚至一直到現在，是因為在格特弗利得的妻子掛掉電話之前，門開了一道小縫讓屋內洩出一束光，瑪拉才注意到它的。

24

瑪拉知道，自己所抱持的希望有多麼不合理，但儘管如此，她仍希望那間棚屋會是個建築奇蹟之類的——一個外觀看起來小很多的多用途空間，其實內部大小相當於一座體育館，基利安、寶琳娜、傑瑞米、艾瑪迪斯、格蕾特、西蒙和蕾貝卡在那裡開心地玩著保齡球，玩到忘記時間了，然後一切都會在那裡和平落幕。

即使在寒冷的黑暗中前行再怎麼地令人難受，瑪拉對於自己的認知很是滿意——自己完全沒有先檢視棚屋的外觀是正確的。

希望讓你有動力走下去，直到最後才會消亡！瑪拉心想。每當瑪拉朝著棚屋的方向多踏一步，靴子下的積雪便會發出巨大的喀喀聲，聽起來像是巨人在啃食薄脆麵包似的。

但即使如此，希望終究還是會消亡。她站在微開的鋁門前時，不禁如此想道。它沒有門鎖（大概是因為這樣才可以隨時進出，結冰了也沒問題），但有一根簡易的橫木從外部固定。相較於剛才直接吹打在斜坡上的狂風，這裡的風勢顯得沒那麼強了。不過，應該是風把門鎖吹掉，又將門向內推開的。藉著手機手電筒照明的瑪拉，並沒有看到任何腳印，但其實這裡的雪早已結凍了。

她關掉手機，用腳將門縫再踢開一點。

屋內的光源是一座金屬製的龐然大物，在半昏暗的環境下，狀似舊式蒸汽機與現代船用引擎的綜合體。那隻漆成天空藍的怪獸由輸送管、過濾器、軟管及汽缸所構成，還有一個亮著的螢光幕，也就是光源。

這台裝置重達半噸，幾乎佔滿了整間棚屋的空間，下方有一個黑色的基座。基座上則有一個公司的商標，並寫著「極靜柴油引擎」。

「靜」的部分顯然是騙人的，畢竟它的嗡嗡聲可以輕易地穿越風聲傳到一百公尺之外。不過，至少瑪拉現在有新情報了：它不是什麼危險的東西。

而是一台發電機。

瑪拉從門檻處望入這間方形的房間內部。她沒有看見任何陰森可怕的東西，但她仍舊不敢進去，而原因只有一個：門鎖。如果門只能從外面關上，那她可不想站在屋內，以免有人故意要在這裡搞怪。畢竟，經過一連串的怪異事件之後，會這麼想也是合情合理。一開始是格特弗利得關於這棟荒涼木屋的警告、在屋內發現的卡牌，最後是亨德里克——她目前看過的所有邀請函上都寫著他的名字，但他顯然不曾寄出任何邀請。

瑪拉將門闔上並上鎖，起身走向營房。原來它們也是木製棚屋。

她上方的天空已經變暗了。這個區域不再有月亮照明，於是瑪拉再度開啟手機手電筒。

現在，她腦中的畫面變得愈來愈醜陋。首先，她打開了第一扇沒上鎖的門，一股惡臭迎面衝來——她大概有先預料到一半。那股氣味混雜了發霉的牛奶與腐爛、甜膩的肝腸。她一定是有一次克莉絲汀帶她去法醫科的屍體解剖室拿檔案時聞過這種味道的。

接下來，正如瑪拉所料，她在其中一棟木棚內找到屍臭的來源：成堆的屍體。她的老同學們全裸且失去生命跡象，全體糾纏成團，如同卡牌上的成堆問號那般。在她的想像中，她還看見一隻老鼠在用牠粗糙、長毛的舌頭舔著某一具屍體的眼球，隨後在咬入眼球時發出一陣刺耳的尖聲。

那絕對不是什麼舒服的畫面，但相較於她在刑事偵查科看了好幾年的墮落人類，這根本不算什麼。而想當然耳，她的想像力在這裡也在耍她。

從她的房間陽台能夠看見的棚屋只不過是放滿了雪鏟、中和鹽桶、防水布，以及一輛在這般天氣中毫無用途的腳踏車。沒有任何生物，也沒有任何屍體。

在這裡，瑪拉同樣從外面將門關上。

先關上第一棟木棚，接著是第二棟。

接著，她轉身至木屋的方向，然後尖叫。

尖叫之大聲，好似有人突然在她頸後倒了一桶冰水一般。她的尖叫只有愈來愈大聲，因為她所看見的東西——或其實是沒有看見的東西——甚至令人更加不舒服許多。

她開始感到寒冷。她的牙齒節奏快速地打著冷顫。

讓她變成這樣的，不是與亨德里克的通話、不是發電機那有如成群昆蟲的憤怒嗡嗡聲，更不是冷冽的寒風。

讓她覺得自己似乎即將凍死的不是「某個東西」，而是「沒有東西」。那棟木屋。

瑪拉眨了眨眼，牙齒繼續打著寒顫。她打了自己的頭，一次、兩次，全是徒勞。

雲霧小屋依然不見蹤影。

25

訊問
現在式
下定決心的兩週後

「我好了。」女子說道。她哭了好一陣子之後，聲音降了半音。在會議桌另一端進行訊問的男子，將視線從二二〇九號房外絕美的降雪景觀移開。

卡斯登．史崔辛格博士是刻意將頭別開的，好讓她在激動地描述完且情緒崩潰之後，能有時間擦乾眼淚、擤擤鼻涕。「我們可以休息一下。」他說；「畢竟您的處境賭注很大。我只會給您這一次機會，隨後就會立刻做出決定。」

「您有說過了。」

「很好，我只是不希望您之後跑來說，我對您施壓或逼您做出什麼。」

史崔辛格考慮打開窗戶，讓一些新鮮空氣流進來。現在正值一月初，天氣冷到窗戶上結出冰晶。對那些坐在暖和的室內、或許甚至在爐火前，手中捧著一杯茶或熱紅酒的人而言，這幅景象想必相當愜意。不過，對短短五分鐘路程外、近郊列車軌道橋墩下的遊民而言，卻是一記致命的警告。

「不用，謝了，不需要休息。我們繼續吧。不好意思打斷了！」羞怯的年輕女子說道。

假如她的描述皆屬實，那不禁令人懷疑，她究竟有沒有辦法從這場惡夢中復原呢？

「我剛才說到哪裡了？」她問。

「消失的木屋。」他幫了她一把。

「啊，對，沒錯。這很容易解釋。」她清了清喉嚨，繼續說：「斷電的時候，雲霧小屋裡就再也沒有光了。整棟黑色的木屋就像魔法一般，在深色的大山前面消失，後來才又慢慢浮現出輪廓。」

「等一下。」史崔辛格困惑地打斷她：「您不是說發電機在嗡嗡作響嗎？」

「對。柴油沒有問題，是主要的保險絲燒壞了。」

「懂。」史崔辛格說：「雖然是這麼說……」

「怎樣？」

「您不是慢慢得出結論，決定試著獨自離開木屋嗎？」

「是的，我當然會想這麼做。兩件事顯然非常相似。」

「相似？」

「同樣又有一個假訊息，又是一趟進入未知的旅程。第一次是在嚇人的分娩室收尾，第二次是在雲霧小屋。那個殺人犯非常可能想要在這座山上完全未竟的任務！」

史崔辛格思忖片刻，接著說：「但當時不可能下山？」

「要怎麼下山？天都黑了。那時候，從雲霧小屋開往卡爾滕布倫的齒軌列車都已經停了。」

「那走路呢？」史崔辛格問。

「穿著一雙爛鞋又沒有任何裝備？在格特弗利得的太太所說的雪崩危機之下？不了、不了，外面比待在屋內來得危險。我們這麼以為的。」

「我們？」

「我馬上就會說到。」

她稍作停頓。

史崔辛格盡量避免用問句來填補靜默，以免打亂了她的思緒。

「除此之外，當時根本還沒發生任何事可以將離開的危險合理化。」

「您的意思是……？」

「這個嘛，當時那裡還沒有任何其他人。」

接下來，史崔辛格博士不禁吞了吞口水，因為這場悲劇的唯一倖存者說：「但情況很快就變了。」

26

雲霧小屋
下定決心的七天前

有一根木柴仍在悶燒著，邊緣燒得發紅，但火勢已經不再劈啪作響。儘管如此，瑪拉的雙眼依舊盯著爐內，似乎受到爐火催眠一般。

「這裡到底發生了什麼事？」她將思緒大聲地說出來。

她在廚房茶水間找到電箱，重新開啟稍早跳掉的主開關。接著，她將通往平台與主要入口的門都門上——它們的門閂跟發電機房的不同，能夠由內部打開。瑪拉也將所有窗戶一一檢查完成，其中有些雙層窗中間的縫積了一些水氣，但除了些微冷空氣之外，沒有任何東西能夠穿入。即使如此，瑪拉在巡視完第二遍之後，仍無法感受到絲毫的安全感。

「我現在該做什麼呢？」

她已經獨居很久了，自言自語的習慣可說是一點也不奇怪。奇怪的反倒是在深夜裡，寒冷的黑暗中從覆滿雪的危險陡坡下山的想法。

「重點是為什麼要呢？逃跑嗎？要逃離誰？」

一個令人不安的想法浮現：假如她在山上真的陷入了什麼危險，那不管是誰要對她不利，都可以清楚看見她現在正打算逃離！

她望向右邊的窗戶，外面的世界已然消失在黑洞之中。她想起祖母瑪格特的話：**「最讓我們懼怕的東西永遠是未知。」**

她真是對極了！

「我們在面對已知危險時可以進行調適、準備，但卻只能任由潛伏在黑暗中的未知擺佈。」

「那正是為什麼多數人這麼畏懼死亡。」瑪格特向她解釋道：「怕的不是死亡**之前或之間**——我們能為此做準備，藉由藥物進行預防，或甚至可以自己發起、加速過程。但**之後**就是個晦暗不明的謎團了，還有什麼比未知更令人恐懼呢？」

瑪拉回想起她跟祖母之間聯繫較為緊密的日子。在她康復後開始在刑事偵查科工作時，她為自己找了一間公寓，幾乎再也沒有去拜訪過她，就連後來在旅館工作時也沒有。回想起來，她不得不承認自己感到十分羞愧，因為幾乎沒有其他任何事物，能夠比和祖母見面及對話為她帶來更多力量與信心。瑪格特向來是她背後可靠的撐腰，並早在克莉絲汀之前便已是她的導師了。對她影響深刻的句子像是：**「當你身邊發生不好的事，你必須做你做得最好的事予以應對。」**

好的，那麼……

我做得最好的事是什麼？

瑪拉站起身，搓了搓已經跟爐火一樣冷掉的手指。

她決定聽取祖母瑪格特的話，去做很可能是她唯一有天分的事：分析該空間的不在場居民。

27

瑪拉走回平台入口找她的後背包，將她的高中畢業紀念冊和裝雲霧小屋資料的資料夾拿出來。她可以在印出來的資料背面寫筆記，但討厭的是她找不到筆——她大概把它丟在火車上了。她開始四處尋找可以寫字的工具。

她首先回到廚房，有人吃過早午餐或午後點心的痕跡仍在：兩只用過的餐盤，其中一只還留有吃了一半的薩拉米臘腸開放式三明治，而一旁的廚房中島上則有一個空的雞蛋盒，水槽內也有用過的盤子。

瑪拉的前臂頓時豎滿雞皮疙瘩，有如路面結冰一般蔓延。**你們大家都到哪兒去了？**她又自問了一次。

她的胃發出一陣低吼，聽起來像是炙烤先生被鄰居的貓惹惱時的聲音。而這並不單純是飢腸轆轆的聲音，眼前的整個情況也讓她的消化道負擔愈來愈大。

你們發生什麼事了？

她停下動作，因為上方忽然傳來一陣劈啪聲響，接著，屋外的強風使百葉窗板嘎嘎作響。

使這棟翻新老屋的棟樑發出如此噪音的背後凶手再明顯不過了。

待心跳稍微緩和之後，瑪拉將一盤起司切片和一罐開封的牛奶放回冰箱。冰箱內裝滿了優格、香腸、水果、蔬菜與礦泉水。

她快速將一條冷的維也納香腸塞入嘴巴，一邊咀嚼、一邊翻找各個櫥櫃，終於在一個放滿電池、橡皮筋、牙籤等小雜物的抽屜內找到她想要的東西。

一枝鉛筆，也是可以啦。

她回到客廳，坐到沙發上將雙腿盤了起來，並將畢業紀念冊放在彎曲的雙膝上充當寫字板。

開始吧！

目前為止，她對寶琳娜和傑瑞米的鷹隼套房觀察地最為仔細，但對其他房間也不算單純粗略掃視，她已經有辦法從每個人的住房看出他們各自的特徵了。

瑪拉在旅館工作時，培養出一個習慣：將客人分類成不同動物。現在，雲霧小屋內住了熊、狐狸、兔子，還有獅子。

例如西蒙——住在二樓，與畫廊同層的一號房（進階生物課教室第三排）——就是熊。基本上很友善、心地善良，但也稍嫌頭腦簡單。他在床頭櫃上擺了自己的狗的裱框相片，並在枕頭上放了一本寫了一些人生智慧的書，像是「陌生人只是尚未認識的朋友」。

這個嘛，大部分的人我大可以不用認識。她在記注西蒙的時候，暗自這麼想著。

尤其是搞出現在這場益智遊戲的人。

住在二號房的格蕾特最有可能是兔子。兔子是很聰明，但又可怕的生物。她顯然不喜歡被晨光吵醒，但房內床簾無法完全密合，所以格蕾特才會把衣櫃裡的一只西裝褲架拿出來。商務旅行者的生活小妙招——她把褲架上原先用於固定褲管的夾子拿來夾緊窗簾。格蕾特看來是個容易焦慮的人——也可能只是比較謹慎啦——因為她是唯一一個替衣櫃內建保險櫃設定密碼的人。

有鑑於這個特點，或許也可以將她歸類為狐狸，就跟九號房的蕾貝卡一樣，聰明、狡猾，總會時時考量到對自己有利的事物。在蕾貝卡床頭櫃上的不是什麼小說、或偽哲學式的非小說書籍，而是一些刑事案件判決副本，以及《新司法週刊》（*Neue Juristische Wochenschrift*）的最新一期。

此外，她已經將浴室內的所有樣本沐浴乳、臉盆邊的香皂，以及收納化妝用品的小紙盒全數清空——瑪拉在蕾貝卡背包凸起的外層袋中找到它們。

砰！

瑪拉嚇了一大跳，幾乎尖叫出聲。火爐邊架上的木材顯然沒有妥善堆疊，其中一根突然滑落，並發出巨響。

呼！她深呼吸。

至少這裡有合乎邏輯的解釋。

若不是因為那個讓寶琳娜必須匆促離開的原因，也不會這樣吧。她甚至沒有想到自己的手機。

傑瑞米和寶琳娜表面上看似天差地遠，但他們本質上屬於相同「牛肖」，那就是螞蟻。乍看之下是個雜亂無章的組合，但他們兩人其實都在執行著一些與城市規劃相關的龐大建設專案。身為建築師的他目標打造全新的高樓大廈，而她則已成功寫完一本書，並由知名出版商為之出版。

就剩群體首領了。

艾瑪迪斯！（整屆最爛的學生，差一點沒有通過畢業考試，但卻是所有校內話劇演出的主角。）

光是他在畢業紀念冊獨照中的那一抹咧嘴笑，就已經向瑪拉透露一切資訊了：自顧自身利益的富家子弟；那些打扮得漂漂亮亮的女生白天會在背後講他的八卦，但反正晚上就會跟他上床了——就只因為他是個名聲響亮的運動員，滿身肌肉又長著一張狡猾心機型的帥氣臉蛋，然後開老爸的賓士去上學。

艾瑪迪斯住在十號房，顯然是獅子。他房間的景觀最為壯麗——可能只是巧合吧——但被他丟在小桌上有如一堆贓物似的肥厚鈔票夾、掛著保時捷吊飾的一大串鑰匙、各種零錢，以及勞力士遊艇名仕（Yachtmaster）腕錶，就不是巧合了。根據他在畢業紀念冊寫下的座右銘：「看看我擁有什麼，這對我來說毫無價值，因為我想要就會有。」

瑪拉將視線從筆記紙移往窗上的霜花。她的身體在發抖，決定為爐火多添一些木材。

她出於衝動地在一張新的紙上畫了一個「十」。

七間單人房、一間雙人房、兩間沒人住＝十間房間

正當她發現自己忘記寫下基利安的特徵時（或許是因為她一向覺得他是惹人喜愛又友善的海豚），她聽到一個噪音。她僵住了。

一陣沖水聲。

在她上方。

在三樓。

有人沖了馬桶。

28

她跳起身。

「哈囉？有人在那裡嗎？」

她剛開始考慮保持安靜，但為什麼要呢？

她目前已經在這棟山間小屋內待超過三小時了，從來沒有試圖躲藏，那現在又何必開始躲呢？

「哈囉……我在下面這裡，我是瑪拉，我……靠！」

她在走往樓梯的途中踢到一根椅腳。

搞不好是讓我預先體驗稍後在等著我的事，她心想。疼痛使她無法跑向樓梯、跑入靜默之中——因為上面完全沒有傳來任何回應。

現在呢？

她不知道自己現在應該做什麼。待在下面、去找樓上製造噪音的那個人，**或者……**

她選擇了「或者」，轉身走往廚房的方向。

以武裝自己。

她從水槽旁的刀架上抽出一把鋸齒狀的麵包刀，卻沒有感到比較安全。

她過去從未蓄意傷害過任何人，不確定自己在自衛的情境之下有沒有辦法做到。

她唯一能確定的事，是自己很快就會遇上這類情境了。

從我到這裡之後，我已經走過所有房間和空間、將所有門窗都檢查過了，也試了手機使用處，還在廚房裡瞎搞一番。

她確實有可能忽略掉一個人，但唯一的可能是：那個人很積極地在躲她。對方不可能完全沒有注意到瑪拉的存在，所以如果有人只沖了馬桶卻不揭穿自己的身份，只會有一種可能的解釋。

他想要嚇我。

現在，這裡的一切看起來都像是專門為了嚇瑪拉所設計的：

孤獨的山中小屋——空空如也，但卻不是無人居住。

一群看不見的老同學——已經抵達了，但到底是誰發出邀請的呢？

瑪拉將資料夾、相簿和筆放回後背包內，接著背起背包、手中握著刀子，並只穿著襪子，就這樣爬上鋼製階梯，祈禱著自己不要步入什麼陷阱。她的目標並不是要揭穿那個不速之客的真面目；她只想要盡速回到自己的房間——那間跟其他房間一樣無法上鎖的小房間，同時也是唯一一間配有獨立衣櫃，而非嵌入式衣櫃的房間。

就是那種可以在門前推住，把自己鎖在裡面好將看不見的危險抵擋在外，直到……

……**直到我的腦袋恢復清醒、想出計畫為止**。瑪拉這樣告訴自己。

到二樓時，她的眼睛必須先適應半黑暗的狀態。她咒罵自己，剛才為什麼要將所有通往畫廊的門關上。由於樓下的爐火已經完全燒盡，現在照在她身上的唯一光亮只剩沙發邊的站燈。照入畫廊的少許光束製造出一種夜光燈的氛圍，如果要用手機手電筒來照明視線稍嫌太亮，但又太暗了，無法確定走廊中的陰影皆源自無生命的物體，好比畫廊內的收納櫃，或是擺在樓梯邊純作裝飾用途的小扶手椅。

而不是人類的影子。

在她上方移動的影子……

以拖曳的方式移動。**不……**是以刮擦的方式。

那是什麼？

它源自遠方，她的上方。

瑪拉將頭靠在西蒙房外的牆上，那是最接近樓梯，也就是她的所在位置的房間。牆壁感覺是空心的隔間石膏板，是傳遞聲音的完美媒介。

她將耳朵貼上牆面。剛開始，瑪拉只聽到自己急促的心跳聲，接著又出現了——剛才的刮擦聲——聽起來像是貓在用爪子刮樹皮的聲音。

聲音忽然停止。

好像未曾存在似的。

或許只是一隻動物？一隻躲在屋頂椽內的老鼠或貂？

也是有可能，但貂和老鼠不會沖馬桶。

瑪拉稍候片刻，暗自祈禱沒有傳來更多噪音就代表剛才製造噪音的人已經不在附近了，代表他（或她？）不會埋伏突襲她，而能讓她毫無阻礙地穿越走廊，回到常春藤小巢。

她加速往上爬，感覺到冰冷的鋼質階梯在腳下震動。

沒有東西。

她在階梯頂端短暫停留，試圖讓眼睛看得更清楚，但這裡的光線比畫廊的更加昏暗。現在，她也不敢使用手機手電筒照明了，不想像黑暗中的燈塔那般引人注意。

她緩慢地爬過鋪著厚重天鵝絨毯的地板，地毯聞起來像新的一樣，似乎幾乎從未使用過。事實上，若不是有個位置明顯跟其他地方如此不一樣，她在這般緊張的情緒之下根本不會發現這一點——大概在通往她房間的一半位置，走廊比其他地方寬了幾平方公尺。

那是什麼？

假如地毯是地板的皮膚，那塊區域就像是被磨到破皮似的，被刮破了。

瑪拉盯著那些因磨損而被磨平的纖維，並彎下身摸了摸。

就跟麥田圈一樣。

她抬頭看向上方。

無法相信自己的眼睛。

在她頭頂正上方的走廊天花板上裝了一扇門，看起來像是房間的門，唯一不同的是這扇門被水平地裝設在天花板上，而非垂直地裝於牆面上。它旁邊有一塊黑板。

黑板上有一個手寫的名字。

29

三個字，第一個是「薇」。

瑪拉猜是**薇奧拉**，但並不確定，因為四周太暗了，導致她看不清楚上面寫的名字，但又不敢打開走廊的燈。

但是為什麼呢？

這一定是個惡作劇。但老實說，通往閣樓的活板門設計本來就是這樣，只是因為通常沒有適當的樓梯，閣樓幾乎不會有任何正規的房間。

瑪拉認出門中央的雞眼環，覺得那應該是拉繩的連接處，讓人可以拉開活板門將伸縮折疊梯放下來。不過，她找不到任何附有必備掛鉤的拉繩。

經過一番思考之後，她站起身，接著再度將頭歪向一側。

上面有廁所嗎？

瑪拉已經下意識地憋氣了好一陣子，好像如果自己的呼吸太大聲的話，可能會遺漏任何生命跡象。

由於四周依舊寂靜，她爬過走廊抵達預留給自己的房間。她從內部將常春藤小巢的房門關上，並將後背包與麵包刀放了下來。接著，她試著移動位於床的正對面，也是房門前方的獨立櫥櫃——徒勞無功——它大概是為了更加穩固而裝了背架來釘在牆上，但木製的單人床架沒有。床架看起來重得嚇人，但下方壓著輕柔的地板防護毛毯。儘管搞得滿頭大汗，但瑪拉總算成功地將床頭移動至門把正下方。

好了。是也沒有多好啦，但總是聊勝於無。

隨後，她爬到床底下，用背部將各個角落一一頂高，再費了一點力氣將床腳保護木地板用的貼墊拆掉。

然後呢？

她抹掉額頭的汗水，再次前去檢查陽台的門。如果有人想要闖進來，肯定會有辦法的，但至少也得費一點力氣並發出噪音。因此，只要入侵者只有一個，也只能從其中一邊進來，那她就可以想辦法從剩下的另一邊逃出去。

老天爺啊，我到底讓自己陷入什麼情況了？

瑪拉到後背包內翻找藥袋，裡面有榮布魯特醫生開的藥錠——劑量十毫克的西酞普蘭（Citalopram）。那是一種抗憂鬱藥，本應該於早上服用，但早上她在出發前因太興奮而忘記吃了。

如果不是現在的話，她還有什麼時候會需要「快樂藥丸」呢？

它們很小，她不需要水就能吞下喉了。

精疲力盡的瑪拉到床上躺下，看向右手握著的麵包刀——她剛剛又把它拿回來了——不禁違背意志地笑了出來。

人會因恐懼而做出荒誕行為……

她可以隨心所欲地拗折來把玩它。她自認為是個有想像力的人，但她的想像力顯然仍不夠讓她想出任何無害的說法，以解釋她在雲霧小屋中短短幾個小時內所經歷的所有怪事。

為什麼我的所有老同學都不在這裡了？為什麼有人要用亨德里克的名義發送邀請？為什麼我的邀請函跟其他人的不一樣？躲在這裡的又是誰？

瑪拉有太多問題無法想出合理的解釋，這只是其中的一些。反正她現在也無法入睡，便索性將稍早的筆記再次拿了出來。

她將一顆枕頭拿來墊背之後，又用高中畢業紀念冊當墊底，在上面快速掃過她最後寫下的筆記，也就是她在大大的數字「十」下方所寫道的：

七間單人房、一間雙人房、兩間沒人住＝十間房間

她思考片刻之後，用鉛筆追加寫道：

八人參加

西蒙、基利安、蕾貝卡、寶琳娜、傑瑞米、格蕾特、艾瑪迪斯

和我……

瑪拉停了下來，開始若有所思地啃著鉛筆頂端的橡皮擦。

她深思後搖了搖頭，責問自己怎麼沒有在第一次巡視時就發現，參加人數對於一場高中同學會而言少得太詭異了吧，當時同屆的人數可是超過八十個人的啊。根據網站上所說的，如果滿房雲霧小屋至少容納得下二十人，而那也是可預期的人數。

另一方面……她把筆拿出嘴巴……**如果考慮到旅程本身，以及相關花費時間與開銷，來個百分之十或許還算切合實際？**

瑪拉接著寫道：

參加者不是邀請函上寫的召集人所挑選的

參加者收到不同的邀請內容

這些怪異的真相令瑪拉產生更多疑問，她換到新的一頁將它們一一列下：

參加者是經過刻意挑選的嗎？

如果不是亨德里克籌備的，那會是誰？

然後為什麼……

她沒有寫完最後一項。她從未預期過自己能在這種情況下休息，但即使處於如此風險之中，她仍然睡著了。她睡得並沒有非常深沉，而是處於某種清醒夢的狀態，於意識的水平面下方位置載浮載沉，如果受到任何危險的威脅，隨時都能立刻浮出水面。

不過，她的房間依然相當安靜，跟她夢裡的世界不甚相同。在她的夢境中，克莉絲汀與公車站怪老頭的聲音交疊著出現。

「那是一個怪物，或許是連續殺人犯。」

「快回去，不然就太遲了。」

其實，她經常在過完刺激過多又情緒壓力過大的一天之後睡著時遇到這樣的事，所以她並沒有花上太多時間，便能追溯回餵養這般惡夢流的源頭。

「你的大腦會為了彌補臉盲的情況，讓你變得更敏感，但有時候過頭了，你的感官就會開始欺騙你。」

在那棟老舊的婦產診所內。

在那間裝飾病態的分娩室內。

她夢到炙烤先生、相機上的三腳架、接生床，當然還有防水布人。他在後方追著她，而當她在逃跑時，最後一頁筆記從沒拉好拉鏈的後背包中掉了出來。

七間單人房、一間雙人房、兩間沒人住＝十間房

瑪拉不斷地跑呀跑的，沒有那輛朝她開來的車，也沒有總是會使她驚醒的作用力。這次，她仍然一直跑，但卻聽到克莉絲汀說：**「拜託，不要浪費你的生命去追尋一個幻影。這個世界上沒有埃德加、沒有影子、沒有聲音嘶啞的殺人犯。」**

她繼續不斷、不斷地跑，直到……

「老天啊——！不——！」

瑪拉尖叫著從床上坐起身，以為自己仍在夢裡，但接著她感覺到在臉頰上淌流而下的眼淚，過於乾燥的嘴唇也嚐到了鹹味。然後，她又看到了……**噢，天啊，不，這不可能是真的**——房內有一抹影子，就在陽台門前。

她打開燈——什麼也沒有，只是窗戶前的簾子，沒有任何影子。她不在分娩室內，而是在很遠、很遠的地方，而且獨自一個人。

只是做了個惡夢，她安撫著自己。

她的心跳慢了下來，接著停頓了一秒。

噢，天啊……

瑪拉驚恐地盯著床邊的牆看，牆的某一處特別突出，有如加蓋的煙囪管一般。

她站了起來，將右耳貼在突出處。她又聽到了。

那個聲音絕對不是她自己想像出來的，她當初在分娩室也沒有在幻想——那個低沉的咳嗽聲——沒有嘶啞也不像嗆到，反而更像帶有旋律的口哨聲。

就像惡魔的口哨聲。

30

過去遺失的那幾年啊。

無法確信、不斷尋找，自我懷疑的那幾年。

從意外後的手術、到榮布魯特醫生的面談，尤其是後者讓她發現自己原來患有臉孔失認症，而這種視覺知覺障礙可能正是虛假幻象的成因。

而現在又這樣！

她聽到了，又大聲又清晰，就像當初在婦產診所內的嘶啞咳嗽聲。

瑪拉走到陽台門邊。現在，她的好奇儼然勝過恐懼，她終究需要證據證實防水布人真實存在，她當初並不是為了逃離幻影、然後無緣無故地被車撞。

她的雙手在面前圍出一個圓，如同孩子模擬望遠鏡的手勢那般。她將手的外緣緊貼在窗上，期待有個鬼臉在某一刻也會從室外貼上來。但什麼事都沒有發生。

外面沒有人。

漫天的雪花由山巒吹向陽台。

它們在欄杆上旋轉成渦、落於地上，並在這裡填滿了……**腳印？**

瑪拉將一隻手壓在心臟的位置，好似這樣做能夠減緩急速的跳動。

她知道自己在第一次的時候沒有走上陽台，但她在檢查窗戶時有嗎？她不記得了。

好吧，不管是誰弄出的腳印，那個人現在都不在那裡了。

咳嗽聲也不見了。

只存在於我的記憶裡。

瑪拉坐回床上，無助地看著剛才睡著時、從手中滑出的資料夾。

她的視線落在她寫的最後幾條筆記。

七間單人房、一間雙人房、兩間沒人住＝十間房間

她搔了搔頸後，費了很大地勁想控制呼吸，但同時手掌開始出汗。

這些都是她準備恐慌症發作的確切跡象。還有她太陽穴上的疤痕，開始與脈搏同步跳動，這是激烈頭痛的徵兆。

可惡，我竟然害怕成這樣！

「你知道我是如想克服對死亡的恐懼的嗎？」她在腦中聽到祖母瑪格特這麼說。在埃德加自殺之後，她們曾經談到死亡，並試圖處理這個無可避免的命運。

「所有建議都能用一道公式加以總結，親愛的。」瑪格特臉上帶著溫柔的微笑，說道：

「如果你害怕會有不好的事情發生，你只需要問自己一個問題，那就是：有什麼事你能做嗎？如果你的答案是『是』，那就停止擔憂、做就對了。但如果你的答案是『否』，那就停止擔憂、不要浪費生命去對抗無可避免的事。」

「我在害怕會有不好的事情發生嗎？」瑪拉喃喃自語道，一邊發抖、一邊用雙臂環抱住自己的上身。

對，我是。我不知道為什麼會發生這一切，但我怕防水布人又跑回來、想完成當時在分娩室內必須中斷的任務。「有什麼事我能做的嗎？」

她歇斯底里地放聲尖叫。

哎呀，奶奶，你當初沒想到這一點。第三個可能的答案選項，或許也是人生中最常出現的！

「我不知道！」

當危險埋伏在黑暗中時，她怎麼能夠接受並認為它是不可避免的事呢？或是當她不知道自己在對抗的是誰、對方的動機又是什麼？

即使前幾個小時內所發生的事件如此怪誕，也可能根本完全沒有任何危險。或許全都只是她的老同學所弄的無聊惡作劇？又或許她真的陷入了某個罪犯的心理變態遊戲，而且對方五年前其實就已經出過手了？

等一下。

她從床跳了起來，看著她的資料夾。

十間房間。好少！

她感到全身發冷，冷到似乎自己已經不在溫暖的常春藤小巢內，而是在外面的平台上，冰冷的寒風伴著雪花吹在她的臉上，使臉頰上的淚水逐漸凍結。

就在這些感受讓她全身開始打顫的短短兩分鐘後，她已經將床搬離門邊，並很快地再度回到寒冷之中。

在戶外開闊的空間。

但心境上卻不自由開闊。

她正準備去確認一件事，去核實她駭人的懷疑。

31

即使灑了鹽，手機使用處現在仍舊覆滿了雪，紅色的圓圈再也看不見了。

接電話！接電話！

瑪拉的手指緊扒著手機。

她剛才在匆忙之中沒有戴上手套，但那其實算是明智的做法，因為如果她的手指包覆在布料或皮革內的話，手機螢幕並不會有反應。但另一方面，戶外溫度感覺落在零下十五度。她早已失去知覺的手指猛烈地顫抖著，讓她很難撥打電話。

等對方接電話又花上更多時間。也難怪啦，都已經凌晨兩點了。

「哈囉？」她聽見那個熟悉的聲音——現在聽起來帶有睡意——是她曾經每天對話的聲音。

「你們想要把我送去哪裡？」

「瑪拉？」克莉絲汀問道，雖然她肯定已經在來電顯示中認出她的電話號碼了。「你知道我不能告訴你，除非……」

「哪——裡——？」瑪拉大吼。

女警沉默不語，接著，她似乎整理好自己的思緒了，她說：「到荒郊野外。」

「我們不知道是誰，但我們知道凶手不久後會去住哪一間旅館。他們只有幾間房間而己。」

「給我說出來！馬上！」

「好吧，是一棟位在德奧邊界的高山小屋。隔壁的小鎮叫做……」

「卡爾滕布倫。」瑪拉心想。

克莉絲汀也同時說出了這個名字。

32

柏林

「你怎麼會想知道？」克莉絲汀問。躺在她身邊共用同一條被子的太太焦躁地轉向另一側，並用枕頭蓋住露出來的耳朵。

可惡，瑪拉肯定已經自己把事情拼湊出來，並釐清克莉絲汀所說的小旅館，以及她希望她——偏偏就是她——當臥底去調查的一小群嫌疑犯。

「聽我說，我本來就想要打給你道歉了。」為了不要吵醒亞莉珊卓，克莉絲汀起身走入浴室。「我這麼做並不對，而且你取消是對的。」她將門關上後，坐到馬桶上說道。

「此外，我沒有告訴你全部的真相。」

「什麼？」

「我沒有在刑事偵查科工作了。」

「你被開除了！」這不是問句，而是冷靜的陳述。

「暫令停職。」克莉絲汀澄清道。身為一名女警官，要被革職並不容易，但單位仍在對她進行偵查。雖然她的律師給她不少希望，但他根本不知道她為了達成目的違反了多少規定。

「你比誰都清楚，當我想要解決案件時，我會採取哪些非常規的途徑。」她為自己辯解道：「否則我們也絕對不可能共事。但我所做的一切，全都是因為我想要拯救別人的性命而做的。有時候，如果我們依法行事，根本就不可能辦到。」

「所以你現在自己在做調查？被停職了也不管？」瑪拉問。

「對，我忍不住。我必須持續追蹤我的懷疑。」

「什麼懷疑？」

「你已經看過那段謀殺的影片了。」

「你把它偷渡到我工作的旅館裡。」瑪拉厲聲地指責她。

對，因為不這樣做的話，你根本就不會看。就像如果我不出其不意地嚇你的話，你從來就不會去面對你的臉盲症。

「我有一個極有天賦的下屬。」克莉絲汀接著說：「皮婭——她幾乎跟你一樣厲害。皮婭在一個祕密資料庫裡找出那段影片的錄製時間。浴缸謀殺事件大約是在五年前發生的。」

「然後呢？」瑪拉再次問道，態度更不耐煩、更不和善。

「這要放大才能看到——在受害者嘴裡的吸管上面有一句廣告標語。」

「是什麼？」

「很難看清楚，但加上一點想像力，它看起來像是『魔王』。我們做了一些研究，發現有一間在山上的餐廳名字類似，幾年前確實使用過這種吸管。」

克莉絲汀疲憊地揉了揉眼睛。「但那不足以聲請核發搜索令，所以我就自己去了。噢，順帶一提，那就是我被停職的原因——因為我在工作時間自發地去那附近打探，沒有許可、沒有協定。」

她停了下來，除了訊號干擾之外，在電話的另一端聽不見任何聲音，好似瑪拉正站在海邊感受吹拂在臉上的徐風。接著，冒出了一些其他聲音。

「瑪拉，你在哭嗎？」

我的天啊，我在想什麼？幹嘛聯絡她？

首先，大概是因為她想要更常與瑪拉聯絡。她喜歡這個安靜內斂的女孩，而且她很想念她冷靜的氣質，那對於她往往忙得不可開交的日常生活而言，可說是個美好的抗衡。當然啦，她也可以善用她堪稱超自然的分析能力，那已經幫她們從施虐者的魔爪下成功救出了許多孩子。

但瑪拉是對的。就像當初她和蘿克珊娜上演誤認的把戲，她又試著用一些花招來讓對方措手不及。而現在，這個可憐的小東西半夜睡不著覺，大概正在內心掙扎吧，因為克莉絲汀跟她說如果她不遵從，就會讓無辜的性命陷入危機。

克莉絲汀重新振作起來，決定告訴瑪拉真相，反正現在她們也已經錯失把她偷渡進去的時機了，而且她又洩漏那個地方的名字了。「我當初應該馬上把所有的事都跟你說才對，但我以為，如果我告訴你我想把你送去哪裡，你會馬上拒絕溝通，因為嫌疑犯可能也是你們學校畢業的，或許會參加你們的高中同學會旅行。」

可能、或許。難怪取得不了任何官方資源發起調查。

「而我也受邀了。」瑪拉說。

好，太好了，她又願意跟我說話了。雖然她的聲音聽起來毫無起伏，好像受到驚嚇似的。

「沒錯，因為這牽涉到你的高中同學會。你們辦的地方跟山魔王國客棧非常近，是跟這間客棧共同管理的山屋，採取自炊形式，清潔人員等你們離開之後才會過來，所以根本不可能偷渡別人進去。你會是當臥底的最佳人選，不過，正如我所說的，往事已矣，不重要了。」

「為什麼你覺得殺人犯會來參加同學會？」瑪拉想知道。

「你也知道，這不是什麼老生常談——凶手往往會回到犯罪現場。五年前也有一次同學會旅行辦在這棟小屋裡，完全是一樣的時間點。然後，不久之後，你的其中一位同學就消失了。」

33

騙子！

瑪拉咬了自己的舌頭。

在對話一開始，瑪拉想要叫克莉絲汀立刻將她從這裡弄出去。但現在，她的前導師全都招了，她很慶幸剛才沒有說出自己的所在位置。

「那不是真的。」瑪拉說。她的動作就跟這一段時間以來的思緒一樣，在手機使用處不斷地繞圈打轉。

自從克莉絲汀以如此粗暴地方式呈現榮布魯特醫生的診斷結果之後，她就再也不信任克莉絲汀了。每當她想要得到什麼東西，這位野心勃勃的女警從不會害臊地為之鋪路——她已經以行動證實許多次了。

「第一次同學會旅行是辦在夏天，而不是冬天，那時候是去巴塞隆納……」

「對，計畫是那樣沒錯。但那次行程在你發生意外之後不久就取消了。」

「為什麼？」

「航空公司破產了，航班全被取消。你們那一屆的幾個人改在冬天訂了雲霧小屋，當作替代方案。」

瑪拉停止踱步。

所以克莉絲汀說的都是真的嗎？聽起來貌似可信，也很容易證實。

「當時在山屋裡發生了什麼事？」瑪拉想要知道。這是第一個問題，隨後她還會以斷音的節奏，如機關槍般地發射更多問題。

「我們不知道確切詳情。」

「犯罪地點在哪？」**這裡？**「雲霧小屋裡？」

「我猜是，所以我才會去現場查看。剛開始先去山魔王國客棧，在那裡得知雲霧小屋和即將舉辦的同學會。我把那裡徹底檢查過了，但什麼也沒發現。」

「受害者是誰？」

她指的同學是誰？

她聽到克莉絲汀嘆氣。「我們可以面對面談這件事嗎？你聽起來很不好。我去找你，然後我們再聊，好嗎？」

當然啦，她以為我在柏林。

克莉絲汀自然沒有想到瑪拉已經自己前去雲霧小屋了。正如她的祖母瑪格特，克莉絲汀做夢也想不到她這個內向害羞的前養女，竟然會自願和一群人一起去一個密閉環境。

「你們是在哪裡找到屍體的？」瑪拉又試了一次。答案令她吃驚。

「根本還沒找到。」

「你說什麼？」

「我們目前只有那段影片。」

瑪拉感覺自己的腦袋好像有個洞，冰冷的風灌進腦袋，讓她的思緒在腦子內不斷打轉。她在人生中已經迷失過好幾次了，有時候甚至會絕望地覺得再也找不到自己。但她以前從未像現在這樣感到如此徹底地迷失，就連在那棟老舊的婦產診所裡也沒有。

什麼是真話？什麼是謊言？

還是想像的？

上一秒，她還覺得自己像是克莉絲汀手中操弄的人偶，但現在，這位被停職的刑事偵查科警官所說的話，聽起來又貌似屬實。「聽著，我理解你很生氣，但我不會冒任何風險的，瑪拉。我們有一個失蹤人口，不是屍體。我們在這裡分析東西也蠻可能只是一部製作良好、由演員演出來的影片。我本來也都安排好現場緊急聯絡人了，當然也準備幫你配一台衛星電話，讓你可以隨時取得援助。」

哎呀，太遲了，運氣真背。

該死的，現在她該怎麼辦呢？瑪拉內心掙扎不已，但總得做出個決定。她嘆了一口氣，說道：「好吧，你必須幫幫我。」

「我應該去找你嗎？」

「不，那是不可能的。我在……」

瑪拉轉身。她丟下手機，這樣才有辦法用上雙手，但實在太冷了，她的動作像是凍結了似的，非常緩慢。

對於跳到她身上的那抹影子，她除了淒厲的尖叫之外，再也做不出其他回應。而尖叫聲則隨著她溢滿了血的嘴撞上雪地而逐漸消失。

在一切的光源有如進入黑洞般地徹底消失之前，唯一留存的是一份確信——那抹影子咳嗽了。是那嘶啞的口哨聲。

34

柏林
七小時後
下定決心的六天前

「雷文‧霖德伯格？」

克莉絲汀‧弗格桑放棄尋找瑪拉於夏洛滕堡雷恩哈特社區的公寓的鑰匙了。看來要在她平常藏鑰匙的地方找到它的希望渺茫，但她毅然決然地想要找出瑪拉究竟在哪，哪裡也不願放過。不論在這間一樓公寓前的花盆裡、或是通往庭院的第二個入口前的地墊下方，都沒有東西。

「非常感謝您回撥。」

現在是早上，剛過九點。在瑪拉半夜打來的那通令人不安的電話之後，克莉絲汀再也無法入眠。在通話突然被一陣尖叫聲中斷之後，她已經打至她的語音信箱無數次。此外，她一直等到六點半，也開始試著打給她的親戚。

「沒事。」瑪拉的哥哥回答道：「您很幸運，今天是我最喜歡的人值班。凱文告訴我，並叫我回撥的。」

凱文？最喜歡的人？值班？他在說什麼？

通往公寓的入口大門歪歪扭扭地掛在鉸鏈上，已經無法好好地關上了。這意味著，克莉絲汀可以暢行無阻地拖著跛腳走入樓梯間。

今天是星期六，也是她的「無輔助日」，沒有輪椅、沒有支撐拐杖，只有一根簡單的手杖，她的物理治療師肯定會對她的練習內容感到驕傲。不過，她的膝蓋就沒這麼開心了，所幸她不需要爬任何階梯。

「這個嘛，這些護塔龍偶爾會讓我接電話。」雷文說完後大笑。她聽到背景鬧哄哄的聲音，像是學校教室外走廊上的吵雜聲。

「護塔龍？」她困惑地複誦了一遍。

克莉絲汀是從刑事偵查科的雇員資料庫中取得瑪拉哥哥的電話的。她雖然被暫令停職，但她的帳號仍未關閉，所以她能夠取得瑪拉當時留下的緊急聯絡電話，也就是只有在緊急情況時才能撥打的。雷文的電話都轉入語音信箱，現在他回撥了，但未顯示電話號碼。

「我在這裡用的是投幣式公共電話，您記得嗎？這裡走廊上有……嗯……應該怎麼說……瘋人院？康復中心？勒戒診所？」

他聽起來又幽默又哀傷。克莉絲汀腦中不禁頓時浮現演員羅賓．威廉斯的模樣——他憑藉機智的觀察，為上百萬的人帶來歡笑，或令人感動落淚。

直到他自己在衣櫃的門上用皮帶上吊自殺為止。

「如果我父親還在世的話，他會說——多虧了他的錢——這裡是我最後的機會能夠回到我從未有過的正常人生。」

「噢，我本來不知道。」克莉絲汀說完後表示抱歉，儘管她並不確定自己為何而道歉。

雷文再次笑道：「那棟建築上面寫的是『內科診所』，你敢信？我覺得是因為這一區實在太高檔了，如果他們寫了『巴特薩羅勒戒診所』，那會讓這個療養村的形象看起來不太好。」

克莉絲汀點了點頭。她知道那棟設施，那裡的私人經營者管理制度嚴峻，機構本身並不是封閉式的監獄，但卻跟開放式監獄大同小異。手機必須上繳給管理者，並由管理者負責接聽來電、檢查語音信箱，唯有在治療師同意的情況下，才能回撥電話。白天時，有能力走到戶外的人獲允到湖邊公園放風；夜間時，所有的門皆會上鎖。他們不會阻止任何想要逃跑的人，但那些人就再也不准回來了。

「我不希望打擾您的療程。」克莉絲汀率先開啟對話。

「對，您很幸運，我因為您的關係可以翹掉團體治療，不然我們今天要織憤怒籃。」他再次大笑，接著問：「所以是什麼事？」

「是關於您的妹妹。我聯絡不上她，或許您會知道她在哪？」

雷文陷入猶豫，語氣中帶著不確定地問道：「您在找瑪拉？」

「是的。」

她聽見雷問若有所思地吐氣。「我已經很久沒有聽到她的消息了，她……」

雷文被背景所傳來的女聲打斷，對方語氣友善卻響亮帶勁。

「雷文・霖德伯格！您的課程已經開始了！」

「好的，謝啦，我馬上來，巴特謝克女士。我只是需要跟我的毒販好好把事情處理一下。」他開玩笑道。克莉絲汀聽不太清楚他在說什麼，因為他把聽筒移得遠遠的。接著，他清晰又大聲地問她：「您為什麼想要找瑪拉？她已經不替您工作了。」

「我不能跟您說。」

其實就連跟瑪拉說都不行，更別提是您了。

「嗯哼。但您也很清楚，我現在開始擔心了。」

那也當然了。

「我從瑪拉那裡得知，您們倆的關係有多麼親近，雷文，所以我才會打給您。」

「她遇到危險了嗎？」

「不，完全不需要擔心。」克莉絲汀謊稱。她怎麼能夠使雷文更加憂心呢？最糟的情況是他可能會拋下一切親自去尋找他妹妹，然後她就會害他被勒戒所禁止歸返，而假如他在外面毒癮又復發，那可能幾乎等同於對他判死刑了。

雙方達成共識，只要他們有任何新發現——而前提是只要雷文獲允——他們就會保持聯絡。

「好的，只要我有新資訊，就會跟您聯絡。」克莉絲汀掛斷電話，突然被一團朝她飛撲而來的黑影嚇到。幾秒後，她發現，那只是一隻精力旺盛的狗。

「不好意思、不好意思，我應該把牠鍊住的。」一位約略同齡、單手夾著購物紙袋的紅髮女子連忙道歉。

克莉絲汀試著將牠揮開，但做到一半突然停止動作。

等一下，那不就是……

「那是炙烤先生，對吧？」

紅髮女子笑道：「那名字對這麼可愛的小動物來說很糟，對吧？」

「您是狗保姆嗎？」

「鄰居。」她蹲下身，將那隻雪納瑞從克莉絲汀身上抱走。

「請問，您知道瑪拉去哪裡嗎？」

「不知道。」瑪拉的鄰居搖了搖頭，但接著說出一些令克莉絲汀幾乎瞬間窒息的話。

「她沒有跟我說任何他們高中同學會的細節。」

「您說什麼？」

她下意識地將手伸至屋子的牆面，想要找她的拄杖，但它並不在那裡。

不，那不是瑪拉，她不會自願去的，不可能。

「我想是在某個山上的地方。嘿，到底發生了什麼事？請跟我說……」

克莉絲汀不道而別地將那位鄰居丟下，踉蹌地穿越庭院走上弗里德伯格街，並拿出手機立即打電話吩咐一輛計程車載她去火車站。

或是去機場。

端看從哪裡連接交通可以讓她更快抵達現場，因為，假如她的推理正確，最糟的情況是，如果她沒有出手幫忙，瑪拉在接下來的幾小時內存活的機率將變得微乎其微。

35

溫暖又舒服。她鼻腔內充滿了木質的煙燻味，耳中則縈繞著撫慰人心的柴火劈啪聲。瑪拉正是在這般宜人的氛圍中醒來，但她幾乎感受不到。此時，令她痛苦不已的負面感官刺激將所以正面感受排除在外。

首先迎來的疼痛感。感覺有如灼熱的彈珠在她的腦子裡四處彈射，而每當它從頭骨連接處彈開時，都會令她的眼睛再度浸滿淚水。

她感到很不舒服。她的手腕上感到一股碾磨的壓力，感覺自己好像被人用粗糙的繩索綁在椅子上。她努力試著不要跌下椅子，否則不只她的手腕，甚至肩膀很可能會脫臼。

怎麼了？發生了什麼事……不，「我」發生了什麼事？

每一次用鼻子呼吸，都讓瑪拉感到愈加噁心想吐。

房間或許聞起來充滿舒服的木質香味，但她本身卻散發著難聞的廉價紅酒氣味，感覺有如泡在加油站賣的利樂包裝爛酒。

接著傳來一些聲音。

「那全都是你的錯，你的爛點子。」一名男子說道。

「各位，安靜，我們昨天已經討論過了。」一名女子說。

「我們不該參與這件事的。」同一名男子說。

接著是另一名女子：「小心，她可能會醒來。」

「好，別再多說了，大家都清楚了嗎？」第二名男子說。

接著是剛才的第一名男子：「好的，大夥兒，開始吧？」

瑪拉掙扎著將黏答答的眼皮撐開，刺眼的強光使她什麼也看不見。待伴隨而來的另一波痛楚稍微退卻之後，六張臉孔映入眼簾，但想當然耳，這些臉孔對她而言毫無意義。在餐桌與沙發之間的客廳空間中央，三名女子和兩名男子在她的椅子前方一字排開，貌似一群觀光客在擺姿勢拍照。一名頭型方正、胸肌大得不自然的男子（根據他的姿勢判斷應為團體中處於支配地位的雄性）拉了一張椅子在她的對面坐下。他的濃密胸毛從亮黃色的V字領毛衣邊緣炸出，裡面似乎沒有穿任何貼身內衣。站在他身後、戴著擴耳耳環與上唇唇環的男子叫了他的名字——是一位老同學——問道：「但你到底想要做什麼啊，艾瑪迪斯？」提問的同時，他一邊緊張地用手梳過蓬亂的金髮：「我的意思是，真的有必要將她綁起來嗎？」

那位高石高中的昔日少女殺手沒有回答，只用伸手梳過那一頭散亂的黑髮，微捲的瀏海隨後又落回額前。他似乎沒有刮鬍也沒有洗澡，深色的眼眸看起來稍顯空洞。瑪拉環視了四周。

所有人皆顯露著疲態，眼睛睜不太開、局部覆著血絲。其中大部分的人面色蒼白，眼神緊張。

「瑪拉，是你嗎？」艾瑪迪斯想從她口中得到答案。

「是。」她喘了一口氣，反問道：「不然還會是誰？」

站在四周的人彼此低語了幾句。其中個子最小的人揮了揮他的食指；相較於他一身類似熱氣球材質的運動服，由他後退的髮際線所反射的燈光顯得更強。他說：「看吧，我跟你們說過了。她出過車禍，所以才會有疤痕那些的。」

「對，傑瑞米，你有跟我們說過了。」他身旁的女子嘆氣說道；她的眼線畫得有點過多，然後太陽好像曬得太少了。瑪拉確定自己認得出來，他們是住在鷹隼套房的那兩人——建築系學生傑瑞米，以及作家寶琳娜。

「好的，瑪拉，我們已經很久沒見了。這裡發生了什麼事？」艾瑪迪斯問：「你是從哪裡突然冒出來的？」

我？「我……我才想問你們這個問題。」她說，但那個自詡為團隊代言人的傢伙並未回應。

「快說吧，你做了什麼？」

她困惑地眨了眨眼睛。她最後的記憶停留在跟克莉絲汀的通話，在外面的手機使用處，接著痛楚襲來伴隨著一片黑暗，以及嘶啞的咳嗽聲。**那是多久以前……？**她想要看手錶，但被綁在手上的繩索擋了下來——她現在弄清楚了，那是浴袍腰帶。

「現在幾點了？」她問。

「九點半。」

回答的是那個戴著上唇唇環、頂著一頭「我剛睡醒」髮型的男子。他穿著一件白色的連帽衫，衣服上印著一顆地球和一句話：「輕鬆生活，別人才能過得輕鬆。」

西蒙，瑪拉心想。她記得這位有點頭腦簡單但心地善良的「熊」，放在床頭櫃上充滿名言佳句的行事曆。

「早上還晚上？」她想知道。

「看起來呢？」艾瑪迪斯對她厲聲吼道。

她望向窗戶。強風吹搖著百葉窗板，玻璃上覆了一層凍霜——大雪之後的結果。四周瀰漫著陰暗、灰濛濛的暴風氛圍，看似陰沉，但又不是完全漆黑。絕對是白天。

我一定失去意識很久。

「我昨天來的。」瑪拉解釋道。

「昨天？」唯一戴著眼鏡的女子問道。她的髮型讓瑪拉想起克莉絲汀——剃掉頸後的深棕色頭髮。她的額頭、臉頰和太陽穴上佈著不規則狀的淡斑，顯然患有白斑症，也就是俗稱的白癜風。

「對了，我是蕾貝卡，如果你過了五年已經認不得我的話。」她的語氣算是友善：「你在這裡做什麼？」

「我最後一刻才決定要來的。」瑪拉回答道：「但拜託，讓我們先跳過這些廢話，好吧？請告訴我發生了什麼事。為什麼我被綁在這裡？」

她揮著手臂，試圖掙脫胡亂繞在她手腕四周的綁帶。「放開我！」

艾瑪迪斯用食指輕輕地敲了她的額頭。「所以你的意思是，那不是你嗎？」他懷疑地皺起眉毛。

「**什麼東西**不是？」

他們全體發瘋了嗎？

團體領導人轉向其他人，聳了聳肩，好似在說：「**我接不下去了，現在該怎麼辦？**」

在他想出比把她固定在椅子上更加暴力的點子之前，瑪拉試著訴諸前一個人的理智：「拜託聽我說。我昨天抵達這裡，然後半個人影也沒有。我打電話去問亨德里克你們大家在哪裡，但他跟我說，他不是聚會的召集人。」

「當然不是啊！」艾瑪迪斯語帶嘲笑意味地說。

「接著，我就繼續找你們，然後受到攻擊。」她清了清喉嚨，繼續說：「有人從後方重擊我。」

「她說的可能是真的。」

其中一名女子一直沉默到現在才說了這句話——她的第一句話。她踏出立燈的影子，向瑪拉靠近。假如瑪拉剛才有正確辨認出蕾貝卡和寶琳娜，那現在站在她前方的第三名女子就是格蕾特。她在視覺上看起來是全體中年紀最長的，雙眼下方有著黑眼圈與眼袋，而她眼睛周圍的笑紋代表她是一個享受人生的人，雖然這一點目前看不太出來。

瑪拉暗自希望自己剛才花更多時間分析房間。她現在只知道格蕾特大概是一個「兔子」，聰明但容易焦慮。瑪拉於讀書時所記得的東西，也不足以描繪出完整的面貌。但如果她沒有搞錯的話，格蕾特是個表現平平的學生，喜歡在學校中庭模仿她的單親母親訓話的模樣：「**你的成績那樣，是永遠不可能繼承我的事業的，小朋友！**」格蕾特的母親是心理諮商師，而且，事實上——至少在柏林——如果高中畢業證書上的成績不夠頂尖，那就要淒慘地等很久才能進入大學。瑪拉好奇格蕾特究竟有沒有想要追隨母親的步伐；如果有的話，即使她高中畢業成績只算中庸，但她後來有沒有成功達到目標呢？

「我說的都是真的。」瑪拉直接對著她說：「放開我！」她不斷地問格蕾特：「所以我到底為什麼會被綁在這裡？然後……？」她四周張望後，問：「基利安在哪？」

「哈！你們還需要更多證據證明她腦子不正常嗎？」艾瑪迪斯問大家。

「可能吧，但那不能證明她具有危險性。」格蕾特回答他道。

瑪拉的疤痕開始抽動。或許它本來就一直如此了，但現在已經嚴重到她在頭痛的情況下也能感覺到。她奮力地搖了搖頭，但因為她頭殼裡的彈珠，這麼做簡直大錯特錯——她隨即為此付出疼痛的代價。

「我已經說過了，我遭人襲擊。」瑪拉艱辛而努力地說道：「在外面、手機使用處。」她朝向窗外正確的方位點了點頭。

「我們是在這裡面發現你的。」西蒙說。

「那一定是有人把我拖進來了。」

「那會是誰呢？」傑瑞米語帶懷疑地問。

「我不知道。」

「一無所知得很奇怪耶，對吧？」艾瑪迪斯嘲諷道。

「但我們也一樣啊。」蕾貝卡說。

她頭腦冷靜的風範得以穩住整群人的情緒。

她坐在沙發扶手上，一邊按摩著自己的脖子，一邊問：「我們對於自己的處境又有哪些地方真的能夠掌握了？我們前天下午抵達，讓自己放鬆還聊天聊了很久，然後第一天晚上去睡覺。我們在早午餐時打開那瓶擺在冰箱香檳籃裡的香檳，然後玩那個遊戲……」

艾瑪迪斯憤怒的眼神使她沉默片刻。

「別再多說了！」

「……呃，我是說，我們一起去泡了三溫暖。」

三溫暖？瑪拉在屋內巡視時沒有看到任何三溫暖設施，所以它一定是在戶外，但她昨天沒有注意到。而且網路上也完全沒有提到水療區域。

「傑瑞米也說那裡的泡劑聞起來很怪，然後……」她揉了揉眼睛，說：「昏迷。」

「事情就是這樣。我唯一記得的就只有一些嘶嘶聲，然後我們開始咳嗽。接著大家就都醒來了，一個個都在自己的床上。」

「還有頭痛。」傑瑞米證實。

「然後瑪拉是唯一不在那裡的人。」艾瑪迪斯補充道：「承認吧。」他再次敲她的額頭，這次甚至更加粗魯。「就是你。你在我們的泡劑裡面加東西。」

瑪拉閉上眼睛，深深吸了一口氣。黑暗讓她的頭痛稍獲紓緩。

所以那就是原因。我慢慢有比較清楚的整體輪廓了。

事實上，她也不能怪艾瑪迪斯對她起疑。如果這些全都屬實，那就代表他們整群人昨天算是被全體K.O.了，而這就引出兩個問題：背後凶手是誰？他或她的動機是什麼？

對其他人而言，他們似乎已經決定好第一個問題的答案了。

我的老天爺啊，他們覺得我很危險！

要不是她現在陷入的荒謬情況事態如此嚴重，不然應該會蠻好笑的。

因為遇到陌生人會害羞而幾乎從來不出門的我，現在卻有人會怕我，甚至怕到不得不把我綁在椅子上。

「你們有六個人，我只有自己一個。你們怎麼會有這麼瘋狂的想法、覺得我有辦法傷害你們？」瑪拉問。

「因為你的信裡面就是這麼寫的。」終於不是艾瑪迪斯回答了。這次是格蕾特。

瑪拉看向她：「什麼信？」

「你寫給我們的恐嚇信。我們在餐桌上找到的。」

「你們現在在說什麼啊？」

「你自己讀！」艾瑪迪斯將一張破爛的乳白色紙張舉至她的眼前，出聲命令道。上面冰冷的字眼與可愛流暢的字跡形成強烈的對比：

老同學們：

謝謝你們前來。幾年前，你們毀了好幾個人的人生，不只是我的。直到今天，所有的受害者如果還活著的話，仍在為此受苦著。現在，輪到你們來面對自己的罪惡了。這樣很好，但卻太遲了。

已經沒有時間讓你們懺悔，現在是時候該贖罪了。不用擔心，我不會再像你們對我所做的那樣對待你們的。意思就是：你們當中至少有一人不會活過這個週末。

瑪拉

36

她搖了搖頭。奇怪的是，現在已經沒有像剛醒來時那麼痛了。這個瘋狂的情境根本完全令人感官超載，似乎不但沒有加劇痛感，反而令她分心不去注意痛楚。

「那不是我。我沒有寫那封信。」

「上面寫了你的名字！」艾瑪迪斯說道，並拿回那張紙。

瑪拉先緊閉上眼後，再度睜開。「我不是我說的話，而且也不是我的字跡。誰都可以寫出那種東西。」

「你確定？」蕾貝卡歪著頭，瞇著眼地看向她，說：「我是讀法律的——如果你不知道的話。湊巧的是——甚至可以說是你太笨了——我現在在做的博士主題就是字跡分析於刑事訴訟中的重要性。標準的案例是將恐嚇黑函拿去跟其他確定是嫌疑犯親手寫的文件互相比對。而謝天謝地，你自己幫我們準備好可以比對的文件了。」

她走去咖啡桌再走回來，將瑪拉自己的高中畢業紀念冊舉至她眼前。

「我們在你背包裡發現這個的。現在，你看，三十四頁這裡。你在照片下寫了最喜歡的T

恤標語。」

認真對待你所做的事，但不用把自己看得太重。

「其中『L』和『T』的曲線完全跟信裡的一樣。」蕾貝卡解釋道：「小寫『i』上面寫成線而不是點，全部一樣。」

瑪拉眨了眨眼，想要反駁，**但該如何反駁？**

她自己也看出其中驚人的相似之處了，**但是……**

「這完全不合理啊，我為什麼要這麼做？」她問道，害怕得到貌似合理的答案。

「為什麼會有人要假冒你的字跡？」

然後假冒成我？

「你現在懂了嗎？為什麼我們無法信任你？」艾瑪迪斯問，一邊把玩著勞力士手錶的扣環——一定是他從房間內那堆俗豔的東西裡拿出來的。

瑪拉不由自主地點了點頭，接著下定決心：做什麼都比只是坐在那裡等著被揭露來得好。她必須主動採取行動。

「好吧，那在等到他們過來之前，我還必須被綁在這裡多久？」

「等到誰來？」

「呃，你們想必已經打電話出去求救了吧？」

傑瑞米生氣地拍手，說：「我們也很想啊，但你必須先跟我們說，你把我們的手機藏去哪兒了。」

我做了什麼……？

「既然提到這裡了，你可不可以也跟我們說說，我們的外套和鞋子都消失到哪兒去了？」

「為什麼消失？你們把它們留在入口玄關啊。」

「全都不見了！」艾瑪迪斯氣呼呼地說。

瑪拉往下看，發現大家真的都只穿著襪子。她自己也是。

她不可思議地笑了出來：「等一下，所以我不只偷偷給你們下藥、寫恐嚇信？我甚至還偷了你們的衣服？」

艾瑪迪斯點頭，說：「對，簡單明瞭。你的計畫很成功喔，瑪拉。現在外面感覺已經是零下十度了，氣溫還持續下降。我們被困在這裡，根本連即將到來的暴風雪都可以省省心了。」

他伸手揉眼睛。他的腦袋裡轟轟作響，但這也難怪了，畢竟他被下了昏迷藥。

「我可以跟你說是怎麼進行的。」他隔了一段時間後說：「你躲在這裡的某個地方，可能是酒窖或外面的屋棚，誰知道。你一定對這裡熟門熟路。」

「啊？為什麼我會對這裡熟門熟路？」

艾瑪迪斯歪著頭看她，一副想要弄清楚自己到底是被瑪拉取笑了，還是被當白痴對待。

「當初是誰建議我們來這間山屋的？」

瑪拉震驚地咬了自己的舌頭。她的口腔乾燥不已，口水過於濃稠根本無法下嚥。「我做了**什麼**？」

「五年前。確實是瑪拉，不是嗎？」艾瑪迪斯看向其他人，試圖尋求證實。

「我想是的。」蕾貝卡點頭，說：「據我所知，基利安說服你跟我們一起去巴塞隆納。然後有人抱怨住宿費用太高，你就跟他說，我們可以去住你爸的山屋。」

「我爸……？」

瑪拉現在一點都不想吞口水了。它好像變成水銀似的，又冷又毒。

「你天殺的在幻想什麼鬼東西？」她噓聲怒罵艾瑪迪斯。

埃德加曾經是雲霧小屋的所有人？

很好，他們在處理遺產的時候瑪拉才十四歲，全部都是由媽媽負責的。不管原因是什麼，她很有可能刻意向瑪拉保密。但如果是這樣的話，她怎麼可能會像其他人推薦這棟山屋呢？

「我自己這輩子從來沒有來過這裡，我根本不知道有這個地方。」她說話時沒有特別看向誰。

「噢，所以你也忘記那件事了嗎？」艾瑪迪斯冷笑道：「很好，那就讓我來幫你想起昨天發生了什麼事。」他舔了舔嘴唇，繼續說：「首先，你先喝了點酒，好壯膽來對我們大家下藥。然後，你想要自殺，但你太醉了，所以算錯劑量，包括你自己的也是。所以我們大家才都又醒來了。」

「但我還不夠醉，還漂漂亮亮地寫出一封整齊易讀的信？」她生氣地狂搖綁在手上的結，說：「噢，對了，還請開示一下：如果我覺得自己已經把你們全都殺了，那該由你們之中的誰來讀我的信呢？」

「她說的是對的！」格蕾特插嘴。她現在手中握著一瓶水，但瑪拉沒有注意到她是從哪裡拿來的。事實上，除了艾瑪迪斯仍固執地坐在瑪拉面前的椅子上，大家都在客廳裡四處走動，瑪拉不可能緊盯著每個人。

「你們真的沒有發現嗎？」她問，視線並未投向特定對象。「有人在對我們大家挑撥離間。」

「那會是誰呢？」西蒙問。

「邀我們來的人。」

「各位，這根本沒用。」傑瑞米說：「她太聰明了。如果瑪拉真的有什麼計畫，她根本不可能只因為我們把她綁起來，就對我們這群白痴從實招來。」他搔了搔自己後退的髮際線。「現在這裡感覺很不妙。我的意思是，我們還需要多少跡象？一開始是昨天的卡牌遊戲，然後是有毒的三溫暖，現在又跑出瑪拉——她根本沒有受邀耶。」

他說什麼？

瑪拉大吼：「等一下。我沒有受邀？但你們有？誰邀的？」

正當西蒙準備開口時，傑瑞米舉起手、對他喝斥道：「不行！不要跟她說！」

他站在艾瑪迪斯身旁——後者現在已經離開椅子了——並跟他一起朝下俯視瑪拉。他那一身熱氣球布料的閃亮服裝，讓他看起來像是男子團體裡的運動型男孩，通常坐在最踐的萬人迷主唱旁邊。

「問題不在於是誰邀請我們的。」他對瑪拉說：「而是你怎麼會知道我們有約！」

「我收到一張邀請函，就跟你們一樣，只是……」

「只是什麼？」

「只是我那張的背面少了你們邀請卡的最後一句。」

「你怎麼會知道我們的邀請函寫什麼？」蕾貝卡從後面拋出疑問。

「我昨天在找你們。」

「你到我們房間裡偷窺喔！」艾瑪迪斯驚呼道。

老天啊！

「沒有、沒有、完全沒有。我昨天到的時候，你們都不在。我很擔心。」

「胡扯，我們知道事情一定不是那樣。」艾瑪迪斯再次噓道。

她直直望入他的眼睛，問：「不然是怎樣？請解釋。告訴我啊！」

現場陷入一陣尷尬的靜默，唯有火爐中柴火燃燒的劈啪聲響，混著大雪吹動窗戶的噪音。

西蒙率先開口說道：「我覺得繼續旁敲側擊很愚蠢。」接著鄭重地引用一句行事曆佳句：

「佛說有三樣東西是無法久藏的：光、月亮，以及真相。」

「佛說你去吃屎吧，小皮皮。」艾瑪迪斯回噓道。

「不要叫我小皮皮。已經沒有人這樣叫我了。」

「啊，沒有了嗎？所以你現在爬高繩也不會嚇到尿褲子了嗎？」

「那是八年級的事了，我那時候發燒，我……」

「請問，你們現在全都瘋了嗎？」格蕾特打斷兩人的爭執：「更多衝突只會造成反效果，我們現在最需要的是零暴力的溝通。」

「廢話一堆。」艾瑪迪斯低聲暗咒。

「閉上你的狗嘴。」格蕾特對他怒斥。**好一個零暴力溝通啊**。瑪拉懷疑這兩隻兔子和獅子之間早就有些過節。此時，格蕾特隨即說道：「你從以前就一直取笑我，你這個行走的自卑情結。」

「噢，偉大的心理系學生已經看穿我了呢。」艾瑪迪斯嘲諷道：「你要收我多少錢呢，醫生？」

「不知道耶，我們一無是處的媽寶除了被關，還會做什麼呢？」

這記反擊不僅向瑪拉揭發了艾瑪迪斯的過去，同時也掀起許多疑問。反擊後的格蕾特到瑪拉面前跪下，並小心翼翼地撫摸她太陽穴上的疤痕。她的觸摸既溫柔又令人不舒服。

「你想喝一口嗎？」

格蕾特將瓶子舉起，她心存感激地喝了一口。

「我覺得她自從在工廠遇到那件鳥事之後就瘋了。」艾瑪迪斯解釋道。

「是婦產診所。」傑瑞米從後方出聲糾正。

瑪拉抬頭略過格蕾特的肩膀望向他。

「我在網路上看到的。」他顯然覺得他必須為自己辯護。

瑪拉再次錯愕地笑了出來：「所以**那**就是你們的理論嗎？我把自己發生的意外怪到你們身上，然後在這座山上開始對你們發起復仇行動？」

眾人點頭。

噢，我的老天。他們真的這麼覺得啊。

格蕾特起身，說：「不然我們還能怎麼解釋呢？信裡說我們幾年前毀了你的人生，現在你要我們付出代價。」

那不可能是真的。假如克莉絲汀說的是真的，有一個連續殺人嫌疑犯在這裡逍遙法外，那她在這裡接受這個無意義的審問，簡直是在浪費關鍵時刻。「再重申一次：我沒有寫這封信，然後，我完全沒有覺得五年前發生的事是你們的錯。我會來這裡，只是因為……」

「嗯，因為？」

她嘆了一口氣，說：「唉，聽起來很可笑——我想要找回自己。自從那次意外之後，我就一直避免與自己的過去有任何接觸。害怕去面對的人是我自己。」

「為什麼？」

「因為『之前的瑪拉』——我自己取的——她的人生爛透了，有個精神不正常的父親把我們全家給毀了。但我當時擁有一些『之後的瑪拉』再也找不到的東西，那就是希望——對於擁有更好的未來的希望。」

她艱困地吞了吞口水。

「我本來很怕在這裡再次見到你們會讓我很痛苦。我的意思是，你們全都得以在『未來』好好地生活，但我卻被拋出正軌了。」

「所以你就想要找我們報仇。」

「但到底為什麼要？那跟你們有什麼關係？」

或是說，等一下……

「那件事跟你們有關係？」

她感覺好似有一抹陰影蒙住了她的靈魂。他們跟她之間有什麼關聯？這次聚會跟她五年前在分娩室的經歷之間又有什麼關聯？是他們其中一個人在後車廂放包裹的嗎？還有WhatsApp上傳來的訊息？

傑瑞米、蕾貝卡、寶琳娜、格蕾特、西蒙與艾瑪迪斯。他們當時仍是高中生，如今分別是建築系學生、未來的刑事律師、作家、心理系學生，以及前科犯？

但不是啊，那並不合理。

關於傑瑞米，她知道他在命運之日當天參加了一場籃球錦標賽，基利安也跟他一起去——他後來在她的日記本裡貼了一篇相關的新聞報導。他們倆沒有辦法去點蠟燭，再躲到防水布裡面。**反正根據榮布魯特醫生的說法，這些都只不過是我自己的想像。**不、不，現在在這裡發生的事，簡直更加瘋狂。

好的、好的，專心。

現在，瑪拉已經成功止住腦中的思緒風暴，她必須也讓其他人同樣冷靜下來。她開始嘗試訴諸那些將她綁起來的人的理智，並轉向曾接受過理論訓練，又能在不受情緒影像下處理複雜議題的人。

「蕾貝卡，你是讀法律的吧？那你應該對中立的分析思考不陌生。好，我們就當作你說的是對的——這是我的字跡、我寫的信——即使這根本狗屁不通，但隨便。那當我被綁在這裡的時候，就代表我玩完了，對吧？」

蕾貝卡深思過後點頭。

「但如果你們錯了呢？如果我跟這裡發生的一切毫無關聯、任何一點關聯都沒有呢？假如那個把我們全都綁在線上的操偶師根本還沒開始上演呢？我們先來處理這個假設，難道不是更好的做法嗎？我的意思是，反正你們已經控制住我了嘛。」

她注意到自己的論點也在西蒙和傑瑞米身上生效了。她的視線開始在他們倆和蕾貝卡之間來回移動。

「情況最糟就是這一切都是在浪費時間，沒關係。但看起來，我們現在多的是時間。」她思考著，不知道該不該跟他們提起她與克莉絲汀之間那令人不安的對話，然後就會使大家開始互相敵視。畢竟，克莉絲汀已經向她解釋的懷疑，也就是這群房客當中有一人是個殘暴的殺人犯，而那就代表，那個（或那些）凶手昨天也去泡了三溫暖，只不過假裝讓自己昏迷。

瑪拉決定暫時先自己留著這個資訊，只說道：「我想，如果你們昨天在三溫暖是被其他人下藥而不是我，那你們對於接下來可能發生的事應該要有些心理準備。」

「說得好，大母獅！」艾瑪迪斯緩慢又用力地拍著手。「我幾乎都要相信你了呢。」他停下嘲諷的掌聲之後，說：「但可惜的是，你剛剛的『基利安在哪？』演得過火了。」

「什麼意思？」瑪拉問。

「別逗我們了。基利安死了！還有誰會比你更清楚？」

37

柏林

「不要浪費時間，直接開去雲霧小屋！我會盡快到達！」克莉絲汀說完後，將電話掛斷。她在卡爾滕布倫的現場緊急聯絡人也只轉入語音信箱，這意味著她跟瑪拉目前只能靠自己了。

「靠！靠！靠！」

她每叫一聲，就揍了前座的頭枕一下，導致計程車司機不得不調整後視鏡好看向她。

「還好嗎？」

不好，一點都不好。我成功讓一個平民老百姓的性命陷入危機，但我現在根本無法請求任何官方協助，因為耶穌升天行動根本還沒獲准。

「我把東西忘在家裡了。」她說，接著隨即補充說明自己沒時間回去拿，雖然那也是假的——她還有五十分鐘，火車才會發車，而他們現在已經開到勝利紀念柱，距離火車總站已經不遠了。

她不抱太大希望地再次撥號至瑪拉的手機。通話隨即轉入語音信箱，而她這次留了一通語音訊息：「拜託打給我，我可以幫你！」

比起她的咒罵聲，這次計程車司機的反應反倒較為放鬆。他打了個哈欠，顯然鬆了一口氣，因為後面那個火爆傢伙看來是沒有要將後座拆掉的意圖。

奇蹟似地，他們毫髮無傷地駛離紀念柱圓環——今天早上大家都不打方向燈就胡亂轉換車道。

克莉絲汀於手機上開啟網路犯罪部門的工作站。

首先，她檢查了瑪拉以前的帳號；它已經停用兩年了，但如果瑪拉曾試圖存取資料的話，克莉絲汀就會看到——搞不好她會想自己繼續尋找分娩室裡的影片？也就是克莉絲汀嘗試拿來釣她的誘餌？沒這麼好運。即使瑪拉現在已經知道有一段關於她自己的影片了，但她卻從未試圖登入以前的工作帳號。

「那你為什麼偏偏會去參加同學會呢？」克莉絲汀喃喃自語。

她的手機震動了，是另一通她一直在等的電話。「皮婭？」

「我覺得我發現一些東西了！」那位堪稱天才的電腦專家說。

「重要嗎？」

「可能可以改變一切。克莉絲汀，你必須馬上過來！」

38

雲霧小屋

「你們瘋了，你們騙人。基利安還活著。」

瑪拉拖著椅子往後退，踱著手腕上的繩結，看起來八成活像是個坐在電椅上被處刑的罪犯，而那也正是她現在的感受。

「你可以省省了，不用演了！」艾瑪迪斯對她怒斥道：「我們知道你知道。基利安已經過世很久了。」

「超過半年了。」西蒙補充道。

「可是……」瑪拉開口。

「可是什麼？」艾瑪迪斯模仿她。

瑪拉再也無法呼吸了，房內的所有空氣似乎都被用盡了似的。

「他的房間。六號房。」

天空王國。她震驚地發現其中的雙關。

「怎樣？」傑瑞米問。

她看向他，試著忍著眼淚。由於呼吸變得急促，她說出來的字句也愈來愈短。

「門邊寫著他的名字。他的東西在裡面。」

「什麼東西？」

「他的背包、一本哲學書。」

多瑪斯・阿奎納

《論真理》

「放在床頭櫃上。」

「我去看看她在說什麼。」傑瑞米說。他的運動服隨著他走向樓梯而發出窸窣聲。

艾瑪迪斯大翻白眼，覺得這根本是浪費時間。

「拜託，請讓我一起去。」她向大家呼喊著。此時，傑瑞米已經在她身後準備上樓。

其他人完全沒有動作；寶琳娜除外，她在獨立沙發周圍來回踱步，陷入沉思的她令人聯想到被關在籠內的動物。

由於沒有人願意前來完成她的心願，她試著重啟對話——即使現在她喉嚨內像是卡了大腫塊似的，讓她幾乎無法發出聲音。「他到底是怎麼……我的意思是……」她清了清喉嚨後，才終於吐出那些難以啟齒的字句：「基利安到底是怎麼離世的？」

「那大概是他收到邀請函後一週發生的事。」

所以他有被邀請。

「他喝醉後騎電動滑板車，在哈克雪市場附近騎到近郊列車前面。」

瑪拉絕望地搖著頭。現在她滿頭大汗，黏在額頭上的瀏海絲毫沒有位移。

「那為什麼我應該要知道？」她問，用盡全力地望入在場每一個人的眼睛。寶琳娜一邊走，一邊別開視線，而艾瑪迪斯則望向窗外。

「我已經好幾年沒有跟他聯絡了。」

瑪拉聽到一聲咆哮，起初以為是誰帶了寵物——或許是狗。但隨後，咆哮變得愈來愈像人聲，也愈來愈氣憤，最後轉為憤恨的尖叫。剛才看似冷靜、願意和解的格蕾特，現在甚至比艾瑪迪斯顯得更不悅，她問：「你滿口謊言到底想要達到什麼目的，瑪拉？」

「謊言？我沒有在說謊！」

這隻「兔子」張大雙眼朝著瑪拉逼近，同時食指直指著她：「我有去他的喪禮，不像你。」

「我！不！知！道！有！喪！禮！」

「噢，是嗎？」

「是。」

格蕾特的口水噴到瑪拉的臉上——她現在又大聲又靠近：「很好，那請你解釋一下，我怎麼會有辦法在教堂朗誦你特別為當天寫的弔唁信？」

39

格蕾特的視線如針般鋒利，並且正中紅心，扎中瑪拉的瞳孔中再狠狠地鑽入深處。那份痛楚只不過是她的內心感受，但她覺得自己的眼球有如溺水一般——不是浸溺於水中，而是血。

「停！」她尖叫道：「拜託！你們大家！全都！別再說了！」她開始啜泣：「我沒有寫恐嚇信給你們，也絕對沒有寫過任何弔唁信給基利安。」

愈來愈多的淚水淌落她的臉龐。

出於被誣賴而感到憤怒。

出於無助——她不知道自己還能做什麼來抵抗如此濃烈的瘋狂。

也出於哀傷。

最主要是因為我難以理解的哀傷。

因為即使這裡的一切如此怪異，格蕾特顯得相當真誠。她看起來很相信自己所說的話，而且內容也駭人地跟菲爾於火車上對她所說的話出自同一套邏輯。所以那位數學課坐在她旁邊的同學在因戈爾斯塔特要下車前，才會突然變得如此欲言又止。

「噢，對了，關於基利安的事，我很難過。」

瑪拉嗤之以鼻地說：「有人在假冒我的身分，盜用我的名字寫信。」

「我再也不想聽這些胡扯了！」格蕾特的眼淚顯然也幾乎湧出。她看起來很想離開，但她又再次轉向瑪拉，說道：「瑪拉，你知道嗎？你寫給基利安的弔唁信真的很美，雖然你們失聯了，但看得出來你們以前有多麼親近。我一直三不五時會跟他聯絡，我們有時候會約見面喝咖啡。是的，我也很喜歡他，但即使我表現得很明顯了，他沒有一次見面不講你的。他很確定你依然一直在關注著他，有時候他會覺得你其實離他很近，只是不想要現身。他覺得你就在他的身邊，然後他會很驕傲地向我展示他的刺青。」

如果那是真的，那他為什麼這幾年都從來沒有再試著聯絡過我？瑪拉自問。她的哀傷有如血栓一般地在她的意識微血管中散播。

「我在你的弔唁信中也有感受到這一份親密感。」格蕾特繼續說：「所以我才會克服自己的恐懼，遵循他爸媽的心願朗誦你的信。你顯然是在聽聞死訊後寄出那封信的。但現在我覺得自己簡直是一頭大蠢豬啊。你根本不配那封信，幸好你也從未得到基利安過。」

她轉身，消失於客廳之外。

瑪拉感到無比消沉絕望、無助且哀傷，她想要歇斯底里地尖叫出聲。

她安靜地說：「拜託，關於這裡所發生的事，我所知道的不會比你們還多。」接著音量轉大：「我們全都在同一艘船上。」而這艘船的掌舵者，根據克莉絲汀的說法，大概是一個殺人凶手。

「這個嘛，你跟我們之間顯然存有某些差異。」蕾貝卡評論道。

瑪拉抬頭望向她。

「你是我們當中唯一一個有嚴重創傷的人。」

瑪拉厭倦地點了點頭。這大概也不是真的吧——「我之前做了好幾年的諮商，已經走出來了。」

「是喔？」

她聽見傑瑞米從她身後的樓梯走下來。他手中握著某個東西，但它太小了，隔著一段距離讓即使扭著脖子的瑪拉無法由眼角餘光看出那是什麼。

「如何？」艾瑪迪斯問。

「沒有東西。」她聽到傑瑞米的回答，心沉了下來。「六號房是空的，門上也沒有寫名字，床頭櫃上當然也沒有東西了。」

他走入瑪拉的視線範圍內。他雙頰通紅，貌似做了一番體力活。「所以我才會找到這個——在常春藤小巢裡。」

「我的房間。」

「那你就承認了，這是你的，對吧？」

他將一份吸塑包裝藥錠拿給她看。她昨天吃了其中一顆（或是今天凌晨？）。

「對，西酞普蘭。」她聳肩，說道：「常見的抗憂鬱藥。」

「我以為你已經從創傷走出來了？」艾瑪迪斯質疑道。

「還有很多其他情況可以吃這種藥。老天，有成千上萬的人有在服用。你問格蕾特。」

「但只有一個服用它的人不請自來，來到一棟山中小屋威脅我們。」傑瑞米說，怒氣沖沖地走掉。

寶琳娜抬頭，問道：「傑瑞米，你要去哪？」

「去外面。」他頭也不回地答道。

「但那是去廚房的方向！」艾瑪迪斯在他身後喊道。傑瑞米不耐煩地將他揮開。接著，瑪拉聽見隔壁房傳來低沉的隆隆聲，抽屜被開了又關，而他不到一分鐘又回來了，手裡拿著幾個空的垃圾袋。

「現在要幹嘛？」蕾貝卡問。

傑瑞米坐到沙發上將雙腳套入袋子內，以作為回應。他將塑膠袋的鬆緊帶綁於腳踝位置，並打了一個緊緊的結。

「你不是認真的吧？」艾瑪迪斯問他：「別跟我說你要穿那樣走下山喔。你知道在這種爛天氣裡齒軌列車是停駛的，對吧？」

「別擔心，我沒有發瘋。我沒有要跳什麼祈晴舞之類的。」

他將門打開，爐內的火焰加劇。風聲變得愈來愈大，正準備醞釀成暴風。木屋內的氣溫頓時驟降。「我只是需要去外面迅速抽根菸來醒醒腦。」

「我也一起去。」寶琳娜決意追上他。

傑瑞米顯然早就料到了，因為他在沙發上留了兩個袋子給她。

等她也準備好之後，兩人一起出去，並將門關上。

「看得出來成癮地多麼嚴重。」蕾貝卡嘲弄地說：「寧可穿著塑膠襪凍死，也不能沒有菸呢。」

她的假笑被一陣尖叫打斷——聲音是從瑪拉左邊傳來的。

「大家，快來看我在衣櫃裡發現了什麼！」

格蕾特回來了，手中握著某個狀似鏡子的東西，而且像刀子一般地閃著光。

「太難以置信了。你們一定不會相信！」

40

柏林

「你來得太晚又太早了。」

皮婭．采德尼克替克莉絲汀打開工作室的門時，一如往常地向她打招呼和握手。距離她的火車發車時間只剩下半小時了，所以如果她們可以跳過寒暄以避免拖延會面時間，她會很開心的。

從外面看來，緊鄰著六月十七日大街的近郊列車軌道下方拱門內的商用空間是空的。在它右邊的蔬果攤的陳列品占據了一半的人行道，而左邊是一間夜店，它的重低音在週末會一直轟隆地震到早上七點。皮婭的工作室沒有任何廣告看板，也沒有門鈴或郵箱。身為一位電腦專家，她不希望任何人對那扇飽經風霜木門後的高科技興起任何疑心——它看起來更像是某個穀倉的入口。

「太晚是因為我必須趕快去營養諮詢師那裡。」皮婭一邊說，一邊將她們身後的鐵門帶上；那是比較後來才加裝的。「太早是因為我希望可以有更多時間再多弄久一點，但我想你也可以看啦。」

那間貌似拱形地窖般的房間先前為鐵路所用，是儲放電纜的設施。空調系統讓房間維持著宜人的溫度，同時也能將空氣中可能會損害電腦的灰塵排至室外。

克莉絲汀一跛一跛地跟在她的身後，小心地避免讓手杖纏入四散於石質地板上的電纜線中。繞於電纜線中央的是一只金屬置物櫃，就是那種會在體育館置物間或貨櫃拖車中看到的鐵櫃。

「坐吧！」皮婭說道，但她並沒有特別指出任何一個能夠勉強充當座位的地方。在這一團創意十足的混亂中，唯一正式打造為家具用途的物品是一張符合人體工學設計的旋轉椅——已經被皮婭坐去了。她口中咬著一支牙籤，在工作站後方轉來轉去。那裡看起來像是某個未來太空站的駕駛艙，大量不同尺寸的螢幕不斷地閃爍、旋轉著，還有拉桿、按鈕，以及兩架鍵盤，令人稍微聯想到克莉絲汀以前放在辦公室螢幕前的設置。

「你有什麼要給我？」克莉絲汀問。她決定停下腳步。

「等等，我得先讓它跑一下。」

她看著皮婭的手指以驚人的速度在鍵盤上急馳。假如克莉絲汀能夠如願辦事的話，她絕對不會讓這樣一位天賦異稟的人才坐在這種鐵軌下方，而是在刑事偵查科辦公室內——最好是坐在瑪拉的位置上，那才是最適切的安排。皮婭比不上瑪拉超凡的推斷能力，但她於技術上的理解能力無人能出其右。

她們倆幾年前於近郊列車上相遇。克莉絲汀通勤上班時都在滑手機，所以她並沒有注意到在她前面那一排座位上，有一群少女以威脅的姿態於皮娅面前一字排開。

「喂，讓出點空間，你這隻肥豬。你把這裡整個堵住了。」四人中最高也最瘦的少女對皮娅說。那名少女乍看之下應該不會被歸類為反社會的惡棍，她穿著一身不甚引人注目的衣著，包括高領毛衣、牛仔褲和布鞋。她的頭髮紮成馬尾辮，肩上掛著一只昂貴的設計師品牌小包。

皮娅試著讓自己在座位上縮小一點，但並沒有成功。光是她的大腿粗度，就相當於正在羞辱她的女生的臀寬了。

「靠，像你這種人應該要買兩張票的，邋遢女。」那名十幾歲的少女對她吐口水。

「行走肉丸。」她的其中一個朋友笑道。

當時，克莉絲汀已經手撐著拐杖了，憤怒地想著：如果現在將拐杖當作武器使用，到底正不正當？突然間，皮娅站起身，全然毫無畏懼地——至少外表看起來是如此——直望入帶頭少女的眼眸，說道：

「喂，跟你說一件事喔。肥胖不是性格缺陷，跟你有的問題不一樣。它是一種病症，而我現在就可以給你們一種病症。很簡單——只需要用我手的側邊，把你們的鼻子轟到腦子裡就行了。這不會致命啦，但你們以後最喜歡做的事會變成流口水，還有把尿布弄得一團亂。建議是，我現在可以先弄你們其中一個人，只需要花上一秒的時間。然後，以後沒有我在這裡當受害者的時候，你們其他人就可以笑她笑一輩子了。聽起來怎麼樣？」

「她剛剛說什麼？」其中一個小跟班想知道。

「我說，我不是自己選擇要有代謝失調的，但我可以選擇要把你們之中哪一個人打成殘廢。」

這一刻，克莉絲汀忍不住開始拍手叫好。不久後，整個車廂的乘客都加入鼓掌行列，這場戰局的勝負已定。

「只是一場戰局，而不是整場戰役。」皮婭十分鐘之後解釋道：「明天會有另一個混蛋過來繼續羞辱我。」

她到車站點心吧請克莉絲汀喝咖啡，以感謝她的精神支持。那就是她們聊天的契機，而克莉絲汀也因此得知皮婭是專攻動態影像辨識的軟體工程師。想當然耳，克莉絲汀想將她簽下來，但皮婭不想要有終身職，也沒有高中畢業或大學學位。由於經費縮減，單位上也不再有足夠預算可以聘雇自學的自由工作者了。克莉絲汀私底下委託她進行分析任務，算是極度違法的行為。內部調查某天很有可能會發現這件事，並藉此對付克莉絲汀。也正因如此，既然她現在已經被暫令停職了，她覺得沒理由叫皮婭停止研究瑪拉的影片。

「我寫了一個新的程式，現在在跑。」

「是關於傅敏詩影片的嗎？」

皮婭最近總共替她編輯了三張影像。第一張在九個月前，已經被她的部門發布上網了，其中的畫面完全符合瑪拉所描述的場景：一個老舊的房間，由閃爍的小茶燭點亮，中間擺了一張接生床。

首先會看到各種水平運鏡捕捉的畫面；有人應該事先將畫面安排好了，並將相機裝於三腳架上。然後有一個剪輯切點，開始可以看見一個人像。人像相當小，穿著一身黑色的服裝；躺在接生床上；防水布下的臉孔。接著，影片變成靜止的腳架影像，其中可以看見人像在呼吸，除此之外什麼都沒有。她們一直到後來才偶然發現另一段得以讓她們寄放所有希望的影片——原本這段靜止畫面的後續。

「可惜的是，你所說的傅敏詩影片還是看起來很像《超級8》的第一百份家用盜錄影像。」

皮婭喝了一口零卡可樂。

她發現那段影片使用了她自己所寫的爬蟲程式。那個程式先前在克莉絲汀的幫助下，成功偷渡進到常見的變態影片非法入口網站，並像病毒一般散播開來。即使皮婭試著透過舉例，以最簡單易懂的方式向她解釋，克莉絲汀依然無法完全理解接下來的步驟。

「試想一下，你想以匿名方式上網，所以你建立了代理伺服器，讓你在——谷歌好了——進行搜尋的時候可以隱藏IP位址。」

「那它就無法被追蹤，對吧？」

「很難，但並不是完全不可能。因為你打字的方式會讓你露出破綻。」

「你指的是節奏嗎？」

「你打得多快、你用幾根手指頭、你做了哪些停頓⋯⋯這些全都像是指紋，即使你完全沒

有登入，谷歌也會知道坐在電腦前的人是誰。」

好個資料保護啊，克莉絲汀心想。她又再次覺得心煩，因為身為法律的守護者，她必須遵從一堆法規。她每一次要在社群媒體平台上發布關於那些在網路上搜尋「女童性愛影片」的變態資訊時，都必須經過許多法律程序，但同樣的平台卻可以將這些資料賣給兒童泳裝製造商賺取利益。骯髒的數位世界。

「影片錄製也是類似道理。我們在錄東西的時候，也有一個節奏。我們偏好特定的角度、設定和濾鏡，其中所形成的形式具有辨識度。」

那就是皮婭的程式想要尋找的線索，做法是將防水布人影片中的連續移動影像與其他錄影進行比較。而在其運算力發揮了一個半月之後，終於在交流鼻菸影片的暗網找到目標物——她放在瑪拉工作的旅館保險櫃內的那段駭人浴缸虐殺影片。證據顯示，當初瑪拉遇上的謀殺未遂案件與另一件已執行完成的凶殺案相關，而這意味著，他們正在處理的對象有可能是一名連續殺人犯。

第三段在皮婭的協助下尋得的影片為先前那段三腳架影片的後續，其中只能看見防水布人在呼吸的畫面。那就是克莉絲汀口中所說的「傅敏詩影片」，但其實除了防水布人的動作之外，它同時也揭出更多其他資訊。

「這裡，你看得到嗎？」皮婭指向擺在她面前，也是正中間的顯示器。克莉絲汀跛著腳移到一側，好閃過皮婭的肩膀看得更清楚。

在那段影片中，門被打開了。瑪拉走入房間。

她身後的走廊燈不見了，畫面中的唯一光源為分娩室內擺了一地的小茶燭。

一切完全符合瑪拉當初所轉述的內容。

她打開包裹，裡面顯然裝了一顆石頭；她將石頭丟到地上，以減輕重量。接著，她從中取出一封信和一串鑰匙，兩者隨後也落至地上。瑪拉慌亂地四處張望，跑到畫面之外，不久後又拿著去顫器重新回到畫面內，並將去顫器丟至地上三次。她用自己製造出來的一塊碎片來割防水布。隨後，躺在接生床上的人影坐起身，活像驅魔電影中被附身的人似的。但影片解析度實在太低，克莉絲汀不但看不清楚防水布人的身分，也看不出來那個人影究竟如何攻擊瑪拉——瑪拉突然間抓住自己的脖子踉蹌步出畫面。防水布人從她身後的桌子滾下來，然後同樣再也看不到了。接著，錄影停止。「我已經讓我的軟體去跑它一個星期了。」

瑪拉的身分確實可以清楚辨識。這段影片證明了瑪拉一直以來所說的全部屬實，而榮布魯特醫生都錯了。瑪拉有臉盲症，但可從未罹患任何知覺障礙。

「做得好。一切看起來都比以前好多了，但還是……」

但克莉絲汀依然感到失望。她原本希望可以將防水布人看得更清楚，以揭發他的身分。即使影片畫面很模糊，但它也很清楚地顯示出，那個人並沒有被綁住。影片中的一切皆指明了，瑪拉認為自己被引誘入陷阱的想法是正確的——她應該要以為防水布人是受害者，但他其實只是將自己裝扮成瀕死的樣子，手中握著刀片等待瑪拉靠近。而這也意味著，這名凶手極有可能也是浴缸謀殺案背後的主謀。

「你不是說你發現了可能可以扭轉一切的重要線索嗎？」

皮婭點頭，說：「我又回去看了原本的影片一遍。就是有水平運鏡畫面，有人在調整相機的那個。」

「然後呢？」

「你看。」

「那是白平衡嗎？」

皮婭點頭。

專業的動態與靜態攝影師通常在開拍時，都會先在相機鏡頭前擺一張白紙。雖然人眼可以自動分辨出晚間計程車上的白色及沐浴於日光之中的雪道的白色，但多數相機在這方面需要一些輔助。藉由擺在它們「鼻子」前的那張白紙，它們可以學會判定環境光中白色的量，而這能避免影像產生色偏。

「何必呢？」皮婭再次轉到隱形攝影師在第一次拍攝時進行手動白平衡的地方，克莉絲汀問道：「隨後，除了蠟燭之外，就沒有其他光源了。而且要不是有你的軟體，影片內容根本幾乎看不清楚，那那張白紙的意義到底是什麼？」

「現在我也只能猜測。」皮婭說：「我覺得，傅敏詩影片還不是分娩室裡的完整錄影。」

克莉絲汀挑起眉毛。皮婭猜對了——這是她邀請她解釋理論的訊號。

「應該要有一段白天的影片——在所有燈被關掉、地上的蠟燭點亮之前拍的。或許是一段自白，或是向影片交流平台上的其他變態網友打招呼。或許在防水布人爬上接生床之前，還有一段光線充足、性虐行為的開場。」

「我們沒有那一段？」

「沒有，那我們有其他東西。更讚的東西！」

「什麼？」克莉絲汀愈來愈沒耐心了。如果她還想要趕上火車的話，現在就必須離開了。

皮婭用滑鼠點開一個資料夾，螢幕變得一片全白。「這個！」

「這是什麼？」

「白平衡的靜止影像。我也把軟體拿來跑這個檔案，然後你看。」

「那是……？」

她點了兩下。克莉絲汀也看到了。

「原子筆。對，那張白紙是從一本筆記紙撕下來的。它原本被墊在下面寫字，然後透過來了。」

「我不相信！」

這原本幾乎是肉眼不可見的東西，但被皮婭發現了。這很可能是關於當初試圖謀殺瑪拉的人的第一筆具體線索——或至少是在當場目擊瑪拉掙扎逃命的人。總之，那個攝影師在進行白平衡時，將一段手寫地址錄進去了。

41 雲霧小屋

「住宿守則？」

蕾貝卡從格蕾特手中接過一只畫框，研究著壓在玻璃而下的文件。

「它就掛在衣帽架正旁邊。」格蕾特說：「但昨天沒有，不然我就會注意到了，而且格特弗利得沒有把它印出來給我們。」

「這有什麼奇怪成這樣的地方嗎？嚴重到你必須像一隻嚇壞的母雞飛進來這裡？」艾瑪迪斯問。

「你自己聽。」格蕾特說，接著開始大聲唸道：「第一：在這座山上，生存仰賴於和睦的團體行動；為了自身利益，任何人皆不應擅自脫隊、獨自行動。」

「聽起來很合邏輯。」蕾貝卡說。

「等著。」格蕾特舉起食指說。「第二：所有由民宿主人指派的任務皆必須集體一起完成；不允許任何人逃避執行。」

「那指的可能是洗碗或倒垃圾？」西蒙問道。

格蕾特沒有回答，繼續唸道：「第三：在所有任務完成以前，不允許任何人離開。」

西蒙點了點頭，說：「拆下床單之類的，我覺得很正常。」

「第四：違規者將以死處分。」

格蕾特轉向西蒙，問：「你覺得這聽起來也很**正常**嗎？」

他搖了搖頭，緊張地撥弄著自己的唇環。

「它真的這樣寫？」蕾貝卡想知道。

「對，而且還沒完。」

「還有什麼？」艾瑪迪斯呻吟道。

「我看不懂，但說不定你們會懂。」格蕾特舉著畫框，好讓所有人能看見裱框內容。她用手指敲著右下角，說：「這裡有個備註，跟我們的邀請函一樣。蕾貝卡，你快看。這應該跟我們卡片上的字跡一樣，對不對？」

「看起來是。」她同意身邊這位未來心理師的說法。

「它說什麼？」艾瑪迪斯不耐煩地問，並從格蕾特手中搶過畫框。

「你們的第一項簡單任務……」他不帶任何語調地唸著：「打開小提琴！」他轉向瑪拉，問：「現在這是什麼意思？」

蕾貝卡、西蒙、格蕾特、艾瑪迪斯。

四雙眼睛，全都落在她身上。

瑪拉早就預料到了，但她依然感到生氣——審問遊戲又要重新開始了。

「我看起來像是會通靈嗎？」

艾瑪迪斯朝她跨近一步，看起來活得像在等待裁判發出訊號後開揮第一拳的拳擊手。「所以你不承認這是你掛的？」

「對，而且我受夠了。我必須去上廁所，我的手快麻掉了，真的已經不好玩了。事實上，現在該輪到你們來回答我一些問題了：你們當中是誰寄邀請函給我的？什麼是『櫥櫃團』？我們在說的影片是什麼？」

除了西蒙之外，所有人都搖了搖頭。

「現在只有兩個可能性。」艾瑪迪斯說：「要不是你知道答案正在假裝沒有頭緒，不然就是你真的不知道。這樣的話，那就不關你的事了。」

瑪拉嘆氣道：「好吧、好吧，那就是這樣了。你們什麼都不說的話，我就不會給你們任何建議了。」

「什麼樣的建議？」

「看要怎麼解謎啊。跟小提琴有關的那個。」

你們的第一項簡單任務：打開小提琴！

「哈！」艾瑪迪斯露出勝利式的咧嘴笑，說：「你當然知道那是什麼意思啦，因為這些住宿守則就是你自己寫的嘛。」

「不是。我會知道，是因為我昨天偶然發現一些無法解釋的東西，現在終於通了。」

瑪拉用力地搖著手上的結——這大概是第一百次了吧。這次，她把手腕磨到破皮了，直到流血才停止動作。

「把我放開！」她憤怒地要求他們，並說：「放開後，我就會跟你們說。」

42

現在天已經黑了，天象正在醞釀著更多變化。傑瑞米可以感覺得到，雖然他現在依然看不出任何端倪。這就跟他去年在杜拜時一樣——當時他在「全球工程」當實習生，有機會到一棟豪華摩天大樓的建築現場工作——只不過兩地預兆顯得相反。在那裡，陰影下的溫度為五十度，即將發生沙塵暴時，只能從地平線上的顏色變化看出端倪；這裡的氣溫零下好幾度，地平線透出的微光不是紅色的，而是深灰色。

傑瑞米任由視線游移。前一天，他仍有辦法望入遠方，但現在，低層雲有如一張雪毯似地覆蓋於高海拔的山谷上。有一些在他們抵達時仍能清楚看見山脊的高峰，此時如同一座座小島從一片雲海中冒出。

他覺得，或許可以試著在情況變得更糟糕之前，弄一台雪橇穿過這一團亂，駛回山下的紡織小屋。他們昨天在棚屋內沒有找到任何雪橇，但也可以將行李箱打造成雪橇吧。在緊要關頭時，一只袋子也行。

前提是，除了眼前自己的手，仍能看到更多其他東西的話。否則，風險包括偏離路線，或是打滑、跌落手機使用處下方岔開的陡峭岩壁。艾瑪迪斯是對的——當格特弗利得在幫他們搬行李的時候，有告誡他們在天氣惡劣時，不要走到離雲霧小屋方圓外太遠的地方。「齒軌列車是在天氣好的時候用的。如果我們山谷揚起紅旗的話，觀光客就不准上山了，而且它不是只為你們開的。但不用擔心，即使天氣真的變得很糟，我還是會在這裡的。」

放屁啦。現在天氣真的很糟了，但沒有手機的話，他們也無法聯絡到酒館老闆。

「你相信她嗎？」寶琳娜打斷了他的思緒。

他們在山屋前的高樓層陽台下找到一個風比較小的位置。不過，那也無法改變寒氣從腳底毫無阻礙地直竄至大腿的事實，而且傑瑞米可以感覺到鋪路石的濕氣正在滲入他腳上所套的塑膠袋。

「我完全無法對瑪拉做出任何評斷。」他說。

「我指的其實是格蕾特。」寶琳娜伸出手上的菸，好讓他用自己的菸為她點燃。「或許邀請函真的不是她寄的？」

針對這個問題的爭論早已掀起一陣波瀾，嚴重到前一天大夥兒才會採取西蒙的調解建議，一起去泡三溫暖「靜一靜」。那棟三溫暖小屋是蕾貝卡——講究細節的法律系學生——在仔細的場勘過程中發現的。

它座落在主要建築之外，看起來是全新的建設，外觀看不出來是三溫暖。而這個現代、奢華的水療區域前面附有一間更衣室，大夥兒在那裡脫到只剩內褲。唯有格蕾特和蕾貝卡連內褲也全脫了，嘲笑其他人是老古板。另外還有室內淋浴間（他們在那裡找到了毛巾和泡劑），以及由雪松木打造的寬敞中央區域，裝有有色全景玻璃窗，眺望著山下的谷景。昨天下午，他們仍能一覽無遺地望下那片陡坡。但即使景色這般令人嘆為觀止，也無法防止原有的爭論又立刻隨著三溫暖的水溫高升。

艾瑪迪斯——那個討厭鬼——對所有人發出猛烈抨擊。首先，他當然不會放過嘲弄西蒙的機會——每當他覺得太熱，就會叫他不要朝著他的方向尿尿。西蒙當年在體育課攀繩時尿濕褲子，全班都看見了，這讓原本就已經比較孤僻又有點傻憨的他在學校裡變成完美的霸凌對象。更慘的是，他的姓氏史頓普是「襪子」的意思。他說的可能是對的吧——現在已經沒有人會叫他「西蒙・長襪皮皮[4]」了——但在這棟山屋裡的所有人心中，他依然是叫這個名字。

艾瑪迪斯接著將注意力轉至格蕾特身上：「現在你就承認吧——邀請函是你發的！」

「到底要講幾次？」格蕾特向他回答道：「我從沒寄過任何東西，也沒有訂雲霧小屋。我會來這裡只是想防止我們任何人反應過度來驚醒沉睡中的大狗。」

艾瑪迪斯並不相信她，並把傑瑞米心中所想的事也講了出來：「是誰上次同學會的時候開始說我們應該要洗心革面、好好處理我們的過去！然後現在你想把我們拖進來，就只是因為你放了個屁，然後幾年後突然發現自己不想再忍受我們那個『噢，好沒道德喔』的行為了？」

4 譯注：Pippi Langstrumpf 為一知名瑞典童書角色。

不過，格蕾特只是泰然地一再否認，直到西蒙拿出泡劑為止。

傑瑞米將燜燒中的菸遞給寶琳娜。她的眼線已經糊掉了，讓她的上頰看起來有如羅夏克墨漬測驗圖似的。

「當初那是她的櫥櫃。」他表示：「她的影片——原諒我這麼說——當然是格蕾特邀請我們的啊，而我們就？一樣盲目地跟著她來到這般與世隔絕的境地。」

「關於我們當年所做的事，你難道沒有受到任何一點良心譴責嗎？」寶琳娜好奇地問。

沒有像我在這裡背著未婚妻，還和你滾床單那麼多。

「當然有啊。」他說：「但我們在過了這麼久之後，現在突然跑出來說又有什麼用？我們不能讓時光倒流，也無法讓任何人起死回生。」

打著哆嗦的寶琳娜用手臂環抱著自己。她的黑色針織毛衣保護作用不足，他的加墊連帽衫也是，但至少他們兩人都有帽子。寶琳娜的會讓人聯想到僧袍。

「我覺得格蕾特無法承受我們的敵意。」她輕聲說道：「艾瑪迪斯到這裡就開始攻擊她了，所以她發覺自己沒辦法說服我們招認所有的事。」

傑瑞米思索了一下，說：「你覺得瑪拉也是她邀來的嗎？」

寶琳娜將重心換到另一隻腳上，說：「是的話也很合理，對吧？她想要讓我們大家向她坦承。」

「這個嘛……但那泡劑又是怎樣？」

對於寶琳娜這個再正當不過的提問，傑瑞米來不及回答——一陣細微的噪音讓他脫下帽子，接著，他將頭傾向他以為的聲音來源。

「那是我所想的那個嗎？」他問。

寶琳娜興奮地點頭。她也脫下她的僧服帽，說：「那是你的手機、你的鈴聲。」

〈再次做鬼〉，流行尖端樂團的。

「等等，怎麼了？」她在他身後呼喊道。

傑瑞米已經動身小心翼翼地走過平台。他必須極度謹慎，避免在濕滑的新雪上滑倒。

「我要去手機使用處。」他喊道。不過，寶琳娜當然也應該猜到了，因為隨風而來的來電答鈴聲也只可能源於那裡。

傑瑞米彎下腰。「喂？」

的確。當他抵達地面外緣時，他的iPhone手機就在那裡震動，顯示著未知號碼來電。

他將冰冷的電話貼上耳朵，但心中有個荒唐的恐懼，害怕手機會凍結而黏在他的頭上，就像舌頭會黏在冰冷的金屬棒上那樣。

「喂！？」他一邊繞圈踱步、一邊不斷地大喊著，希望可以找到風比較小的地方。由於沒人應聲，他決定看一下手機，但就只有鎖定螢幕的畫面。

「它怎麼會跑來這裡？」跟在他身後的寶琳娜問。

傑瑞米聳了聳肩，說：「不知道。不在乎。」他將手機放回耳邊。

「你在幹嘛？」

「你覺得呢？我要報警。」

寶琳娜朝著他的方向踏上手機使用處，向他伸出手，說：「不行，傑瑞米。拜託，掛掉。」

他真的將手機放了下來，面露猶疑地問道：「為什麼？」

「是我。」

「什麼？」他怕她想說的正是他心裡所想的那樣。

「邀請函是我寄的，不是格蕾特。」

43

瑪拉走在最前面。跟在她身後的是艾瑪迪斯，他從壁爐工具組中抓了一支撥火棍——完全遵照瑪拉給他的勸諫。

「好主意，這樣如果你想搞什麼鬼的話，我就可以馬上敲爛你的頭顱。」他一邊鬆綁她手上的結，一邊回應道。

「這裡到底哪裡有小提琴？」於隊伍最後踏上樓梯的西蒙問道。走在他前面的是格蕾特和蕾貝卡，兩人緊緊相依，看起來像是要一路跳著波蘭舞曲上三樓似的。

「現在呢？」當一行人抵達頂層時，艾瑪迪斯不耐煩地問。

瑪拉手指向上方。「這是我昨天意外發現的。」

「**那**到底是什麼？」格蕾特跟其他人一樣，全將頭往後傾。

「看起來像是在天花板上的門。不得不說是有點怪。」艾瑪迪斯承認道。

「我有一次跟爸媽去威爾特海姆，那裡有一個變形屋，所有東西都上下顛倒。」西蒙說：

「它的屋頂尖端凸出來插入地面，地基高高地立在空中，然後天花板上也有一扇門。」

「但我們不在威爾特海姆，而是在一個鳥不拉屎的地方。」

艾瑪迪斯用撥火棍指向瑪拉，說：「很棒，你帶我們來看這個怪東西，但我沒看到什麼小提琴。」

「那就擦亮你的眼睛！」瑪拉望向其他人，問：「上面寫的名字是什麼？」

不同於前一天，現在走廊光線明亮，門旁的黑板也看得清楚多了。

「薇奧拉。」格蕾特和蕾貝卡幾乎一口同聲。

「那『薇奧拉』的意思是……？」

「小提琴。」西蒙說，震驚地搖了搖頭。

「更精確來說是中提琴。」艾瑪提斯糾正道。他嘲弄地看著瑪拉，說：「你幹嘛看起來這麼驚訝？以為我是個沒受過教育的鄉巴佬喔？」他將撥火棍擬做小提琴琴身的方式搭在肩上，擺出拉琴的動作。「中提琴，或是人家說的薇奧拉，看起來像是比較大把的小提琴，但音調稍微低一點，聽起來比較沉重。」

「他之前在做偽造樂器貿易。」格蕾特向瑪拉解釋道：「蕾貝卡去見習的律師事務所之前在幫他辯護。但容我直言，並不是很順利。」

「我不能代表他出庭。我甚至還沒去考第二階段考試耶！」身為法律系學生的她開始為自己辯護，但隨即被西蒙打斷。

「打開小提琴！」他果決地說。

蕾貝卡點頭，並指向天花板。「我們大家應該都知道這是什麼意思吧？」

艾瑪迪斯投給她一個「那還用說嗎？」的眼神。「我們應該打開那扇門，看看在上面裡面有什麼。」

法律系學生搖著頭說：「我想說的不是這個。我指的是這整件事。」蕾貝卡環視一圈，說：「你們知道現在這是什麼嗎？是密室逃脫！」

「一場遊戲？」

「這個劇情發展太瘋狂了，尤其是這些密室逃脫實境。」格蕾特表示同意。

「一群人必須一起解開謎題，從一間密室逃出去。或是像現在這裡——從一棟房子裡逃出去。」

「我們現在是被困在一場角色扮演實境遊戲裡了嗎？」西蒙問。

「一開始先是神秘的邀請函，沒人願意承認是自己寄的。」蕾貝卡說話的方式聽起來像是自己原有的懷疑受獲證實了。她望向格蕾特，而對方也直盯著她的眼睛。「接著是與世隔絕的環境、我們昨天找到的卡牌遊戲、突然出現的瑪拉、寫成住宿守則的神秘信件……全部都拼湊起來了，對吧？」

瑪拉困難地吞了一口口水。她不禁發現一些類似的對比：沒人願意承認發送的WhatsApp訊息將她引至廢棄的婦產診所，然後她站在一間房間前面，死亡在等著她。

艾瑪迪斯嘆氣道：「好吧，大家，那樣好像解釋得通，但那真的快要把我給嚇死了。因為這跟一般的密室逃脫遊戲有些關鍵性的差異。」他每指出一點，就用撥火棍敲了一下地板。「第一，我們通常會事先知道自己將要踏入什麼情境；第二，遊戲中的危險都是假的、從來不是真的，但我們在泡三溫暖時差點就要死了；然後第三，一般隨時都可以停止遊戲。」

「好，但我們現在該怎麼辦？」蕾貝卡問。

「那還用說嗎？我們要把門打開。」格蕾特說：「不然我們還有什麼其他選擇？」

艾瑪迪斯狠狠地瞪了瑪拉一眼。「好。我還是覺得這一切都是你在背後搞的鬼，所以一樣——你先走。」

瑪拉直衝著他笑道：「樂意之至。給我撥火棍。」

他做出「你瘋了嗎？」的手勢，用手指敲自己的額頭。「要幹嘛？」

她指向上方，說：「那應該是個暗門吧，後面一定裝有折疊梯。你有看到那個鉤子嗎？我必須要用它。最理想的情況是你把我背起來。」

艾瑪迪斯惱火地噘起嘴，說：「很好，我被說服了。我來，反正我比較高。」

「是比較長。」她糾正他。

艾瑪迪斯走入最近的房間搬出一張椅子，將它放在門的下方。接著，他爬上椅子將撥火棍的鉤子推入黑板旁的小圓孔中，最後將天花板上那扇神秘的門打了開來。

44

「你？」傑瑞米瞪著寶琳娜，繼續問：「邀請函是你寄的？」

她點頭。她的臉上毫無表情，有如臉部肌肉已被冷冽的風凍結了似的。

另一方面，傑瑞米再也感受不到寒冷了，只剩下胸腔內一股炙熱的灼燒感。**背叛的烈焰**。

類似於兩天前的感受——當時他在手機使用處傳了一段語音訊息給他的未婚妻，說他很想念她，但事實上，他才剛跟寶琳娜發生完關係。

「但……但到底是為了什麼……？」

正當他準備朝她靠近時，又來了另一通電話。響鈴的手機落至傑瑞米腳邊，他嚇得跳了一下。一切都在他試圖往前的過程中同時發生，於是他滑了一跤。

「停！」他尖聲叫道，但毫無作用。

他高舉起手臂，但由於套在腳上的塑膠袋，他無法將身體重心再次轉移回前方，反而生硬地扭向一側，使整個情況變得更糟。他跌倒了，抓住寶琳娜的袖子，但她將自己的手臂抽回，而這一舉為傑瑞米帶來決定性的動力。

傑瑞米往欄杆的方向後仰。

「到底是……？」他再度尖叫，而在最後的幾秒內，他幾乎無法相信自己究竟發生了什麼事。他的上半身於空中側轉到一半時撞上欄杆，那一刻所迸發的巨響，堪比巨人下顎的某一顆巨齒斷裂似的。

木柵欄因為他的重量而碎裂，而早已腐朽的接地柱也從水泥地中鬆脫。一切終於堆疊至臨界點。

傑瑞米的手臂胡亂地揮舞了最後一次。**她一定會覺得我在跟她揮別**，這個想法在他腦中閃現。接著，他跟木柵欄一併向後跌下陡峭的坡地，一路滾向深達幾百公尺的谷壑之中，直到他聽到一顆保齡球爆炸成千碎萬片的聲響為止。他活得不夠久，來不及發現那其實是他自己的頭顱。

45

梯子展開的長度意外地舒服適切，甚至還有欄杆讓瑪拉可以將自己撐上活板門來進入一間廳室。艾瑪迪斯跟在她身後，並將撥火棍留下，任其垂掛於稍早他為了開門而勾住的小圓孔上。

她找到一個電燈開關打開，然後不得不打個幾下噴嚏，因為灰塵跑進她的鼻腔內了。

老天爺啊，如果祢真的存在的話，救救我吧！

瑪拉閉上雙眼。她咬住自己緊握的拳頭，但仍然無法抑制自己痛哭出聲。接著，她再次張開眼睛。直到她的淚水終於止住時，映入眼簾的是一位年輕女孩，大概十四歲左右，身穿及膝長襪、戴著牙套。

她的胃液不斷翻攪著，還感到噁心作嘔，並開始全身發抖。她的生理反應幾乎已經達到最劇烈的程度了，即使那個孩子活生生、血淋淋地掛在她眼前也一樣。但那只是一張照片。確切來說是其中一張照片，其他照片也全都是同一個人的：一位女孩或年輕女性，有時候在劇院舞台上參與合唱團排練，有時候在騎腳踏車——沒有戴安全帽，但正確地伸出手臂、打出轉彎的手勢。

這些照片皆用夾子夾在一條晾衣繩上，似乎沒有依照特定的時間軸排列。其中一張是女孩趴在床上、全神貫注地看書；她當時大概十五歲吧。後面有一張是她去考駕照的那一天，但兩張中間穿插了一張看起來大概是十四歲時正在等公車要去打網球的照片。

所有的照片視角皆一致——不論拍攝者究竟是誰，顯然都是偷偷摸摸地拍的。有時候躲在窗簾、樹木或車輛後面，而這些遮蔽物的質料、樹枝或車頂全都惱人地闖入照片畫面中；有時候則是處於人群中，從遠處進行拍攝。

「那是你嗎？」她聽到身旁的艾瑪迪斯出聲發問。

「是。」瑪拉低聲應道。過了這麼多年、還發生了那一場意外，她對自己的臉孔感到非常陌生。但她認得出那些照片。

「是誰拍的？」格蕾特想知道；她現在已經跟著西蒙、蕾貝卡一起進入閣樓了。艾瑪迪斯發現這間閣樓廳室還有另一扇門，並前去將它打開。

瑪拉伸手抹去新湧出的淚水。

一定是某個心理非常、非常不正常的人。

「一定是她爸爸。」她聽到西蒙這麼說。她痛苦地呻吟，恨不得撕下所有的照片，但艾瑪迪斯說的話讓她停了下來：「這裡又掛了另一封信！」

那封信被釘在艾瑪迪斯剛才打開的門上。

現在，他手中拿著信，開始大聲唸出內容：

老同學們：

有一位閨蜜在她不得不死去之前，給了我一個建議，要我將所有困擾著我的事情都寫下來。尤其是當那些想法在我腦中不斷地翻滾旋轉、發出巨響，有如洗衣機中的皮帶扣一般。「書寫能為問題築出架構。」她說：「而且也會讓你累。」大家顯然都會建議愛鑽牛角尖、過度思考的人，可以在半夜因為煩惱及疑慮而睡不著時寫寫日記。

我懷疑，這招對於像我靈魂如此破碎的人而言，是否也會有用。不過，就像我媽媽常說的，嘗試總比陷入哲學性思考來得好，

所以——就這樣吧——現在這是我寫給自己的第一封信。

在這裡，我想把我的下一步交代清楚。

事實上，經過漫長的沉睡等待，我終於為了達成自己的目標而擬出了一個計畫，而且已經將部分付諸執行了。這個目標能夠以五個字概括：我要她的命。因為那是我的命。

我要她。她是我的。

據說原住民族會吃敵人的心臟，這樣一來，對方的生命便會移轉至他們體內。

我想要的不只是她的心臟。

我想要她的全部。

她的願望、她的期盼、她的恐懼、她的疑惑。她的家庭、她的愛人、她的人生。

我的人生！

那一切我都要得到。我想，她是知道的。當我像個影子跟在她身後時，她可以感受得到。

在人行道上、在超市的隔壁走道中、在地鐵的對向月台上。

她還不知道是誰一直在身後跟著她，雖然她其實已經在人群中看到我、或甚至跟我說過話了。

這就像是一幅畫——看到它，不代表知道它的意思。即使她認不得我的臉，但她很快就會認出我，並且理解我的視線的意義。

我已經等得太久、太久了。

被剝奪的日子已經結束了。現在，我要取回原應屬於我的東西。而且同時，我也會找出到底是你們其中的誰害我喪生的。

在這屋頂的正下方，空氣中瀰漫著好一陣子的寧靜，連絲毫的呼吸聲也沒有。

艾瑪迪斯將信紙遞給蕾貝卡。

「這也是你的字跡，瑪拉。」法律系學生說。

「而且同樣也不是我寫的。」她呻吟應道。當蕾貝卡作勢要將信紙遞給她、讓她自己鑑定時，她出手將信紙拍掉。

「你們全都瘋了！」瑪拉必須抑制自己不要放聲尖叫、不要大打出手。「如果你們要將這裡發生的所有爛事都怪到我頭上的話，那……」

「老兄，**那**到底是什麼？」艾瑪迪斯打斷她。剛才他把門打開時——掛著那封信的門——門縫的大小恰能讓人望入門後的房間。

準備走向房間的瑪拉不小心撞落晾衣繩上的一張照片，那是不到十六歲的瑪拉，正在學校體育館的更衣室內，半裸著身、頂著一頭剛洗好的濕髮。

她不情願地轉身，好像不得不留意身後是否有人在尾隨她似的。

但那裡只有西蒙、蕾貝卡，以及艾瑪迪斯。而且沒有人在嘶聲咳嗽。

瑪拉不由自主地開始顫抖。她用雙臂環抱住自己的身軀，自問著到底是誰可以如此暢然無阻地侵犯她的隱私。誰跟她這麼親近，有辦法拍到這些照片？

哪個影子？

不可能是埃德加，因為他那時候已經入土了。**或其實沒有？**

就在短短一秒鐘之後，就在她跟著艾瑪迪斯走入下一幕駭人的場景時，她面臨了另一樁更加難以理解的謎。

46

柏林，與此同時

一直在皮婭的「工作室」前等候的計程車司機，對於計畫改變感到十分樂意。

克莉絲汀不去火車總站了，換要去克佩尼克區斯萊福格特路四十三號。這意味著額外的七十歐元。

錢的事並沒有造成克莉絲汀任何困擾，她只希望那五十分鐘的繞道是值得的。畢竟，她錯過前往巴伐利亞，也就是駛向瑪拉所在位置的火車了。那裡現在想必也跟大柏林地區一樣下著雪吧。位於郊區住宅區上方降著細雪的雲掛得很低，幾乎伸手便可觸及。

恬靜詩意。但恐怖的事不都潛伏在優美的表面下嗎？

克莉絲汀雙手緊握著。

城市圓環道路上已經開始發生第一波意外事故了，而且在這種天候下，火車並不是最可靠的交通方式。身為長期受害的首都居民，人人皆知，每當第一片雪花落下，發瘋的不會只有駕駛人，火車站的延誤通知也是。正因如此，克莉絲汀決定改搭中午的班機前往慕尼黑，再從那裡租車開過去。這樣的速度也會一樣快，而且她還能去皮婭利用她的軟體在分娩室影片中找到的地址走一趟。

柏林
12557斯萊福格特路四十三號

克莉絲汀撐著手杖，踩著沉重的步伐走過濕滑的人行道。

截至目前為止，想到這座只距達默一石之遙的迷人住宅區、竟跟那些在舊婦產診所發生的可怕事件相關，仍舊令人感到荒誕。

克莉絲汀現在站在四十三號門前。那是一棟老舊建築，牆面粉刷滿是坑洞，屋頂上的瓦片已經不紅了，只讓人覺得很髒。儘管如此，這棟需要翻新的房子在一片奠基時代風格及包浩斯主義別墅中，看起來並不會格格不入。像瑪拉父親這種房仲業者會說它擁有「家族銅銹」，而且那也不是一派胡言。使其他房子變得醜陋的時間痕跡，在四十三號這裡只意味著這棟房子確實有人居住，而且這一戶或好幾戶人家在這裡住了很長一段時間。

曾經啦。

因為現在窗戶是暗的，煙囪也不再冒煙了。

克莉絲汀略過搖搖晃晃的柵欄望向房子。柵欄上用電線綁著一只信箱，但門牌上的住戶名字被刮掉了。

她伸手越過柵欄解開大門的鎖，並開始步向屋子的正門。除了她的腳印之外，覆著新雪的地上沒有任何足跡。當她離門愈近，屋子就感覺愈是荒涼。

克莉絲汀在通往正門的那段狹窄三層階梯前止步，對於周遭的寧靜感到訝異。通常在柏林，四周隨時都會傳來一些轟隆的交通聲，好比嘎嘎作響的列車駛過鄰近軌道，或是在鑽柏油路的道路工程。但在這裡，她什麼也沒聽見，唯有冷冷地吹在她耳邊的風聲、高空中的尖銳鳥叫聲，以及此時使克莉絲汀轉頭的粗糙人聲。

「你到底要去哪？」

帶有木質感而覆滿灰塵。那位老先生口中吐出的字句，有如樹木乾裂的樹皮似的。他的右手抓著一條狗鍊，但四處不見任何與之搭配的寵物。他大概八十歲左右，說著一口濃厚的柏林方言。假如他身上所穿的服裝恰是精神狀態的映照的話，那他應該患有人格分裂症吧。上半身有閃亮的連帽羽絨外套及圍巾讓他保暖，下半身則穿著輕薄的夏季長褲和夾腳拖——至少還有厚質的運動襪啦。

「我跟爾朗醫生有約診。」克莉絲汀試著使用這個蒐集資料的老招——使對話者感到困惑，因此陷入一個開始胡言亂語的處境。

「跟誰？」老先生問道。

「心臟內科醫生，我跟她約要做長天期心電圖。您知道我應該要按哪戶門鈴嗎？」

對於這類事實問題，或許有些柏林出生的當地人會以「是」或「否」作為回應，但克莉絲汀個人仍不曾碰過。而這位遛著隱形狗的退休人士也不例外。

「親愛的，」他說：「我確實知道你應該去哪裡按門鈴。雖然現在有暴風，但很簡單，就去紅色市政廳看看有沒有人在家，因為從他們在裡面亂噴的垃圾話來看，我是不覺得他們會在啦。我的意思是，他們就跟我侄子烏爾弗的腦袋瓜一樣，外面看起來很亮，但裡面其實根本沒人在家——如果你知道我的意思的話。」

克莉絲汀沒有應聲，只有微笑地點頭表示同意。這是這項策略的第二部分——幾乎沒有人能夠忍受沉默，多數人在對話中會覺得自己必須得說些什麼，這位老先生也是。

「總之，你可以省下麻煩不用按這戶門鈴了。我親愛的鄰居是很暖心啦，但沒辦法幫你檢查心臟。哎呀，反正，她親戚把她送去羅森布希特之家了，真是令人難過。我自己是不可能去的，光是去拜訪瑪格特就已經把我嚇壞了。」

一滴雨水落至克莉絲汀的頸後，但她幾乎毫無感覺，因為老先生的最後一句話，好比電流一般猛地竄過她全身。

瑪格特……

「您剛才所說的女士，該不會恰好叫瑪格特．霖德伯格？」

老先生瞇起眼睛，將手中的狗鍊換到另一手。「你怎麼會認識霖德伯格太太？」他語帶懷疑的答道，倒是提供了克莉絲汀想要的答案。

「喂，你還好嗎？你突然看起來好像見到鬼似的？」老先生在她身後喊道。

「非常不好意思。」克莉絲汀咕噥說道，再也聽不進對方所說的話了。她像是陷入恍惚似的，蹣跚地略過他走回街上，一直等她走到轉角才拿起手機打開應用程式叫計程車。

那到底他媽的是什麼意思？

凶手在分娩室影片內用來進行白平衡的紙張，將他們導向瑪拉的祖母。那裡是瑪拉自從父親過世之後，一直到遇上分娩室殺人未遂事件之間所居住的地方。

可惡！

皮婭是對的。她在影片中找到的地址扭轉了一切。

只是克莉絲汀不知道，這是否代表事態現在變得更糟了。

或是還會有更加糟糕的發展？

47

雲霧小屋

問題不在於白色木框上貼有蝴蝶貼紙的床。

不在於瑪拉隨著艾瑪迪斯走入的閣樓房間內的黃色仿真毛皮地毯；不在於散落於地毯上的樂高積木與塑膠馬型公仔；甚至不在於垂掛於閣樓最高處覆滿灰塵的熱氣球造型燈飾。

而是那一股瞬間將瑪拉擲回幾十年前的氣味。在那個截然不同的時期裡，當她拿起床上的彩虹色枕頭把臉埋入其中時，便會聞到這個味道。

簡直難以置信。

它跟以前聞起來一模一樣，是香草、口香糖和灰塵的味道。

我認識這個味道，她心想。她無法克制自己，不得不跪下查看床底下。

噢，天啊。

真的在床底下。

爪爪——她那隻獨眼小浣熊。那天晚上，當那抹影子闖入她的房間將被子踢開時，牠就躲在這裡。

那時候我以為牠是出於害怕才躲進來床底下這裡的。影子又不見之後，我試著找牠。我好怕、好怕影子把牠帶走了。媽媽有聽見我在哭泣，但她沒有幫我。我一直哭、一直哭，直到找到牠為止。就在這裡、在床的……

「她到底是怎樣？」她聽見西蒙這麼問道。他似乎在很遠的地方之外。

「瘋了。」艾瑪迪斯向他答道。

「她還記得！」非常靠近她的格蕾特說。

瑪拉張開眼睛，很高興這間女孩房還在，而且她其實根本沒有幻覺。

「還好嗎？」格蕾特再次在她面前跪下，神情顯得善解人意。這個表情在她以後當心理諮商師時，大概可以派上用場。

瑪拉尷尬地點了點頭。

「你認識這個地方？」

「只有家具。看起來很像我小時候的第一間房間。」

「有點破爛。」艾瑪迪斯表示。

「我曾經很喜歡。」她輕聲回答。

直到那天晚上。

瑪拉站起身，繼續四處張望。她未曾有過任何閣樓房間，但除了傾斜的屋頂之外，這裡的家具配置幾乎完全一模一樣。

窗戶下有一座玩具廚房，位置就在海盜藏寶箱正旁邊，跟爸爸以前在市集買給她的那個很像。

或有可能根本就是那一個？

箱子上擺了一台兒童電腦，硬質塑膠製的鍵盤上沒有字碼和數字，而是星星和動物符號。

「不要摸任何東西。」艾瑪迪斯說——可能只是因為他自派為隊長，覺得自己有必要三不五時給出一些指令吧。瑪拉忽視他的話，將電腦玩具放到地上之後，接著開啟藏寶箱。

裡面放了一顆咬過的蘋果。

除此之外，空無一物。至少乍看之下是這樣，因為瑪拉隨即鬆手放掉蓋子，來不及看第二眼——有東西飛入她的眼睛。

她慌亂地眨著眼睛，還嘗試用手掌抹臉。她聽見其他人也同時發出咒罵聲。

「靠，現在是怎樣？」

瑪拉望向自己的手——手指間抓到其中兩隻小昆蟲。

果蠅。

「這些生物是從哪裡突然冒出來的啊？」西蒙問：「不是夏天才會有嗎？」

瑪拉緩緩地搖頭，說：「問題不在於牠們從哪來的。問題應該是：牠們要飛去哪？」

她朝著牆上的裂縫走去——已經有不少小飛蠅像螞蟻似地聚集在一條糖漬四周，並在她伸手壓向那面木牆時急忙散去。瑪拉感覺到手指下有東西下陷，於是壓得更加用力。接著，一條彈簧鬆開、牆內的暗牆應地迸開。

一股新鮮的腐爛氣味飄入房內。

「我的天啊……」艾瑪迪斯呻吟道，雖然他甚至還沒看到瑪拉所見的景象。在那驚悚的浴室裡的浴缸內。

她轉身。她摀著嘴，不知道該如何阻止自己開始嘔吐。與此同時，有一陣金屬噪音從一樓傳至屋頂方向。

聽起來像是有人在廚房內將鍋子弄掉似的。

隨即而來的是一陣尖叫，聲音充滿痛苦。顯然是一名男性的聲音。

「傑瑞米？」蕾貝卡探出閣樓艙口向下大喊，但沒有任何人應聲。

「現在這裡到底是怎樣？」西蒙語帶牢騷地喊道。

「不知道！」艾瑪迪斯向他吼道。他顯然已陷入不知所措，瑪拉也怪不了他。她一方面很想逃走，離浴室裡的東西愈遠愈好，但另一方面，她並沒有興趣知道樓下究竟是誰叫得如此淒慘。

「我去看看。」格蕾特決定採取自認為比較有道德、不那麼邪惡的行動。

「好，那我們留在這裡，然後……」艾瑪迪斯話講一半便停住了，而與此同時，瑪拉再度轉身，朝著那股甜膩噁心的味道走去。

她先張開嘴巴，停止用鼻子呼吸後才走進去。兩秒之後，她站在當初出現於柏林—萬湖蘆葦角產科診所舊分娩室內的那名防水布人面前。

48

他的頭上套著同樣的袋子，同樣是以乳白色的防水布做的，也有同樣的拉鍊狀束口緊緊勒住脖子。塑膠袋上有一個小呼吸孔，但並沒有任何作用。不同於分娩室內的是，這裡沒有嘴唇在吸布的跡象、沒有人在用嘴巴呼吸，也沒有任何臨死前睜得偌大的雙眼。他的嘴、唇、眼皆已不復存在。防水布下徒留了一副赤裸的骷髏。

其軀體的剩餘部位似乎也已經全然化骨。

拜託不要。

瑪拉早已數不清自己究竟見過多少間這種房間了。它們表面上看不太出來曾經發生過多麼難以啟齒的恐怖事件。經過徹底的清理之後，淚水與鮮血皆消匿於垃圾袋或下水道之中，而受虐者的痛苦與尖叫亦然。

通常，只有由兇手製作的影片——也就是他們拿去暗網進行交換的可怕「戰利品」——會留下來揭示受害者生前必須承受的暴行。

不過，在這裡，這個曾經感受過、活過、愛過、現在卻成為一具沉浮於自身血水中的腐爛屍體的人，其所經歷的折磨無庸置疑。因為，瑪拉已經目擊他死去過一次了。

49

無庸置疑地，現在在她眼前的正是那個被虐待至死的人的殘骸。瑪拉三天前才在影片上看過他人生中的最後幾秒鐘。克莉絲汀留在旅館保險櫃內給她看的影片。

即使是對於法醫學稍有涉獵的人而言，性別有時候也相當不易辨識。在這裡，部分胸腔覆有一些碎布料，原本可能是女用襯衫、男用襯衫、毛衣，或可能只是一條圍巾。現在它們已經開始分解、脫線，並與屍體的其餘部位一併浸泡於自來水及屍水當中。由於臀部也沉在屍水的水面之下，這部分也無從提供任何線索。

兜不起來。這是瑪拉終於控制住逃跑衝動之後的第一條清晰思緒。

將果蠅引來的腐味顯得過於新鮮、浴缸內的液體顯得過多，而屍體也顯得過老。

「那是這個薇奧拉嗎？」用手摀住口鼻的蕾貝卡如此問道。

「我怎麼會知道？」艾瑪迪斯厲聲應道：「我根本沒有認識叫薇奧拉的人。以前學校有人叫這個名字嗎？」

「我沒印象。」蕾貝卡說，正如瑪拉所想。

「我們不該破壞犯罪現場，對吧？」西蒙從外面問道。他只敢朝向浴室迅速瞄一眼，便隨即轉回原本的房間。瑪拉並不怪他。

「這不會是犯罪現場。」她回答他。

「你怎麼能確定？」

「即使它聞起來很像正在分解的屍體，但它並不是。躺在這裡的是骷髏頭。如果這是犯罪現場的話，就代表這具屍體已經躺在這裡至少兩年、可能甚至四年了。山屋裡不會有人受得了這種惡臭的。當然啦，分解過程在新鮮空氣和溫暖的環境下可能會進行得更快。」

「這告訴了我們什麼？」艾瑪迪斯問。

「首先，在跟我們玩密室逃脫遊戲的人不但布置出那間兒童房，而且那個心理變態還在這裡為我們準備了這具屍體。」

「而你會知道，是因為……？」

「……我曾經在刑事偵查科工作過。」瑪拉向艾瑪迪斯應道。

「好喔，你是個條子。」艾瑪提斯語帶嘲弄地大笑道。

「我是去當警察的顧問……」她開始為自己澄清。

此時，蕾貝卡對於瑪拉的職涯並不特別感興趣——這可以理解。她打斷瑪拉，問道：「你覺得兇手在這裡做了什麼？」

「他在這裡裝滿水，然後在裡面放滿了會分解的東西，像是香腸、肉類、垃圾。」

「為什麼？」

「為了製造腐爛的味道。不管那個人是誰，他或她想讓這一輪遊戲顯得特別噁心。」

瑪拉再次回望，她的視線被骷髏垂掛於浴缸邊緣的手吸引。其手腕上戴了一只極薄的方形男用手錶，錶殼為黑色、錶盤為薄荷綠。

「那到底是什麼？」她喃喃自語。

艾瑪迪斯煩躁地看著她，問：「現在又怎麼了？」

瑪拉正在看著浴缸邊緣的細線。

細薄如紙使肉眼幾乎不可見，看似細繩，質地卻類似牙線。她將它往上提，而骷髏的手隨之搖晃。

「這條線把屍體的手指綁起來了。」瑪拉說。她將線拉往相反方向，注意到線有一股抗力，並如釣魚線般浸入屍水而消失無蹤。

「那代表什麼嗎？」艾瑪迪斯問。

「不知道。在我看來，這裡的一切似乎都帶有一些意涵。一個線索將我們導向下一個線索。我們在玩某種瘋狂的尋寶遊戲，對吧？」

在密室逃脫中也很常見。

瑪拉再次拉了拉線，只是這次稍微更用力了一點。那條線怎樣就是無法拉出浴缸外，似乎連著什麼東西一般——若不是某個非常重的東西，要不然就是卡在骨頭之間了。

好吧……

她轉向另一側，將視線移開浴缸，接著，將手伸入屍水中。

瑪拉閉上雙眼，想起以前有一天在湖邊的記憶。當時，她父親曬傷了，而且聞起來就像沙灘酒吧所賣的柏林白啤酒。他只走到水面高及腳踝的位置，對於游泳這件事顯得不情不願。他打著赤腳，將褲管高高捲起露出毛髮濃密的小腿肚。他笑得開懷，直到後來發現自己將車鑰匙弄丟才不笑。他很確定鑰匙在沙灘上就不見了，但他堅持要她幫忙在水中尋找。「在那裡的土裡。挖進土裡。」他對她下指令，變得愈來愈暴躁。她在湖底所長的蘆葦和水百合之間、黃綠色的淺水中胡亂翻找，並用手指一一篩過沙土、葉片、石子與爛泥。

也難怪她現在會想起自己大概七歲時的經歷了。

浴缸中的屍體似乎也躺在一片腐爛的河岸上，她必須奮力地挖進去，最後總算在骷髏的腓骨正下方尋得牙線的終端。

她摸到某個方形、有稜角的東西，是一只塑膠盒。她將它拉出來，如膿水般黏稠的深褐色液體——她的鼻子仍然無法習慣它的味道——從盒子上滴落。蓋子啪地一聲剝離。瑪拉原本預期又會冒出一坨飛蠅，但這次，映在她眼前的是一個圓柱狀的物體，大小相當於她的大拇指。

不可能！

「那是什麼？」艾瑪迪斯從門邊問。他刻意保持一段距離，並將V領毛衣拉高摀住鼻子。

瑪拉非常確定自己找到的東西究竟是什麼，但她沒有機會解釋——他們又被一陣吼叫聲打斷了。這次是西蒙。

「嘿，你們現在必須馬上過來！」他在閣樓下方折疊樓梯的底端以驚慌的口氣吼著。

「快跟我來，你們必須親眼來看！」

50

這次，瑪拉變成最後一個走下樓梯的人。在這一片驚慌當中，她似乎脫離「頭號公敵」的狀態了——至少以目前的情況來說——而這也意味著，她可以悄悄地偷拿玩具電腦，將它藏於毛衣底下。

當她回到樓下客廳加入其他人時，同樣沒有人注意到她。所有人皆全神貫注於西蒙身上；他滿臉通紅，口吐著過於大聲、過於令人困惑的字句。

「靴子！」他一邊大吼、一邊扭絞著雙手。他在壁爐前快速地來回踱步，說：「他有靴子！」

「到底是誰？」蕾貝卡問。

「我也不知道啦。」

「那你為什麼要這麼說？」艾瑪迪斯朝西蒙靠近，貌似很想將對方搖醒。

他拉著自己的鼻環，一邊結結巴巴地說道：「那裡、廚房裡面一定有一個人。他弄掉鍋子、還有熱水、把自己燙傷了。」

所以才會有鏗鏘聲和尖叫聲。

「然後他一定已經跑走了。」

「可能是傑瑞米？」蕾貝卡提議。

「不可能。你們看。」

西蒙衝向通往平台的門，跪下並指向他前方的鑲木地板——那些髒污的腳印不會錯的。

「他穿著靴子、我們沒有、傑瑞米沒有。」

蕾貝卡點了點頭。

「那麼，那應該會是誰？」艾瑪迪斯問：「格蕾特又跑去哪裡了？」

西蒙激動地點頭，指向平台大門，說：「她跟著腳印去找那個傢伙。」

「就這樣？」艾瑪迪斯望向窗外。暴風雪已經變得更加猖狂，如同有人在山間裝了一台製風機，將厚重的羽絨從山谷吹越這棟山屋似的。

「我剛剛也有出去一下。」西蒙指向他的濕襪子。「但太冷、雪又太大了。我再也沒看見格蕾特。」

忽然間，火勢加劇——勢必是有一陣風吹入的跡象。瑪拉也注意到頸後有冷風在吹拂著；風的來源不是平台，而是正門。那裡有一扇門砰地關上。

「等等。」蕾貝卡說：「有人來了！」

「格蕾特？」西蒙焦慮地吼道。

所有人皆轉往那一陣從大廳傳來的拖行腳步聲方向。

「寶琳娜！」當對方總算於走廊現身時，瑪拉放聲吼道。才半小時前，她身上沒有任何比黑色更淺的衣物，但她現在一身全白，從頭到腳皆覆滿了雪。

「救命！」她嘶聲叫道，但在瑪拉仍來不及趕過去之前，她以前生物課的同學便已全身顫抖著倒在她的腳邊。

「她必須趕快去爐火邊。」瑪拉說：「她失溫了。」

套在她腳上的塑膠袋已經破了，她的連帽衫也已徹底浸濕。她的臉上滿是糊掉的妝，有如戰士出征前抹於臉上的塗料。

瑪拉在通往廚房半路的一只收納箱內找到一條毯子，並將它攤平鋪於爐火前。與此同時，艾瑪迪斯和蕾貝卡已經將半冰凍的寶琳娜扶至爐火邊。

「發生什麼事了？」待他們協助她躺上毯子後，艾瑪迪斯問道：「你們剛剛去了哪裡？傑瑞米在哪？」

瑪拉幫眼前這個半冰凍的女人脫掉襪子和塑膠袋，並開始替她揉腳。而蕾貝卡也同時著手幫她脫下浸濕的連帽衫。

艾瑪迪斯拿了兩條毛巾回來。蕾貝卡將其中一條拿來替寶琳娜擦乾頭髮，並用另一條蓋住她的上半身。雖然瑪拉已經開始覺得她的身體應該不能再離爐火這麼近了，但寶琳娜的魂魄仍凍結於驚嚇之中。過了好一陣子之後，她的牙齒才總算停止打顫，有辦法吐出「他不見了」等字句。接著，她的啜泣聲再度使一切變得難以理解，因為她開始一邊哭、一邊說著：「他就突然消失地無影無蹤，我在外面到處找、都找不到傑瑞米。」

51

他們給她時間平復。與此同時，西蒙到廚房泡了薑茶，但寶琳娜只是將他給她的圓形馬克杯如同一顆溫暖的石頭似地握在手中，連啜飲一口都沒有。她眼神空洞地盯著現已裹著乾淨雪襪的雙腳；那是蕾貝卡從她的房間拿來了。不過，至少她現在已經不再躺著了，她雙腿伸直地坐在地上，身軀倚著沙發的一側。

「我們本來在聊天，結果他的電話響了。」她突然開口說道。她的聲音不帶任何語調，或許仍處於驚嚇狀態。

「他哪來的手機？」艾瑪迪斯問。

瑪拉皺了一下眉頭。他聽起來過於霸道，活像在審問嫌疑犯似的，而不是關心地詢問朋友。

「他沒有手機。手機是在手機使用處響的，他就走過去拿。」

「那是一個陷阱。」艾瑪迪斯表情嚴肅地下此斷言，而瑪拉也在內心暗表認同。先是鞋子、外套和手機被偷，全都只是為了讓他們其中一人在唯一有訊號的地方失蹤？手機勢必是刻意放在那裡的，但其餘的一切完全說不通。

「傑瑞米也覺得很可疑，不想讓我跟他一起去。他說，我應該要回來跟你們說，但你們全都在樓上、沒聽到我在叫。所以我又再走出去，然後他就不見了。」

寶琳娜的呼吸與字句都變得愈來愈急促。「我在屋子周圍四處走遍，去了三溫暖、也進去棚屋，每個地方都找過了，但傑瑞米不見了，消失得無影無蹤。」

她啜泣著。

「你有看到其他人嗎？」西蒙想知道。

她驚訝地抬頭看他，問：「誰？」

「一個穿著靴子的傢伙。」他向她描述了那個出現在廚房的神秘入侵者；他大叫時，他們大家全都在樓上「薇奧拉」的房間。

在那驚悚駭人的閣樓內。

寶琳娜動作遲緩地眨了眨眼。「那會是誰？」

「那格蕾特呢？你有遇到她嗎？」蕾貝卡問。

「她也跑去外面了嗎？」

她的反問已經足以視為答案。她顯然沒有看見任何東西或任何人。

艾瑪迪斯將雙手抱在腦後，沉重地呼吸著。他很顯然覺得他不應該辜負自己作為隊長的角色，因為他露出意味深長的表情，向在場的所有人解釋道：「我不能讓任何人獨自落單在外面，我要去找他們兩個。」

寶琳娜慌張地急搖頭，說：「不要去。新降雪已經把整個地方變成濕滑的山坡了，而且現在有暴風雪，你絕對找不到他們的。」

「她是對的。」瑪拉說，雖然如果這個大男人主義者不在這裡，她想必也不會感到不舒服。「現在的氣溫雖然算是嚴峻，但不至於致命，他們不會馬上凍死的。格蕾特可能已經找到遮蔽處了吧，說不定她現在跟傑瑞米待在一起呢。」

「那如果他們現在陷於危險之中呢？」西蒙焦慮地問，但瑪拉無法判斷他現在比較擔心的是哪一件事——是他的老同學們正處於瀕死狀態，或是艾瑪迪斯可能會決定將他拉入搜救行列？

「那我們就更不應該盲目魯莽地踏入危險之中。」瑪拉指向窗戶，繼續說：「山屋的燈火可以為他們指引方向，而且我們根本不知道該去哪個方向找他們。」

突然間，供電系統似乎想替她強調這一點，出現電流不穩的狀況，使雲霧小屋的照明開始微弱地閃爍了起來。

「我們應該去準備一些手電筒和蠟燭……」艾瑪迪斯開口說，接著，他的視線落至瑪拉為了幫寶琳娜而放在地上的玩具電腦上。

他帶著起疑的眼神轉向瑪拉，問道：「你到底為什麼要把它從兒童房帶出來？」

「什麼兒童房？」寶琳娜想知道，但沒有人想向她解釋。

「我覺得我們會需要它。」

「需要它幹嘛？」艾瑪迪斯現在也對瑪拉開啟審問模式了。

「來看東西。」

「什麼？」

「釣在骷髏頭線上的東西。」她簡短地向他解釋道：「剛才屍體下面其實有個東西，我把它拿出來了。」

「等一下。屍體？骷髏頭？」寶琳娜藉著沙發推起身，她的聲音隨著每一個吐出口的字變得愈來愈尖銳：「拜託，你們到底在說什麼？」

瑪拉思考了一下該如何解釋他們在閣樓發現的東西，但找不到任何聽起來相較和緩的表達方式，所以她決定避免含糊其辭，總括地說：「我們這裡有一個殺人犯，他在玩一場邪惡的遊戲，而我們是他的棋子。他向我們呈上謎題，又給我們一些恐怖、病態的線索。目前為止，最嚇人的線索是在閣樓的暗房裡放了一具已經化成骷髏的屍體，然後閣樓被裝飾得像一間女孩的臥房。」

西蒙目瞪口呆地盯著瑪拉。瑪拉忘記了——他剛才只知道故事的一半，因為他跟格蕾特一起下樓去了。

寶琳娜倒抽一口氣。她看起來想要說些什麼，但卻徒留雙唇無聲地移動著。

「我知道這很可怕，我也超級害怕，但我們現在不能驚慌、不能失去理智。」瑪拉知道自己正流於陳腔濫調，但除此之外，她還能說什麼呢？

我不知道這裡到底發生了什麼事。我覺得，我們必須嚴正看待我昨天最先在這裡找到的卡牌。當這次聚會結束時，我們當中只會有一個人存活下來，而且不知道會是誰。

「胡扯。」艾瑪迪斯再次對她發出猛烈的言語攻擊。他朝瑪拉逼近，這也是瑪拉首度聞到他身上的汗味。當他抬起手臂在她鼻子前揮舞著食指時，她看見他腋下的深色印記。

「瑪拉，你用第三人稱來描述『他』，但就是**你**本人帶我們走進閣樓的。上面有**你的**照片、『你』認得那間臥室。你就是這場死亡遊戲的主持人！」

瑪拉翻了一個白眼。像這種心理層面的緊急事件能對人造成的影響也真是奇怪呢。五年前，她還只是一個內向的學生，連在夢中都不敢跟學校的風雲人物有任何交集，但她現在竟然對於揭穿這個白痴感到某種程度上的滿足。

「你真是對極了，艾瑪迪斯。我不只是這裡的幕後操手，也學會怎麼變出分身喔。這樣我就可以跟你一起在樓上裝著屍體的浴缸裡撈來撈去，同時又在樓下這裡當著西蒙和格蕾特的面跑出山屋。」

「搞不好你有同夥！」

「好讓我昏厥、讓你可以把我綁起來？」

艾瑪迪斯緊咬著下唇。瑪拉幾乎可以看見他正在自己的腦袋瓜裡搜尋聰明的回應。但他找不到，於是轉移話題。

「你還沒跟我們解釋，你要拿那台電腦幹嘛。」

她伸手摸入褲子口袋。「這是在屍水裡的東西。」

瑪拉先將那只拇指大小的圓柱狀物體拿給蕾貝卡看，接著是西蒙，最後才是艾瑪迪斯。

「它被裝在特百惠密封盒裡，卡在骨頭中間。」

「我快要吐了。」寶琳娜呻吟道。

「那是什麼？唇膏？」西蒙問。

「是一種隨身碟，只是比較原始一點，可以插到這台兒童電腦上。然後，順帶一提，電腦也很奇怪地還有電。」

瑪拉將它帶到餐桌上打開螢幕，並將隨身碟插入側邊的孔中。

「而你之所以會對那個隨身碟和電腦那麼熟悉，又是因為……？」

「因為我小時候有一個一樣的。」她直瞅瞅地盯著艾瑪迪斯的眼睛。「沒錯。」她慢慢可以理解為什麼他眼中的不信任會不斷加劇。確實，這裡發生的所有神祕怪事、恐怖爛事，全都跟她有某種關聯，包括恐嚇信、照片、原樣重現的兒童臥室，以及現在這台電腦。

「你看過隨身碟裡的東西了嗎？」蕾貝卡問。

「沒有，還沒。」她本來是傾向自己打開來看，但現在她別無選擇了，不得不在大家面前執行。「我覺得，我們會在裡面找到下一個線索。如果能解開它的話，就可以讓我們更接近最終答案：為什麼我們會在這裡？我們必須怎麼做，才能避免變得跟上面那具屍體一樣？然後，我們到底在跟誰交手？」

瑪拉按下塑膠鍵盤上的藍色大箭頭，並開始播放儲存於隨身碟內的影片。

52

「這是這裡。」西蒙首先開口指出：「在雲霧小屋裡。」

影片裡的沙發長得不一樣，面料為布，不像現在為皮製的，但擺設極為相似，配有一張長型躺椅，而主要座位的空間也容納得下四名成人。牆上的漆色比較深，但壁爐內同樣有火在燃燒，甚至連窗外的天氣看起來也差不多陰鬱。不過，由於背景設置的緣故，並無法判斷戶外究竟在下雪或純粹有霧。

「那些是我們嗎？」蕾貝卡問道。她站在瑪拉的正後方，至於瑪拉自己也不得不承認，因為她的臉盲症，她並沒有認出影片中的年輕男女。

「影片是五年前拍的。」瑪拉指向螢幕右上角的日期與時間，說：「假設顯示是對的話啦。」

「是。」艾瑪迪斯確認道：「那是我們第一次來這裡的時候。」

顯示於影片中的是爐火前的Ｌ型沙發。三名女性與一名男性舒服地在坐墊上，而另外兩名女性與一名男性則坐在他們前方的希臘羊毛地毯上。瑪拉現在僅能透過他們的體態和手勢辨認出其中幾個人：艾瑪迪斯、西蒙、蕾貝卡、格蕾特和傑瑞米。寶琳娜似乎不在那裡，但有另一位令瑪拉覺得眼熟的黑髮女子，只是她想不起對方的名字。女子穿著厚質棉製的灰色長袖套裝，黑色的設計師款皮帶特別凸顯出她的纖細腰圍，腳上則穿著白色的旅館室內拖。她獨自坐在一張扶手椅上，手裡拿著一杯氣泡酒或香檳酒。咖啡桌上擺了幾瓶已開封的酒，而其他人顯然也已為自己斟了一些。

多數人手中拿著玻璃杯，其中一些人正在大笑，氛圍顯得熱鬧歡樂、輕鬆微醺。

「讓我也瞧瞧。」寶琳娜說，同時將身子移至桌邊。此時，寶琳娜、艾瑪迪斯、蕾貝卡與西蒙此時盯著螢幕的模樣，正如同影片中老同學們投給扶手椅上的黑髮女子的眼神一般著迷——像是一群孩子仔細聆聽著說故事阿姨所唸的每一字、每一句似的。突然之間，兒童電腦的內建喇叭發出一陣劈啪聲響，所有人皆嚇了一跳。截至目前為止，檔案在播放時完全沒有聲音，但現在可以清楚聽見女子酒酣而響亮的聲音：「我該不該跟你們說一個天大的祕密呢？」

她猥褻地笑著說道：「是關於瑪拉和她爸爸的事。」

53

黑髮女子揮了揮手，擺出好像燙到自己的動作，接著再度大笑出聲。

「我之前跟他搞上了。」

「跟誰？」

「埃德加．霖德伯格。」

瑪拉閉上雙眼，可惜這麼做也無法阻隔影片的聲音。

「什麼時候？」一名女性問道。從聲音判斷，應該是蕾貝卡。

「幾年前的事了。」

「什麼時候？怎麼會？在哪裡？發生了什麼事？」

眾人瘋狂地大呼小叫著。現場的男男女女似乎都非常渴望知道更多骯髒的細節。

而黑髮女子一點也不吝嗇。「是在瑪拉的十三歲生日當天、在達勒姆。我們在可樂瓶裡裝滿曼陀珠，你們也知道，這樣就可以在花園裡弄出很酷的噴泉，所以我後來就整身弄得髒兮兮的。」

瑪拉再度睜開眼睛。

敘事者的笑容中帶有調皮期待的意味，繼續說道：「瑪拉放了一些乾淨的衣服要給我穿。我就在她的房間換衣服，這時候，他走進來、看到我裸著上身。」

坐在沙發上的其中一名女性——猜測是格蕾特——用手摀住嘴巴。

「你們做了嗎？」一名男性問道。那很顯然是艾瑪迪斯，他戴著跟今天一樣的勞力士遊艇名仕腕錶。

「沒有，不是這樣。」坐在扶手椅上的女子翹起二郎腿，將雙頰向內吸，大概自以為這樣的鴨子臉看起來很色情吧。

「但我真的讓他整個欲火焚身。他的反應不可能看不出來。」她再次笑道。

「他怎樣了？」影片中的西蒙問。他當時便已經戴了擴耳耳環，但鼻子還沒穿洞。

「瑪拉她爸一直盯著我看，眼神完全離不開我。」那位年輕女子咧嘴笑著說：「好啦，我承認，我一開始也沒有打算把奶遮起來，就只是很——慢——很——慢——地換衣服。」

「你十三歲時就是個蕩婦了呢。」某個瑪拉認不得的人出聲表示。

「我那時候已經十四歲半了。你忘了，我們是你們當中最老的。」

「然後呢？」同一個男性接著問。他坐在沙發前的希臘羊毛地毯上。

「然後他跟我道歉，他說，實在是太像了。」

「像誰？」格蕾特想知道。

「當然是像瑪拉啊。」

「啊？你跟她長得一點都不像啊？」艾瑪迪斯問。

「這個嘛，我站在那裡、穿著他女兒的衣服，然後我們那時候髮型、髮色都一樣。」

「然後？」

「我跟他說，如果你想要的話，可以來摸我喔。」

「假的吧！」畫面外的一名女性樂得大吼。所以說，現場的聽眾群其實更大，有更多人目擊這起羞辱。

「真的啊。他這就來了，下面一大包。」

敘事者一邊抓著自己的胯下，一邊露出淫蕩的獰笑。

「這其實一點都不好笑耶。」西蒙說。

謝了，至少還有一個人是正直的。

瑪拉不知道為什麼自己會感到如此羞恥，畢竟跨越玩笑應有的界線的人是那個猥褻的敘事者，並不是她啊。

「噢，拜託，到底誰才是變態？我們全都知道為什麼霖德伯格叔叔會去找那些年輕妓女。」

「你有沒有想過，你可能是壓倒駱駝的最後一根稻草？」畫面外傳來一個語帶責備的聲音。

可以的話，瑪拉會希望能暫停畫面將影片倒轉回去，即使她很清楚這麼做並不會改變任何事。那位提出這一番正當駁斥的男子，並沒有在影片中留下任何蹤跡——其聲音源自於當時拿著自己手機錄下這段影像的人。

「說不定在那天以前，一切都只是瑪拉她爸自己的幻想而已，但在被你挑逗成這樣之後，他才決定要將它付諸行動。」隱形的攝影師如此臆測。

「這個嘛，我還能說什麼呢？」敘事者應道：「反正我一直都是個壞女孩。」

她為自己倒了更多氣泡酒。由她那搖擺不穩的動作可知，她所喝的量已經超出她的酒量了。

「哎呀，大家，這真是太棒了，我們可以順利在這裡辦成。」她眼神迷茫地說道。

「我還是比較偏好夏天的巴塞隆納。」某人表示。

「但也沒人會猜到那間航空公司會破產啊。這裡也還是挺好的，對吧？」

「無線網路和手機訊號也不算什麼太奢侈的要求吧。」格蕾特說。

黑髮女子搖了搖頭，說：「你們這些老古板的。我會比你們多待兩個晚上。在離開之前再好好享受一次舒服的床吧。」

「噢，對喔，你正在進行兩年的打工度假之旅。」正在用手機錄影的男子說。

「你不在這裡真是可惜啊，親愛的。」她朝著相機淫蕩地做出親吻的表情，繼續說道：「要不然你就可以幫我錄下所有的冒險之旅了，就像現在這樣，你這個小偷窺狂。」她站起身，一邊舉起酒杯，一邊說：「敬我的環遊世界之旅！」她的上衣袖子滑了下來、露出一只極薄的方形男用手錶，錶殼為黑色、錶盤為薄荷綠。

「敬蔻拉的環遊世界之旅！」眾人向她舉杯，並齊聲高喊道。

唯獨基利安沒有舉杯。他在停止錄影前，將手機轉向自己迅速錄下了這一幕。

54

瑪拉於內心自問：怎麼沒有早一點認出蔻拉獨特的聲音呢？她在自認為尤其重要的關鍵字之前所做的停頓；她常常在句尾將聲音上揚，所以她的話經常聽起來像是問句；然後還有她同時用雙手做出的手勢，基本上根本毫無意義，因為她幾乎無時無刻不這麼做。

而那竟然曾經是我最好的閨蜜？

蔻拉琳妮．艾興格爾。**影片是基利安錄的**。瑪拉的第一個，也是唯一的愛人。

「靠，你們有看到那隻手錶嗎？」艾瑪迪斯問道。

「恐怕我們現在已經知道躺在樓上浴缸裡的那個人是誰了。」瑪拉說，同時不禁想起她在旅館房間內看到的影片，以及她和克莉絲汀最後一次的對話內容：**「你也知道，這不是什麼老生常談——凶手往往會回到犯罪現場。五年前也有一次同學會旅行辦在這棟小屋裡，完全是一樣的時間點。然後，不久之後，你的其中一位同學就消失了。」**

西蒙成功地讓自己聽起來比先前抱怨時更加暴躁：「該死的，現在到底是怎樣？」瑪拉順著他的手指看向螢幕。

影片還沒結束。

55

影片出現一個切點，隨後的拍攝視角改變了，但跟前一段影片同樣是從不變的定點進行拍攝的。

「那是樓上的浴室嗎？」

「看起來就是。」

蔻拉穿著奶油色的運動上衣，但看不出來她下半身是否穿著同一套褲子。她正躺在浴缸內，而她的雙腿已經完全浸在深棕色的液體內了。該液體是由拍攝畫面之外所倒入的，此外，乾淨的水也同時從水龍頭流入。

瑪拉搖著頭。她不想看——不想再看一次了。這就是克莉絲汀偷渡進旅館給她看的影片，只不過她現在已經知道那個半睡半醒、頭部裹於防水布內的人的名字了。

就跟防水布人一樣。分娩室裡的那個。

「關掉！」蕾貝卡要求道，但正用上半身擋住螢幕的艾瑪迪斯毫無動作。當吸管慢慢地在髒水中軟化的同時，他以一種病態的著迷神情緊盯著螢幕觀看。

「天啊，救命！」寶琳娜說，好像還有什麼辦法可以將時間倒轉似的。接著，影片停止了，畫面隨之轉黑。

艾瑪迪斯率先打破沉默，重新開啟對話。「所以樓上那個就是犯罪現場？」

瑪拉步離餐桌，搖著頭說：「不，她的手本來被綁住了，但樓上的手垂掛在浴缸外面。我覺得，蔻拉確實是在這裡被殺死的，是在另一個浴缸裡，但不是在樓上的房間。她是後來才被搬到裡面的——為了我們而搬過去。」

「但是是誰做的？是誰殺了她的？然後我們為什麼會在這裡找到她？」針對西蒙的這些正當提問，瑪拉認為，恐怕只有殺人凶手本人知道答案了。

「嘿，寶琳娜，你是這裡最有創意的人。」艾瑪迪斯說。瑪拉注意到他額頭上掛了一些汗珠。

「寶琳娜？」在他叫了好幾次之後，這位女作家才終於將定於地板上的呆滯眼神轉向他。

「什麼？」

「我說，你是這裡最有創意的人。你寫過一些這種心理變態的人嘛。是什麼東西驅動他們的？」他快速地瞥了瑪拉一眼，以表明他所說的**他們**是在指誰。

「全都取決於動機。」寶琳娜說，聽起來像是在自言自語似的。她走回沙發將手伸向爐火旁，或許骨子裡仍然覺得冷吧。接著，她搖著頭說：「如果你知道動機的話，就可以找到凶手。」她全身顫抖著，她的聲音亦然。

蕾貝卡表示同意。她顯然十分焦躁，臉上雀斑的顏色似乎加深了。「我在讀刑事法的時候學到的，幾乎沒有任何事會無緣無故地發生，即使是病態的罪犯也一樣，雖然心理健康的人通常可能無法理解他們的動機。」

「那我們可以從中知道什麼事？」西蒙問道，同時緊張地把玩著鼻環。

「現在，我們知道蔻拉的死因了。」艾瑪迪斯說。

他的眼神完全如針似地戳向瑪拉。「她霸凌你，而且不是第一次了。多虧了蔻拉，我們現在已經知道你心理有什麼問題了。」

瘋瑪拉，瑪拉在腦海中聽見當年人們在學校操場上八卦自己的聲音。「她跟我們說，你在他自殺之後，仍然覺得他在跟蹤你。」

是影子，是埃德加。

「然後她在這裡又更進了一步。」

「我完全不知道這件事。」瑪拉為自己辯護道。

「基利安一定告訴你。」寶琳娜說。她將身體轉回來，聲音聽起來稍微穩定了一些。

「沒有。我們在意外之後就再也沒有聯絡了。而且，就算有，那也絕對不能被拿來當作什麼正當理由、用如此殘忍的方式殺害她啊！」瑪拉搖著頭說：「除此之外，在影片錄製的那個時間點上，我正在醫院做追蹤手術。」

此時傳出另一個劈啪聲響。同樣地，聲音來源並不是爐火中的木柴，而是在過去幾秒內、無人關注的影片。

「你們看，」西蒙激動地說：「竟然還沒播完。」

瑪拉看向那台兒童電腦——**幸好**——已經沒有任何動態影像了，取而代之的是捲動式的純文字。它們有如卡拉ＯＫ的歌詞一般，由左向右跑過螢幕，是黑色背景配上彩色文字。

56

老同學們：

你們是來這裡緬懷過去的，要不然，還有什麼其他原因會讓你們在畢業多年後再次相聚呢？

我很喜歡這個想法。我甚至覺得，你們擁有充分的理由回到過去——並且面對你們的罪過。

我知道，每個人都有罪。這就跟地心引力一樣，是一種自然法則。我們在人生中，不可能完全不去傷害任何人。至少還有植物吧——它們也是生命——而我們必須去切、砍、煮，然後再用牙齒磨碎它們，否則我們便無法生存。許多人會吃動物，那也必須先進行宰殺。還有其他人為了在人生中取得某些優勢，而去傷害他人。有人自知，有人不自知。

那我就問：你們覺得哪一種比較糟糕？積極地傷害他人，或是不採取任何行動加以阻止？

多數人認為行凶者比追隨者顯得更加可惡，但真的是這樣嗎？

我來為你們舉一個例子：你們去參加一場同學會，大家有點喝太多了。其中一個人酒駕並載其他人回家，卻把一名正準備過斑馬線的孕婦撞死。

誰比較可惡？開車的人嗎？還是那些為了貪圖方便而讓他酒駕的人？

我有一個想法，但那不是這個週末的重點。

你們在這裡，必須自己找出答案：在你們當中，誰的罪責最重大？

積極計劃、使我淪落悲慘境地的人？

或是那些其實可能不希望事情變得這麼糟的追隨者？

你們知道我所指的是什麼。

面對你們的過去，並做出決定吧。

不過，為了避免任何誤會產生，以下快速地為你們做個摘要：

你們做了某件事。有人想出那個點子，有人付諸執行，有人保持靜默。

你們全都有罪，但我會大發慈悲讓你們其中一人免於懲罰。你們可以自己決定：誰應該獲得原諒？誰的罪責最輕微？

決定吧。他或她可以活下來。

至於其餘的人，我的命運也將降臨於你們身上。你們會跟我一樣迎向死亡。

57

「它所說的是一種比喻，對吧？」

稍早緊盯著字幕的所有眼睛，現在全都落於瑪拉身上。艾瑪迪斯再度擔起代言人的角色，說：「你在那間分娩室裡差一點就被殺死了，然後現在有了這些傷疤、毀容之後，再也無法過著正常的人生，所以你想要讓我們為此付出代價。」

西蒙幾乎開始啜泣，並朝著瑪拉乞求道：「但我們跟過去所發生的那些事，真的一點關係都沒有。」搞得好像艾瑪迪斯的理論看似荒誕，卻是事實一般。

「即便如此！」瑪拉忍無可忍地大聲吼道：「即便我真的在這裡展開一場報仇行動好了，你們誰可以跟我解釋一下，我幹嘛要給你們這些線索出賣自己啊？」她指向電腦，補充說道：「而且，順帶一提，證據還是我自己找到、自己攤在這裡的喔。」

「你五年前經歷了瀕死的恐懼。」西蒙變得十分冷靜，聽起來像是一邊思考、一邊解釋似的，並對自己所下的結論深感害怕：「然後，你現在想要我們也親眼目睹這種瀕死經驗的恐懼。」

「我不這麼認為。」寶琳娜說：「這完全不一樣。」她仍持續搓揉著雙手，可能是下意識的動作，或許她體內仍殘留一絲寒意。她的身子能夠這樣再次暖和起來也算是幸運的了吧，像傑瑞米和格蕾特就不一樣了——他們仍困於屋外的暴風之中。煙囪內的風嘯聲與低吼聲唯有持續增強，而灰暗的天光幾乎無法照入顫抖的窗面，黑暗也因此迅速地蔓延。

唯獨寶琳娜的安慰足以為瑪拉帶來一絲細小的希望之光。

此時，她說：「我相信你，你不是背後的主謀。」

瑪拉鬆了一口氣。至少現場仍有一個人保有一線理智。

「你並沒有籌劃這些事。你沒有想要對我們復仇，但有其他人想要對你報仇！」

她的最後一句話又再度令瑪拉全身顫慄。

寶琳娜的雙眼現在亟欲對上瑪拉的目光。即使這位老同學所說的話使她感到愈來愈不舒服，但她依然努力地撐著。「我不知道你之前做了什麼，瑪拉。我只知道，不管現在在這裡跟你玩的人是誰，他們都會不計一切後果地達到目的。如果我們不保護自己、躲開你的話，他們會不計**我們的**後果。」

「你想說的是什麼？」艾瑪迪斯問。

答案向瑪拉又快又猛地出擊，甚至比暴風雪擊向山屋的力道更為強勁：

「我們把她鎖在某個地方，等殺人凶手出來抓她。」

58

柏林

只要有一束花，就足以讓人在醫院或——像現在——在安養院內四處張望，也不會令任何人起疑。

克莉絲汀在安養院入口旁的一間小花店內，選了一束由菊花與康乃馨組成的現成冬季款花束。門口警衛覺得她是個無害的訪客，乾脆地將瑪格特的房號告訴了她。不過，她並未在這位老太太——瑪拉的祖母——的單人房找到她，而是在療養房最前面的「體驗室」中找到她的。**桌遊暨咖啡室**應該會是比較適切的名稱，但對於這種保證傳統長期照護保險費絕不涵蓋的機構而言，這種名稱大概聽起來不夠吸引人。

瑪格特坐在窗邊一張咖啡廳款式的桌位上，似乎正在獨自玩著《地產大亨》遊戲。瑪格特面前鋪了板子、擺著公益卡與機會卡，並堆了好一大疊遊戲鈔票。雖然她看起來似乎已經擁有半數的地產及建築了——

「我可以一起玩嗎？」當瑪格特準備擲骰子時，克莉絲汀問道。

瑪格特抬頭望向她，並回敬一個微笑。她看起來很疲累——主要是因為她的眼睛，貌似戴了牛奶色的隱形眼鏡一般，顏色跟她的開襟羊毛衫顯得相搭。羊毛衫的袖子稍嫌短了點，覆於袖中的手臂相當削瘦。而她那抓著兩顆骰子的手，更是像牛腿般地骨瘦如柴。假如她那和藹臉龐上的每一道皺紋代表著一段回憶，那瑪拉祖母的這一生想必精彩萬分。

「我在等我的玩伴，但在他來之前，也很歡迎你陪我玩玩。」瑪格特伸手指向她對面的空椅子。

克莉絲汀向她致謝，同時發現對向室外花園的窗台上擺了幾只空花瓶。這棟療養院的地點相當寧靜，附有一大片開放空間中種植有一排又一排的樹。覆雪的走道與天氣顯得相稱，同樣荒涼，唯有一位照護者正在抄捷徑穿越公園走向主要建築。

「它們可真美！」當克莉絲汀將花束放入其中一只花瓶，並在瓶中倒滿水時，瑪格特如此嘆道。她將花瓶擺至她旁邊的桌上，因為她的桌子已經被《地產大亨》的板子完全佔滿了。

「這些是給您的！」

「謝謝，真是貼心。」瑪格特用手掌摸了一下自己腦後逐漸稀疏的頭髮，以確認擺放位置。此外，由她周遭淡淡的古龍水味，也能看出她十分重視身體衛生。

「我們認識嗎？」

「我認識瑪拉。我以前跟她一起工作過很久。」

瑪格特點了點頭，說：「噢，對，瑪拉。她好嗎？」

「我才想來問您呢。」

克莉絲汀當然也想問她，她知不知道自己的地址為什麼會跑到一個殺人嫌疑犯舉在攝影機前的白紙上，但她認為，謹慎地慢慢切入主題才是上策。

瑪格特擲出骰子，並將棋子往前移動八格。「港口街。」她喃喃自語地說：「我不想要這個。」

接著，她告訴克莉絲汀：「我已經很久沒有跟她聯絡了。」

「我以為您們倆關係很親。」她吃驚地問。

「對，我們之前想去拜訪安斯加爾。」瑪格特開始數點她的遊戲鈔票。

「誰是安斯加爾？」

「我的丈夫，他……」她又數了兩張鈔票後，突然用手摀住嘴巴：「噢。」

她的眼皮顫抖著。「我到底在說什麼呢？安斯加爾已經去世很久了。不好意思。」

克莉絲汀向她遞上手帕，同時內心感到一陣難過，與瑪格特此時的哀傷神情不相上下。她想起母親曾經對她說過的話，而她多年後因罹患阿茲海默症而辭世。

「我的小寶貝啊，我們總喜歡躲入幻想世界中，可能是書、電影，以及任何能讓我們忘卻自身存在之悲慘的事物。糟糕的從來不是我們一直做夢的悠長時間，而是在我們認知到『一切不過是一場夢』的短暫清醒時刻。」

因為夢境——克莉絲汀心想——**常常比冷酷的現實感覺好得多太多了**。對瑪格特而言應該也是這樣吧。畢竟，剛才一直到克莉絲汀提問來破壞她的幻想之前，她的丈夫安斯加爾都仍時時活在她的心中。

「瑪拉以前是個很可愛的孩子，我很想念她。」

「她現在在山上參加同學會。」克莉絲汀接著問：「您知道任何細節嗎？」

「不，我不知道耶。」瑪格特稍顯無助地四處張望。

克莉絲汀先給她一些時間鎮定心情，再假裝改變話題：「我是在意外之後認識瑪拉的。當時發生的事一定讓您很不好受吧。」

「噢，對啊，沒錯。」

「瑪拉跟我說，您那時候每天都會坐在她的病床邊陪她。」

「我有嗎？」瑪格特露出不確定的微笑。

「她意外之後就馬上搬走了嗎？」

「什麼意外？」

克莉絲汀決定放棄。她原先認為這值得一試，但她完全無法從瑪格特身上取得任何相關資訊。

「很高興認識您。」她說完之後便站起身。

瑪格特點了點頭，伸出一隻骨瘦如柴的手，說：「堤亞說，她無法要求我承擔瑪拉。」

堤亞．霖德伯格。瑪拉的母親。

「她指的是照顧孩子的重擔嗎？」

「看到瑪拉。」

克莉絲汀驚訝地將手抽回。

「堤亞深愛著埃德加。」瑪格特繼續說：「當她看到瑪拉時，只會將她視為我兒子自殺的原因。」

「您的**兒子**？」

克莉絲汀再度坐下。當然啦，要不然她的姓氏怎麼會是霖德伯格呢？不知怎麼地，她以前總將祖母瑪格特預設為外婆。

「她覺得，我在他自殺之後也一樣會對孫女心存怨恨，但我沒有。」

「所以您就接手照顧她嗎？」

這位老太太的下一句話投下了一顆震撼彈：

「沒有，瑪拉從來沒有住過我這裡。」

假如克莉絲汀恰好在喝東西的話，現在肯定已經嗆到了。她故作閒聊地問：「那時候的情況是怎麼樣呢？」

「雷文走了，但瑪拉跟堤亞住，只不過……」

「只不過什麼？」

老太太再次微笑，正如她在這段怪異對話開頭所做的表情。「安斯加爾在哪裡呢？」

克莉絲汀內心暗自嘆了一口氣。

「今天是星期四，他去市場買馬鈴薯。等他把它們放到地下室之後，他就會上來陪我玩一輪。」她拍了拍克莉絲汀的手，格格笑道：「他討厭輪。」

「當然啦。」克莉絲汀敷衍應道，並二度道別。

她想到這輩子可能再也不會見到瑪拉的祖母了，喉間頓時一陣哽咽。甚至是下輩子可能也不會。

世界上大多數的宗教認為死亡只是一種過渡，將軀殼留下而靈魂繼續遨遊。可是，如果精神早已開始遊蕩了，那還能成立嗎？

「一、九、四、九。」當她正準備踏入走廊時，她聽見瑪格特說了這些數字。

「您說什麼？」

「你現在要去找堤亞，對吧？」

克莉絲汀點頭。她確實在腦中揣摩了一下這個點子——在飛機起飛前，她還有三小時的時間，雖然達勒姆跟機場其實不太順路，但她似乎可以利用這段時間開車去那裡一趟。意外發生的那一天，以及五年前女學生於同學會遭人殺害的事件，兩者相關。皮婭的軟體已經將紀錄這兩起事件的影片串連起來了。另一筆關聯線索是白平衡紙上祖母瑪格特的地址，但她祖母卻聲稱瑪拉未曾與她同住，那可能因為她心智逐漸衰弱的關係吧。

但說不定也不是……

瑪格特所說的話有一半顯得困惑，但另一半又出乎意料地清晰精確。當她提到瑪拉跟堤亞同住時，是落在哪一個分類呢？

想要找出答案最簡單的方法，就是去拜訪瑪拉的母親一趟。不論這麼做可能會將克莉絲汀導向什麼發展都一樣。

「一九四九。」瑪格特揮手道別，並說：「請替我向堤亞打招呼。我早就已經原諒她了。」

59

雲霧小屋

瑪拉被關了起來。在二號房海狸小巢，格蕾特的房間。艾瑪迪斯將她拖入房內，而其他人不但沒有抗議，也沒有向她伸出援手。

寶琳娜沒有再多說任何話，只是呆滯地瞪著爐火，如同一個又受寒又驚愕的人杵著不動。至於西蒙——那個懦夫——僅只弱弱地問道是否真的有必要這麼做，但最終依然被動地毫無作為。而畢竟，他看起來似乎也是唯一一個掛心著為什麼傑瑞米與格蕾特仍未現身的人。

「我跟寶琳娜待在樓下，這樣如果他們回來的話，我們可以替他們準備熱茶和毛巾。」他以這些字句確立了自己作為追隨者的身分，但蕾貝卡在遲疑了片刻之後，決定成為共犯。「我來幫你把瑪拉鎖起來。」她說：「但那只是因為我覺得她在那裡不會受到你的傷害。而我想要盯著你，艾瑪迪斯。像你這麼好鬥又瘋癲的人，我怕你會對影片信以為真，想要成為唯一存活下來的人。」

艾瑪迪斯只是笑了一笑，並手持著廚房刀並逼迫瑪拉上樓。

他記得格蕾特在剛入住時，曾經抱怨門把過鬆。確實，從房內可以很輕易地將那個門把扯下來。這稱不上是一個完美的鎖，但就目前而言，仍算堪用。

等艾瑪迪斯將所有包包、衣架、筆、甚至馬桶刷全都清空，並確保房內沒有任何尖銳物品、或可以變形成槓桿工具的物品之後，他們由房外將門關上，並將門把一併拆掉。

就跟以前一樣。瑪拉心想，同時感到疲憊、憤怒且哀傷。她小時候不被允許擁有自己的臥室鑰匙，而她在九歲的時候，寫了一張「禁止進入」的標語貼在門上，並將所有門把的螺絲一一拆掉，這樣一來，就再也沒有人可以進出了。

爸爸在上鎖的門前大驚小怪了好一番啊。

他將螺絲起子塞入方形開孔將鎖撬開。不過，艾瑪迪斯已經將所有能夠達到這個效果的工具都拿走了。

瑪拉沒有回擊，但那只是因為反抗也沒有意義。即使她真的成功從艾瑪迪斯手中奪過刀子，將他和蕾貝卡推下樓，她又還能跑去哪裡呢？

屋外的暴風雪中？在沒有鞋子、手機和外套的情況下？

然後再被這一群人追捕？在他們當中，大部分的人也都跟她一樣恐懼、困惑，其中一人甚至可能是個殺人犯，還已經向他們展示自己能夠對蔻拉做出什麼事了。

「那是一個怪物，或許是連續殺人犯。」

瑪拉雙手環抱住自己的上半身在床邊坐下，至少她在這裡可以獨處思考。稍早用來拉攏窗簾的褲架已經不見了，所以，理論上她現在應該可以看到雲霧小屋後方的壯闊山景。不過，實際上，有鑒於陰鬱的天氣，她只能在窗面上看見自己的倒影映於背景中的石塊上。暴風雪不斷地捲起新雪吹至玻璃窗上，再同樣迅速地將雪抹淨。

你現在都幾歲了啊，瑪拉一邊望著由床頭夜燈所映照的臉龐，一邊心想。由於自己的臉孔失認症，她並不常照鏡子，尤其是因為她怕自己再也認不得鏡中的自己。事實上，她似乎已經達到這個境地了。那個頭髮稀疏、黑眼圈厚重、太陽穴上帶有傷疤、神情疲憊又憂傷的女人，在她眼中顯得相當陌生。

瑪拉站起身，盡量使窗簾密合。她現在不能陷入憂鬱，而是必須積極行動、解開謎題，才能夠存活下來。

「好的，開始吧。」瑪拉大聲地說，並開始環顧四周。

她第一次造訪格蕾特房間時有沒有忽略什麼？現在或許可以拿來派上用場的？**好的……**

格蕾特的行李箱仍未打開。她帶來的東西很少，而且對於這次週末連假而言也不甚必要。

此外，她似乎特別將東西成套擺放。瑪拉在敞開的手拉行李箱內找到兩條捲起來收納的長褲。她將它們攤開，發現裡面裹了三角內褲、襪子、內搭襯衣，以及毫無褶皺的女用襯衫，全都與褲子的顏色相搭。

很實用。一天一捲。

瑪拉親眼見證了自己最初的分析。格蕾特是兔子，聰明卻很怕自己的日常習慣受到擾亂。她記得這位心理系學生是唯一一個設定保險櫃密碼鎖的人。

保險櫃放在步入式衣櫃內。

K類型的XONO型號。

她不禁笑了出來。這是久違的第一次。

旅館保險櫃幾乎總如兒戲一般，而在所有型號當中，這又是最容易撬開的一個。在儲放貴重物品方面，很少人知道，這個鞋盒大小、通常內建於衣櫃裡或掛於梳妝台下的箱子，基本上可說是旅館內最不安全的地方。幾乎所有員工皆能用一組通用密碼開啟每一個保險櫃。當然，管理人員在保險櫃裝設之後理當能夠更改這一組密碼，但很多旅館會覺得過於複雜，所以大部分會直接沿用出廠設定。就連她自己在工作上，那組用來取得克莉絲汀的光碟片的密碼，也都未曾變更過。

至於這裡所裝設的K類型XONO保險櫃，甚至不需要知道通用密碼，因為這個型號額外附加了一個獨立的緊急解鎖功能。瑪拉按下井字號鍵，接著再輸入五次「九」的同時長按米字號鍵。

喀噠。

它開始旋轉。

接著，門鎖應聲彈開。

60

這次不是文件光碟片，也不是隨身碟。儘管如此，瑪拉在伸手拿取保險櫃內的東西時，依舊感到害怕。她對於它可能揭發的祕密感到害怕。

那是一台附有手持綁帶的銀色小型錄影機。自從手機興起之後，就幾乎沒人會使用這種裝置了。她按下開機鈕後，發現裝置沒有剩餘電量了——旋轉式螢幕仍為全黑。

不過，她在黑漆漆的保險櫃內摸到一個充電器。

它就躺在一個舊式迷你錄影帶的旁邊。

一陣口哨聲由通往走廊的正門門縫鑽入，這讓她想起分娩室內的殺人凶手，同時為瑪拉的精神狀態營造出一股詭異的背景氛圍。

為什麼格蕾特要特別費力地把這種老舊的東西帶來呢？

像她如此嚴謹計算盥洗衣物，也顯然不想帶上不必要重物的人，勢必有一個合理的理由。

瑪拉想知道理由是什麼嗎？

有這麼一刻，她暗自希望錄影機不會對充電線產生反應，折收起來的螢幕會繼續呈現黑色，但它終究還是發出嗡嗡聲與喀噠聲，最後深藍色的螢幕上出現一只白色箭頭。

瑪拉按下箭頭，但這個型號並沒有觸控式螢幕的功能。她在機身一側找到播放鍵。

暴風再次傳來呼嘯聲，但這次，聽起來更像是影片開始播放的訊號。

那是什麼？

瑪拉先是瞇起雙眼，接著將床頭夜燈關掉，好在沒有光源干擾的情況下將螢幕上的黑影看得更加清楚。

影片看起來如同裝有夜視相機的嬰兒監視器視角，毫無顏色的畫面帶有顆粒質感，但仍能看得出輪廓。

或許是有餘光補光器的監視攝影機？這項提問的支持論點在於，畫面明顯是從天花板定點朝下拍攝的視角；反證論點則在於，它有聲音，但傳統的監視攝影機並不會錄到聲音。

影片品質不如現代紅外線裝置，所以那一群年輕人——五個或六個——一直互融成一團。

他們站在一座開敞著門的檔案櫃面前。

櫥櫃團？

櫃子是空的。書本和文件全都整齊地置於右方的椅子上了。

其中一個女生傾身探入櫥櫃。

「但你們一定要很安靜。」背景中另一個女生噓聲說道：「而且不能有光。我告訴過你們了，這個櫥櫃就在連通門的正前面，背板的洞剛好在鑰匙孔的高度。」

「酷。你媽知道別人可以從她的第二診間聽到所有東西嗎，格蕾特？」一個男生的聲音問道。

所以是格蕾特的媽媽。她是一個心理治療師，瑪拉覺得她記得對方是在家中執業。

「當然啦，西蒙，我跟她說過，我在她的檔案櫃裡鑽了個洞，這樣就可以讓我朋友偷聽她的面談了！」格蕾特斷聲說道。由說話者的聲音來判斷，他們應該頂多只有十五歲，又或許更年輕。「你到底有多蠢啊？如果她知道我把你們帶進來這裡，她肯定會把我給殺了。」

「你再說一次，那個真的是……？」剛才的女生探出櫥櫃朝著其他人問道。

「我跟你們下的保證太多了嗎？」格蕾特問。

「讓我也試試，寶琳娜。」一個男生一邊拉著女生的袖子，一邊要求道。

「好啦、會啦，艾瑪迪斯。」

瑪拉的太陽穴開始抽動。

格蕾特、西蒙、寶琳娜、艾瑪迪斯。名單完整了，可惜沒有她在尋找的答案：**是誰將我們大家誘拐來這裡的？誰在跟我們玩這一場致命遊戲？這又跟櫥櫃影片有什麼關聯？**

「他說什麼？」

「他病得很徹底。」

「要不然他也不會來找你媽媽。」

「沒有人喜歡自以為是的人，蕾貝卡。」

「那可不是自以為是的人說的話嗎，傑瑞米？」被罵的女生嘲弄地說。

格蕾特格格地輕聲笑道，用氣音說：「相信我，我媽有很多病患，但瑪拉她爸真的是裡面最一塌糊塗的了。」

61

不，拜託不要。我受不了了。

瑪拉想要停止影片。她伸手按向螢幕，因為她太激動而忘記螢幕不是觸控式的了。影片繼續無情地播放著。

「所以他是有什麼問題？」艾瑪迪斯想知道。

「他愛瑪拉。」

「我爸爸也愛我啊。」寶琳娜說。

「但希望不是那種愛喔。我已經跟你們說過了，他想要她……哎唷，你們已經知道了。」

「瘋了。」那個字太短了，瑪拉沒聽到認同格蕾特的人是誰，而格蕾特則繼續向大家提供她爸爸的患者隱私資訊：「他會一直去尋找跟她長得很像的人，這樣他才不用侵犯瑪拉。」

「找一個替代女兒來……」

「艾瑪迪斯，」蕾貝卡嚴厲地打斷他：「不要說出來，你這隻豬。」

「喂，這裡變態的人不是我耶。」

「噢，天啊。」發出哼聲的人是傑瑞米，他是下一個爬入櫥櫃偷窺的人。

「什麼？」

「瘋了！」

「到底！是！什麼！」

「噓……不然他們會聽到。」格蕾特出聲告誡其他用氣音交談的人，然後，換她自己問：

「所以他到底說什麼？」

「說他已經遇過很多人了，」傑瑞米回報道：「但目前為止，還沒有人跟瑪拉一樣漂亮。」

「好吧，那也行啦。」寶琳娜邊說邊笑著。

什麼也行？瑪拉在心裡問道。此時，傑瑞米投下震撼彈：「但在完美女孩出現在他面前的那一天，他會……」

「會怎樣，傑瑞米？」

「他說，他可能會把自己給殺了，這樣他不會侵犯她。」

「瘋了。」艾瑪迪斯表示同意。

「真的。」西蒙也附和道。

「但那我們就不應該那樣做了。」某人說。那個聲音很模糊，瑪拉只聽得出來，用氣音懇求的人是男生。他說：「忘了我們的計畫吧，這已經不好玩了。」

一個無法辨認身分的女生以氣音應道：「別緊張兮兮的，基利安。當我們把那個女遊民的事告訴飢渴的埃德加時，一定會很有趣的！」

62

艾瑪迪斯

即使她的狀況看起來比寶琳娜更糟，格蕾特的雙腿站得意外地穩。她沒有步伐踉蹌，也沒有跌在艾瑪迪斯及其他人面前。不過，她並沒有說任何話。如同打結的羊毛毯一般覆滿她全身的白雪，似乎也將格蕾特的聲帶凍結住了。

「該死的，在到底在這裡站了多久了？」蕾貝卡問。被平台門前的影子嚇到的人就是她。

格蕾特大概沒力氣敲門了吧，艾瑪迪斯心想，並為她開門。

就跟他現在一樣，他已經完全無力將眾人凝聚起來了。借用他的話來說，他需要為自己「打氣」一下。他的戒斷症愈來愈嚴重了，最後一顆藥丸是在泡三溫暖前吃的，剩下的藥放在該死的外套裡面——鬼才知道外套究竟在哪。

「你有看到傑瑞米嗎？」西蒙問。

當格蕾特以清晰又堅定的聲音回答時，大家全都大吃一驚。「他撞死了。」

她脫下她的挪威毛衣，將一堆雪灑至沙發與咖啡桌上。

「發生了什麼事？」艾瑪迪斯問道。他的右手正在發抖，於是他將手藏入褲子口袋。

「我剛剛去了手機使用處，柵欄被拆掉了。」格蕾特在爐火前脫下褲子，全身只剩下內褲和襯衫。

艾瑪迪斯思索了一下，不確定讓凍僵的身體暴露於如此直接的熱源是否為明智之舉。飢餓的人不該立刻吃下一餐完整的食物，但他其實也不太在意這些事情到底會對其他人帶來什麼影響。他自己才是這裡的問題——如果他不盡快離開這個地方，他的健康將陷入重大危機。

「靠，這裡到底發生了什麼事？」西蒙吞了吞口水。在眼淚淌下臉龐的同時，他開口說道：「我們先是差一點被毒死，然後發現蔻拉的屍體，然後現在換傑瑞米死了？」

寶琳娜抬頭望向西蒙，她的上唇顫抖著，似乎想說些什麼，但她的嘴巴卻沒有傳出任何一絲聲響。反倒是蕾貝卡放聲哀號，而她臉上的白斑似乎變成令人發癢的濕疹，使她不斷搔抓著臉。

艾瑪迪斯清楚知道，在這棟山屋裡，眾人的情緒很快將達到臨界點，一切將會爆發成排山倒海的歇斯底里。而此時，他自己的戒斷症狀也才抵達第一次高峰。「好的，或許他還沒死啊，只是受了傷而已。」艾瑪迪斯試圖讓大家冷靜，說：「我們需要組一支搜救團隊。」

「對。」西蒙一邊抽著鼻子，一邊應聲同意：「他應該只是躺在外面某個地方，如果我們不去的話，他可能會死掉。」

格蕾特搖著頭說：「谷底有好幾百公尺深，而且柵欄整個毀了。」

「會不會是有人把他推下去的？」蕾貝卡不安地問道，接著說：「你們想想看，那個住宿守則。」她還援引內容：「在所有任務完成以前，不允許任何人離開雲霧小屋。違規者將以死處分。」

西蒙驚恐地用手摀住自己的嘴巴。

這個膽小鬼又要嚇到漏尿了，艾瑪迪斯心想。但當寶琳娜出聲說話時，他自己的心態也同樣幾乎瀕臨潰堤，因為那位女作家小聲卻明確地表示：「是我。」

所有人皆轉頭望向她。西蒙、蕾貝卡、艾瑪迪斯，以及最後一個人——格蕾特。她的神情看起來震驚不已。她問：「是怎樣？」

「是我的錯。一切都是我。」

寶琳娜到沙發坐下，將頭埋在手掌中。「我推了傑瑞米一下。」

「你到底在說什麼？」蕾貝卡坐到她身旁。艾瑪迪斯注意到蕾貝卡試圖想將手臂搭到對方的肩上，但顯然不敢真的動作。

「我不是故意的。」寶琳娜抬頭。雖然她在這期間已經去廁所多多少少胡亂地清理了一番，但她的臉上仍抹有眼線的痕跡。「我們那時候站在手機使用處。他的手機響了，然後他因為腳上那些愚蠢的袋子打滑，想要伸手抓住我。我反射性地把手舉起來，不小心推了他一下。」

「所以是一場意外嗎？」西蒙問。

寶琳娜點頭，說：「我真的很對不起，我不敢告訴你們。」

「但你也行行好嘛……到底為什麼不說？」蕾貝卡震驚地問道。

「因為……」寶琳娜掐著自己的脖子，看起來好像快要吐了。

所以那就是為什麼她看起來如此麻木，也是為什麼她花了這麼久的時間才回到山屋。她不敢回來找他們啊。

「……因為那幾乎就跟我書裡寫的一樣，有一起謀殺案、第一個受害者被丟下山。我想說……」她停頓片刻，繼續說：「哎呀，我不知道我在想什麼。自從這裡一切走樣之後，我就再也無法好好思考了。我從來沒有想像過一切會變成這樣。」

艾瑪迪斯將顫抖的手抽出口袋。

寶琳娜剛才到底在說什麼？這個未來的女作家到底在策劃什麼計謀？

「等一下。什麼東西走樣？要不然你原本想像是怎樣？」他用上自己最好的審問口氣問道。

「那支櫥櫃影片。你們一直想知道那是誰做的，對吧？」

在目前這個情況下，格蕾特顯然沒有心情去想過往的故事。她不耐煩地說：「我們早就知道了。我媽有第二間拿來做影片分析的治療室，一定是錄影機在我們進去的時候自動開機了。」

「不是。」寶琳娜駁斥她的說法：「是我打開的。我本來就知道有那台相機。格蕾特之前就已經帶我進去櫥櫃過一次了，我是那時候看到它的。」

「你為什麼要這麼做？」蕾貝卡問，同時拉開自己與寶琳娜之間的距離。

「我想把它錄下來，當作是給我們的紀念。那可是我們想出計畫的日子耶。」

「那個爛透了的點子。」西蒙咒罵道。以他的標準而言，這顯得意外地粗魯。「那個毀掉一切的計畫。」

「等一下！」艾瑪迪斯內心升起一個可怕的懷疑。

「你就是這次聚會背後的主謀嗎？」

寶琳娜點頭，說：「邀請函是我寄的。」

這不可能是真的。艾瑪迪斯揉了揉眼睛，恨不得現在可以吞下一整把藥丸，將自己發射至其他境界。那麼，格蕾特所說的一直都是實話。

「包括給瑪拉的邀請函也是？」他問。

寶琳娜舉起手，做出防備之姿。「不！我發誓。」

「簡直狗屁。」艾瑪迪斯大吼，他現在已經愈來愈無法控制住自己了。「你到底在想什麼啊？」

「我想要跟你們談一談，想要跟你們說我的感受、說我有多麼難受，因為我是在影片裡說我們應該要繼續執行計畫的人……雖然基利安反對。然後，沒錯，我想要說服你們，等我們一回道柏林，就把櫥櫃影片拿給瑪拉看。」她指向格蕾特，說：「你有帶吧？」

那位心理系學生點了點頭，說：「你拜託我帶的。」

她的目光移向艾瑪迪斯，他覺得她的眼神像在捅自己似的，**但我猜這也是我活該，畢竟是我自己先把她激成這樣的**。「這就是我在這裡所謀劃的全部了，超級偵探先生。我沒有寄出任何一封邀請函，但當寶琳娜叫我把以前的那段錄影帶帶來時，我確實也有思考過一番。」

「那你們兩個為什麼什麼都不說？」西蒙問。

「因為要跟你們討論任何東西一點意義都沒有啊。尤其是艾瑪迪斯，打從一開始就一直在找架吵。」寶琳娜回答道，同時站起身。

「好、好、好，我是這裡的大壞蛋，沒問題，我可以接受。而且，沒錯，我絕對不會同意你們把那支糟糕的影片拿給瑪拉看。但坦白說，我現在一點都不在乎了。就我所知，我們還可以邀請她去柏林森林劇場看露天播映。前提是，我們要先成功離開這棟山屋才有機會。」

蕾貝卡釋出停戰的訊號。「艾瑪迪斯說得對，我們必須專心處理最重要的事，就事實論事。我們現在知道的有哪些？」

「寶琳娜邀我們來，但有人在跟我們玩死亡遊戲。」

「但是誰？」西蒙問。

「如果我們知道動機的話，就可以找到凶手。」蕾貝卡引用寶琳娜的作家論述。

「好，那我改一下問句：為什麼會有人想玩這麼病態的逃脫遊戲？」艾瑪迪斯提出問題。

蕾貝卡嘆氣道：「原因就攤在眼前了啊。」她臉上的斑點看起來在發光，她的聲音聽起來有如律師準備拋出終結辯論似的。

「重點並不是瑪拉遇到的意外，從來都不是。不管現在在這裡跟我們玩心理遊戲的人是誰，他是因為那支櫥櫃影片想要向我們報仇。其實我們從卡牌遊戲就已經知道了，但我們一直刻意視而不見。」

格蕾特點頭表示同意，她說：「如果這是真的，那就只有瑪拉可能是背後的主謀了。她是主要受害者。除了她爸爸以外啦，但他已經死了吧！」

「當你殺了一個人，同時也等於消滅了一個完整的宇宙。」西蒙說。

「不論如何，那確實毀了一個家庭。」蕾貝卡贊同地說：「讓我們感到良心不安的確實不光只有她爸爸。」

此時，艾瑪迪斯已經受夠了。「我們不用因為任何人感到良心不安。」他大聲說道：「那是他的自由選擇，老霖德伯格是出於自由意志，選擇結束性命的。」

「我們迫使他自殺的。」蕾貝卡也揚起音量說道：「你和你的愚蠢主意。」

「我的主意？」艾瑪迪斯的手抖得過於激烈，如果他現在手中握有盛滿的酒杯，勢必會將一半的酒水灑光。此外，他大量冒汗，額頭因為汗水而顯得濕淋淋的。

「對，你！是誰說他在每天去健身房的路上，在近郊列車軌道橋下看到某個人的？」

行凶者或追隨者？哪一種比較糟糕？

「是我。」艾瑪迪斯坦言，接著說：「但我沒有說：『哇，那個床墊上的女遊民看起來跟瑪拉長得一模一樣，我們來把她介紹給霖德伯格叔叔吧。』」

「你有，就是這樣，你自己知道！」

可惜蕾貝卡說的是對的。在櫥櫃影片錄製的那一天之前，格蕾特已經偷聽過一、兩次瑪拉父親的面談內容了，她知道埃德加的病態欲望。當她將這件事告訴這一群朋友時，艾瑪迪斯想到一個當時每天都會看到的女孩——就在夏洛滕堡近郊列車站那裡——他甚至還跟她講過話，因為她實在跟瑪拉過於神似。

「但是你安排他們碰面的！」他噓道。當時，蕾貝卡在當狗狗保母順便賺零用錢，也會幫埃德加．霖德伯格遛他的雪納瑞。得知消息之後，她在下一次去接牠時，隨口向埃德加提起近郊列車拱橋下，有一個女生跟瑪拉長得完全一模一樣。

「因為你煽動我去做啊！」她對艾瑪迪斯吼道：「我承認我有錯，但像你這種小雞雞，我們還能期待什麼呢？你褲襠裡根本連一顆懶蛋都沒有吧……」

艾瑪迪斯沒有停頓片刻，想也不想地踩著重步走向蕾貝卡，瞄準她的耳光摑了一巴掌。她發出哀號，整個身體被拋向一側，還胡亂揮舞著雙臂，但仍無法找回平衡。

當她的頭殼直直撞向壁爐玻璃前的鋪磚台階時，其撞擊聲堪比爆破的西瓜。

蕾貝卡的嘴邊冒出白泡。當她的頭殼迸裂時，就已經死了。

63

在瑪拉過去這幾天過目的所有駭人影像當中，最糟糕的便是於格蕾特媽媽診間的櫥櫃所錄製的那段影片。原本在蔻拉坦承自己刻意輕浮地在她爸爸面前搔首弄姿時，她以為已經不會再有更加惡劣的背叛了。不過，她現在已經知道了，就連埃德加．霖德伯格喪生的那一個晚上也並非偶然，而是由她很久以前的同校同學們一手策劃的，而那些人此時肯定正在樓下客廳內議論著她的命運。

難怪他們全都認為她是背後主謀，策劃了雲霧小屋截至目前為止所發生的一切駭人事件。寶琳娜、傑瑞米、格蕾特、蕾貝卡、西蒙、艾瑪迪斯。

即使埃德加於保密情境中所說的一字一句，並無意傳至櫥櫃裡的他們耳中，但他們全都聽見了。他想要在遇見完美的「瑪拉分身」的那一天自殺。儘管如此——雖然瑪拉不知道他們是如何辦到的——他們仍讓埃德加與那名年輕妓女碰面了。其中，只有一個人對此有所顧忌。

基利安。

不過，他也說出「我們的計畫」這幾個字了，所以他也算是共犯，尤其他顯然沒有成功地堅持己見，抵抗群裡的其他人。

那就是為什麼基利安總是對我這麼好的原因嗎？瑪拉自問道。他之所以會向她靠近，是出自於憐憫與罪惡交織的心情嗎？

她感覺到淚水淌下自己的臉龐。在她拉開床頭櫃的抽屜想要尋找紙巾拭淚時，反倒在裡面看見一本書，並立刻將它拿出來。

寶琳娜．羅加爾

《孤獨》

懸疑小說

她皺起眉頭、翻開書本的前面幾頁，發現一段獻詞。

> 我最親愛的格蕾特：你不需要讀完整本書，直接翻至第四百二十三頁即可。感謝你，期待在雲霧小屋見面。別忘了帶影片。謝謝。寶琳娜留。

在瑪拉將書本翻到對應的頁數之前，她必須先克服內心的恐懼，而這程度相當於她在刑事偵查科時，不得不再次回顧影片中某一段特別怵目的施暴場景那般。當她做好心理準備時，她發現第四百二十三頁已經是這部懸疑小說的結尾處了，接著是寶琳娜的書末致謝。

她於開頭寫了這些字句：

古有云，酒後吐真言。

但真相並不浸於酒水中，而於暴力之中。暴力使人暴露無遺。當人陷於其中時，便會展露真我。當我們身邊沒有威脅時，我們大可以愉悅地發表不切實際的好聽言論，說所有的衝突皆能透過民主的方式予以解決。

可是，當我們與另外六人一同受困於一架失火的飛機上，卻只有五組降落傘時，那便是我們展露品格的時候了。我們會為了別人好，而英雄般地放棄嗎？我們會抽籤，然後（重點來了！）接受最終的決定嗎？或是跟其他一起落難的人搏鬥致死，只為了從他人手中奪走最後一組降落傘呢？

瑪拉再次看了書的封面一眼。圖片中的屋子矗立於黑暗中，只能看見一扇窗戶露出光亮——這是巧合嗎？仔細一看，它很可能是一棟山屋。

她喉間一緊，強忍著繼續讀下去。

暴力使人暴露無遺。在我的懸疑小說中，主角群暴露出什麼呢？

罪惡感，施暴者或受害者？

他們找到答案了。多虧了我的好友格蕾特．哈爾登，藉著她的科學專業來協助我完成一項心理學實驗。對此，我非常感激。

關於這本小說中的一系列實驗，皆奠基於一項簡單的假設：壓力使人暴露無遺。

為了尋得真相，我們需要一個情境：嫌疑犯深怕自己小命不保，並不計代價地試圖逃出某個危急情況。必要的話，他們會坦承真相，並憶起過去壓抑已久的痛苦經歷。人物角色於小說中所陷入的實驗設定，特別設計讓殺人凶手遲早會自我揭露。而格蕾特．哈爾登向我保證，這亦能套用至現實世界中。

若欲成功達成目標（正如我的小說結局），僅需要五個先決條件：

一、一個可控的實驗環境。

二、阻斷所有緊急逃生出口。

三、能夠刺激情緒的事件，令人震驚者尤佳。

四、令人不安的回憶。

五、畏死的情緒。

瑪拉抬頭將目光移開，她手中的書本劇烈地震動著。她碰地闔上書本，開始著手做一件她早該做的事，但她一直到現在才終於理解脈絡。不過，在她眼見並感受到，還聽聞了這一切之後，她心中升起了一份懷疑。而當她翻至書背，讀了寶琳娜的小說大綱時，這份懷疑以一種駭人的方式獲得證實：

有一群多年前犯了一些錯的人，收到未具名的邀請函而相聚，一起共度週末。誰的罪責最為重大呢？而誰又會在這場與世隔絕的聚會中存活下來呢？

一部打破虛擬與現實界線的懸疑小說。

64

艾瑪迪斯

「你真的不是人！」

他的胃開始痙攣，渾身不斷地顫抖。他知道，如果自己再不趕緊吸食一些可待因——或是古柯鹼更好——他很快就會吐了。他已經稍微身體發冷，並有嚴重的環形頭痛症狀。在戒斷症變得再也無法忍受以前，艾瑪迪斯並沒有為自己預留過多時間。

「你這怪物！」

對於吼罵艾瑪迪斯這件事，西蒙可說是樂此不疲。而艾瑪迪斯現在雙手按住兩側太陽穴，絕望地俯視著蕾貝卡的屍體。

她有如沉睡般地躺在壁爐的底端，嘴巴呈現微開狀。她頭部下方的血灘分流成許多細流，一一滲入粗糙鑲木地板的縫隙中。

「你把她殺死了。」

「不准你說。」艾瑪迪斯應道，聽起來比他所預期的來得更加冷酷。**該死的**，他一點也不希望發生這些事啊。

不論是這趟旅行，或是這些討論都一樣，更別提那一記耳光了。

他用丹田深吸一口氣，試圖讓自己冷靜下來，接著開口輕聲地說：「這是個意外！」他重複了稍早寶琳娜對於傑瑞米事件的陳述。即使寶琳娜剛才也經歷了類似的創傷情境，但她並未向他伸出援手，同意這絕對不是故意的。相反地，她只是安靜地站在平台門邊，目光望向愈來愈暗的窗外世界。

另一方面，格蕾特也沒有忍住不出聲控訴：「你從頭到尾都一直在挑釁別人，先是我、再換瑪拉，然後現在又這樣！」

她的雙手沾滿了鮮血，因為她剛才靠在蕾貝卡頭邊的血灘上，試著對她進行了好一陣子的口對口復甦搶救。

「我們必須求救。」西蒙說，而他的這番評語比其他辱罵更讓艾瑪迪斯感到憤怒。

「啊，好主意。我們以前怎麼都沒有想到呢？」

他雙手緊絞著，說：「去啊，快跑，你這個白痴。」他指向出口：「你到底還在等什麼呢？」

他們的情況似乎出現了些許轉變。

艾瑪迪斯早就不想繼續待在這裡了，並不是因為任何意外、更不是任何死亡事件。至少在他們泡了致命三溫暖又在房內清醒過後，他就想走了。只不過，要怎麼走啊？離開現場的急迫性不斷升高，但不可行性保持依舊。

「不然你問問格蕾特或寶琳娜啊，看她們建不建議下山。你們剛才在外面待了多久？半個小時？」

格蕾特點頭，說：「差不多。」

「下山要花上四或五個小時，你要怎麼撐過去？而且太陽再兩個小時就要下山了！」他走向西蒙，伸出食指戳對方的胸膛。

「所以就別說狗屁廢話了吧，來幫我比較實在。」

「你有什麼打算？」身上戴環的懦夫問道。

艾瑪迪斯先是看了蕾貝卡一眼，接著望向窗戶。「屍體應該要存放在冷凍庫裡，而我們現在門外就有一個。」

西蒙向他比出帶有污辱意味的手勢，說：「你不能就這樣把蕾貝卡丟在我們的平台上耶！」

「我也不能讓她在火爐前腐爛啊。」

靠，他到底幹嘛問那個尿床仔。

假如格蕾特和寶琳娜沒有比他強壯的話，至少力氣也一定跟他不相上下。但當他示意她們過去幫忙時，她們也置之不理。

「很好，那我就自己來！」他將蕾貝卡推向一側抓著她的手臂下方，並將她一命嗚呼的軀體朝後拖往平台門的方向。他的下背感到一陣疼痛，他知道自己明天大概就會感覺到椎間盤了——如果他到時候還有辦法感受到任何東西的話。

「太恐怖了！」對於蕾貝卡身體一路上所留下的血跡，寶琳娜如此評論道。

當艾瑪迪斯抵達門邊時，他用手肘開門——這樣才不需要將屍體放下。艾瑪迪斯必須使出全身的力量，才有辦法防止暴風雪立即將門再度吹回關上。

他全身狂飆著汗，他知道，現在的每一滴汗珠都是他身體的吶喊——他現在亟需嗑藥，正如身體需要空氣與水那般迫切。艾瑪迪斯全身顫抖著，但卻沒有感受到自己突然陷入的那片寒冷。

也沒有感受到由襪子竄入的潮濕。他只聽見自己有如過分超標的舉重選手般地大吼，但接著，他成功讓自己的身子撐過閾值。艾瑪迪斯隨著蕾貝卡死去的軀體一併向後跌入雪中。

他氣喘吁吁地蜷起身子，體力徹底透支，最後以四肢伏地的方式爬回門邊。

門被上鎖了。

從內部上鎖。

是西蒙鎖的。

那個人透過窗戶對他比了一個中指。

65

西蒙

「喂，讓我進去！」

艾瑪迪斯的聲音悶悶地穿透門板有些沉悶。他看起來正在用盡全力地累壞自己，他吼叫、用拳頭在門上與內鑲玻璃片上或敲或搥，卻沒有任何顯著的成效。玻璃片劇烈搖晃，而門的鉸鏈發出懾人的吱嘎巨響，但這個入口顯然比它乍看之下來得更加穩固。又或者是艾瑪迪斯比預期中來得更弱。他勢必無法在外面繼續鬧得太久，畢竟他只穿了一條長褲和那件黃色的V領毛衣。

「現在是怎樣，西蒙？」格蕾特焦慮地問，試著伸手去摸被西蒙擋住的門閂。「讓他進來啦！」

「去你的。」他說，同樣朝她擺出中指。

她驚訝地從他身邊退開。

哈哈，那個神經病阿姨肯定沒有料到。

他們全都將他視作傻瓜，亂編行事曆名言佳句的失敗者。打從高中開始，一切都從未改變過。對這一群只顧自身利益的自大狂而言，他是一個外人；他們除了自己以外，對任何人都毫無興趣。

我的房、我的車、我的工作。

舉例來說，曾經有人過問他在做什麼工作嗎？西蒙．長襪皮皮現在到底變成什麼了？**當然沒有啦**。那些未來的律師、心理諮商師和建築師、女作家和富二代，他們全都假設他在某個低薪的領域做著毫不起眼的工作。然後，可惡的是，沒錯，他們是對的。

他沒有去讀大學也沒有錄取進入警隊，而且還沒完成產業實習訓練就中輟了。靠，如果被發現他現在還跟媽咪一起住一間單房公寓還同睡一張雙人床的話，像艾瑪迪斯這種白痴一定就不會再說他尿失禁了，會改對他狂開亂倫的玩笑。

不過，他現在沒有機會知道這件事了。

「那個混蛋就這樣待在外面吧！」他說，並抓著格蕾特的手臂將她拉回客廳。

「到底是什麼惹到你了？」現在連寶琳娜都不禁開始疑惑。

「人生！還有那些混帳東西，全都惹到我了。」

他自己也不知道為什麼，但這些字句就這樣冒出來。罷黜了那個自詡的領導者之後，感覺像是解脫了似的。

「我一直以來真的都很努力當個善良的人。我向你們伸出援手、給你們建議來支持你們、向你們表達我的感受，然後試著替你們居中調停。但完全行不通啊，你們全都被壓力和衝突搞得緊張兮兮的，只聽得見吼得最大聲、打得最大力的人的聲音。但拜託，我也會吼、也會打喔。」

他從爐火工具組中抓起一支鐵鏟。「如果大家寧可聽從一個只會用拳頭，而不是言語來解決衝突的人，那好啊，我也可以變成另一種。」

「西蒙，聽著。你只是嚇壞了。」寶琳娜說：「就跟我剛才因為傑瑞米而有的反應一樣。」

「我沒有，我腦子清楚得很。」

「好、好、好，你是對的。」格蕾特說，但西蒙知道，她之所以會同意他，只是因為她覺得這樣可以使他冷靜下來。「把艾瑪迪斯隔離起來比較好。他在體能上優於我們、極具侵略性，然後剛才又在我們面前殺死蕾貝卡。我覺得，他有在嗑藥。」

「那又怎樣？」寶琳娜問道。

「然後他的戒斷症正在發作。我不知道你們是怎麼想的啦，但我可沒興趣跟一個暴力毒蟲困在同一個密閉空間內。誰知道他下一個想打爆的人是誰？」

「事情就是這樣，」西蒙說：「除此之外，反正這件事已經解決了。」他用手中的爐火器具指向平台門。

敲打聲與撞擊聲已經停止了。

艾瑪迪斯消失了。

66

海狸小巢沒有陽台，而且又位於三樓，太高了無法跳出窗外。不過，瑪拉倒是有一個點子，可以運用窗簾和床單進行繞繩下降。但接著，她遇上另一個問題——她打從昨天就一直得不出答案——去哪？

我應該逃去哪裡？

保持毫無作為絕非選項。她花了一些時間靠在門板上與壁爐玻璃蓋上仔細聆聽（格蕾特房間內也有煙囪火爐）。她聽見一些聲音，顯然是一陣爭吵，其中某個人甚至放聲大吼。但她聽不懂他們所說的內容，也聽不出來樓下到底是哪個人叫這麼大聲的。

猜測是跟她有關吧，還有要如何處置她。

光是基於這個原因，瑪拉就不應該呆呆坐著等別人上來抓她。假如多數人決定要把她丟到大雪中呢？可不能屏除這個可能性。

寶琳娜在她的致謝詞裡寫了「暴力使人暴露無遺」。現在的情況再明確不過了，他們大家現在正處於一場心理實驗，目標揭示出在場的人在壓力情境下的反應。

這不是密室逃脫遊戲，而是一場退離療程。

可是，假如她現在被（不管是誰）丟入的這個反常實驗場景，最終揭發了她的老同學們其實是冷血的殺人犯呢？即使他們或許只是出於恐懼，但一旦他們認為將她獨自丟棄於山上能有機會拯救自己的小命，便毫不內疚地這麼做了呢？

瑪拉聽見走廊傳來一陣類似吸塵器的聲音，只短暫維持了一下，就再度消散。

她走入浴室喝了一口水，並徒手於太陽穴上抹水來使傷疤冷卻。

她的臉龐感覺熱熱的。如果她現在可以到床上躺下休息的話，要做什麼她都願意。只不過，光是想到蔻拉的屍體，就讓在這裡休息感覺堪比一場折磨人的死亡經驗。

瑪拉拿了一條厚毛巾擦乾身體。她看了看格蕾特的化妝包後，便停止動作。

她走回臥室檢查寢具。枕頭與被子皆以羽絨作為填充。

她拆除枕頭套之後，伸手摸了摸接縫處。其中一個地方的縫線顯得較鬆，瑪拉有辦法用雙手將布料扯開。一些羽毛跑了出來，如同屋外的白雪一般，四散於房內各處。

心滿意足的瑪拉將手伸入裂縫，從中抓出一把羽絨，並將它們塞入格蕾特的化妝包內。

完美的鞋子！稍顯滑溜，但內襯相當溫暖。兩雙襪子、外面包上一個袋子——完成。等她再做出另一隻腳，她就敢穿著它們下去了。

現在她瞭解到，可以獨處有多麼地好。

她終於可以清楚思考了。

她能夠用另一條被子製出一件外套。

而且，說不定那個神經病沒有想到要清掉廚房內的鋁箔紙。其亮面可以反射熱，尤其如果穿於多件毛衣之中的話，能夠作為完美的隔熱層。

因此，假如她能成功在不被任何人發現的情況下逃出這間牢獄的話，衣物就不會成為阻礙她下山的因素了。

她只是不知道自己有沒有辦法在即將降臨的黑暗中找到路。她可以利用發電機的柴油和浴室內的毛巾製成火炬。不過，格特弗利得的太太警告她儘早離開雲霧小屋，因為可能會發生雪崩。相較於那一份不祥的住宿守則的第四點——違規者將以死處分——這或許才是更嚴重的威脅。

又來了，可惡啊……

陷入深思的瑪拉同樣陷入床墊內。她的目光於小房間內四處遊移，略過床和床上她可以用於繞繩下降的被子，再略過化妝桌和上面可以敲碎當作武器用途的鏡子。再移到門上，它可以……

那是什麼鬼？

她起初無法相信自己的眼睛。

現在這一切都只是幻覺嗎？像榮布魯特醫生所預測的，她在遇到壓力時會產生的情況嗎？

瑪拉站起身走向門邊。那扇門現在看起來好比海市蜃樓。她的大腦在處於情緒異常情境時容易產生幻覺，但她以前從未遇過比現在來得更加戲劇化的經驗。

但不對啊，她不只看見它，也摸得到它。那扇門再也不是上鎖的狀態，只是呈現微開狀。

瑪拉接下來的想法是：這肯定是一個陷阱。

她沒有聽到門被打開的聲音。門把依然不在原位，但外側的鑰匙孔中插了一把鑰匙。

那是誰？為什麼？

她小心翼翼地望入走廊——空的。

接著，她看見她的房間外有一道污漬。

瑪拉跪下來，伸出食指檢查地板——濕的。儘管頭頂上的燈光相當昏暗，卻也足以讓她看見水灘旁的腳印。它們跟西蒙於樓下指給他們看的很相似。

靴子，大概是一個穿四十六號鞋的男人。

克莉絲汀搞錯了嗎？凶手不是她的任何一位老同學，而是一個躲在這裡的陌生人？

瑪拉被水沾濕的食指感受到一陣冷風。風是由走廊尾端吹來的，那個方向正是足跡的起始。在那走廊尾端的窗戶前，有一塊窗簾被風吹起。又或者，那是一扇門？

她站起身，同時聽見由一樓傳來的聲音。如果她沒認錯的話，西蒙說：「我一點也不在乎！」

他聽起來異常地果決且嚴厲。

瑪拉再次望向鞋印。

會不會是樓下的某個人在玩些把戲，假裝自己的鞋子被偷了？

或許是艾瑪迪斯，他的能力辦得到。

但不對，那說不通。

寶琳娜是對的。知道動機就能導向凶手，那麼，以前學校裡的這位少女殺手會有什麼動機呢？

如果說，這些瘋狂事是格蕾特或寶琳娜搞出來的，那可能性還比較高。畢竟，那個心理系學生顯然已經根據女作家於書中所描述的內容設計出一場一模一樣的實驗，並在團體中成功營造出一股致命的氛圍。而目的在於，逼迫有罪的人自首。

就跟這裡一樣。

你們做了某件事。有人想出那個點子，有人付諸執行，有人保持靜默。你們全都有罪。

瑪拉靜悄悄地踏入走廊，朝著飄動的窗簾步去。

她聽見寶琳娜在樓下說：「我們不應該這樣做！」

幾乎跟基利安在櫥櫃影片中說的話一模一樣：

「但那我們就不應該那樣做了。」

櫥櫃團計畫讓她爸爸和那名年輕妓女碰面，更糟糕的是，他們還真的付諸行動！

瑪拉感到一陣噁心。

她來參加這一次同學會旅行，是為了讓「之前的瑪拉」與「之後的瑪拉」和解，希望自己終於能夠將那個夏天晚上、於廢棄婦產診所內發生的恐怖事件拋諸腦後。而她如今得知，過去的影子甚至其實得追溯至更早以前、於意外發生之前，而意外本身也不僅只是一場不幸事件。

疲憊的她強拖著自己的身子，希望可以找到那個為她開門的陌生人離開的出口。

或許，他會將她導引至另一個躲避處，遠離那些害死她爸爸的老同學們。

事實上，吹動的窗簾並不是掛在窗戶上，而是一扇玻璃門，門上還有一塊未點亮的緊急出口標誌。這扇門也是開著的。門口地墊位移了，瑪拉無法判斷為故意擺設或意外造成，但它現在呈現楔形。當瑪拉將逃生門拉開時，她聽見稍早於房內聽到類似吸塵器的噪音，只不過音量增為十倍大。

風鑽入所有的縫隙發出嘶聲，形成抽吸效應，讓瑪拉幾乎無法將門完全敞開。

緊急逃生出口門後有一座逃生梯。她毫不猶豫地跨至戶外，但又感到疑惑——為什麼自己不覺得冷又沒有顫抖？她感覺到大風使她眼眶泛淚、感覺到白雪如同第二層皮膚似地黏在身上，她也感覺到腳下有一股令人不悅的冰冷潮濕，但卻更像是麻醉藥將她的所有感知全數麻痺似的。

是恐懼嗎？被過多情緒淹沒？她正處於驚嚇狀態？

走下逃生梯的過程，感覺幾乎有如靈魂出竅似的。當瑪拉在回想時，甚至無法解釋自己究竟如何在黑暗中毫無滑跤地走下梯子，並一路隨著已經被新雪吹掉一半的鞋印前行。

一直走到一個她以前去過的地方。這次，那裡的嗡鳴聲幾乎如同在邀請她入內似地向她招呼著。

「哈囉？」她一邊走入發電機棚屋，一邊出聲問道。原先在戶外將一切氣味凍結的寒冷，到了這裡，完全無力抵擋柴油的惡臭。聞起來有如老舊的加油站。「哈囉？」她再次以稍大的音量喚了一聲。不過，那名背對著她跪在地上擺弄著一條軟管的男人並未回應。

每當她離對方愈近，柴油的氣味就變得愈發濃烈。

「您是誰？」她緊張地問。

他沒有轉身，但她內心開始起疑。

發電機的螢幕照亮了對方的黃色毛衣。

「艾瑪迪斯？」

「什麼？啊，瑪拉。」他抽著鼻子說。他的頭髮結成一層厚冰。對於瑪拉成功逃出房間一事，他似乎毫不驚訝。

「幫幫我！」他站起身。

她看見一條管子插於發電機的油缸內，柴油順暢地從中流至地上。而油灘的中央擺了兩罐汽油桶，艾瑪迪斯顯然已經將它們填滿了。他伸手將其中一罐抓起。

「你拿另一罐。我們兩罐都需要。」

「要做什麼？」

他朝她走來，油罐濺出了一些柴油，在他的褲子與襪子留下了油漬。

「你到底在想什麼？我們需要吸引別人注意，像在牛仔電影裡那樣。」

噢，天啊。從他現在瘋狂的模樣、失控的說話方式來判斷，這大概只意味著一件事：他已經失去理智了。

「住手！」瑪拉一邊說、一邊擋住他的去向。這可說是一個致命的錯誤。當她發現的時候已經太遲了——他的嘴邊冒著泡，手臂顫抖的方式正如戒斷症發作的藥物成癮者那般，為了再嗑到藥讓自己穩定下來，他什麼都做得出來。

如果必要的話，他甚至可能會舉起手中的油罐重擊那個擋住他去路的女人的頭部，導致瑪拉流血倒地。

67

柏林

這個地址並不是什麼祕密。之前在各大報紙上都能看到它，雖然郵遞區號與門牌號碼沒有被公開，不過，任何曾經於野豬廣場轉入帕德比爾斯基巷，開車經過那一連串華麗非凡的建築的人，都能輕易地從媒體釋出照片中認出那一幢宏偉的別墅。

光是在街上就能一眼注意到別墅入口處前方的白柱。雖然前院的景色遮蔽於長青灌木叢之後，但它是附近唯一一幢鋪有黑色磚瓦的建築。

柏林—達勒姆，堤亞．霖德伯格的住處。

即使無人前來回應她的門鈴聲與叩門聲，克莉絲汀很確定自己所站的位置是正確的門戶。單憑郵差留在門口腳踏墊上的網購包裹就足以證實了——收件人為T．霖德伯格。

克莉絲汀又試了一次，在她長按了銅色的門鈴好一會兒之後，她揉了揉自己的手腕。當她走在通往車庫的私人車道上時，她的手杖不斷陷入礫石鋪層中。在她總算艱辛地抵達正門時，除了膝蓋痛之外，她的手也是。

別墅前的電動鐵門留有一個小縫。送貨人員顯然有將它善加利用。

她閉上雙眼，這樣一來，她才能夠屏除其他環境噪音，專心地細聽別墅內是否有任何動靜。

她很想將耳朵貼至門上。那扇門的材質為實木，飾有鋼框及獅頭造型的門環，就像會出現於騎士電影內過了吊橋之後的城堡入口。

一樣——即使在克莉絲汀用門環敲了門之後，別墅內部也毫無聲響。

突然之間，她覺得自己聽到——或至少感覺到——自己身後有東西。克莉絲汀轉身，但卻空無一人。不論是車道或房子前的人行道都沒有，甚至連覆滿了雪的街道上，也沒有任何一輛車的蹤影。

但她可以發誓，她身後的照明狀況出現了一些轉變。

你現在也開始變得跟瑪拉一樣了，到哪裡都覺得自己看到影子。她責備了自己一番。

她望向自己的腕錶——如果要在前往舍訥費爾德機場的路上預留塞車的時間，那她所剩的時間就不多了。

好吧，她心想沒望了，便伸手摸向她稍早扶著爬上來的鍛鐵欄杆，只不過現在換成樓梯的另一側。假如她剛才就走這邊的話，她肯定馬上會注意到那個盒子——

它被掛於欄杆上，藏在常春藤叢之下。那只手機尺寸的小盒子鎖有數字密碼鎖。

「一、九、四、九。」她於記憶中聽見瑪格特的聲音。

克莉絲汀隨即嘗試輸入那一組數字。當那只鑰匙鎖盒真的開啟時，她簡直不敢相信自己的運氣。

「你會解出來的。」

比起大家流行藏在腳踏墊下的方法，雖然這個做法已經相對安全了啦，但克莉絲汀絕對不會建議任何人用這種方式來避免弄丟鑰匙。鑰匙鎖盒頂多只能在住宅翻新施工期間，充當個緊急解決辦法。

好啦，不要得了便宜還賣乖。

所幸她天生就不是一個有過多顧忌的人，她毫不遲疑地將鑰匙插入門鎖，順利打開正門。不過，她刻意製造許多噪音，並大喊「哈囉」與「這裡有您的包裹」以通報自己的闖入行徑。她很機靈地一併帶上了門口的包裹。

無人回應她於玄關處發出的呼喊；在這般規模的房產中，應該會稱作「門廳」或「大廳」吧。出身勞工階級家庭的克莉絲汀，對眼前這一番鋪張的華麗場面感到措手不及。她站在雪白色的大理石磚上，前方有一座雙翼階梯，其象牙色的扶手則一路攀升至夾層樓面。她的頭頂上方垂掛著一座水晶吊燈，對著一幅巨大的家庭油畫閃爍著搖曳燈光。畫中有一名身穿燕尾服、表情嚴肅的高大男子，他身旁嬌小、害羞的女孩顯然是瑪拉，另外還有一個年紀稍長、調皮地咧嘴笑的男孩，應該是雷文。而他身旁站著一名身穿舞會禮服、試圖微笑的女人。霖德伯格全家福——當時，他們的大家長仍活在世上，仍未妻離子散。

根據克莉絲汀的臆測，瑪拉的房間應該位於較高樓層。雖然她也不太確定自己確切希望達成什麼目的，但這是驗證祖母瑪格特所宣稱的「瑪拉從未與她同住，而是一直跟媽媽住在一起」的真實性。至少一直到「意外」發生之前。

但瑪拉為什麼要在這一點上對我說謊？

克莉絲汀將網購送貨服務寄來的包裹放置於鑰匙架上。接著，她將手杖夾在腋下，以左手扶上樓梯欄杆。此時，她聽見有人在咳嗽。

不是嘶啞的聲音，跟瑪拉曾經向她描述的不一樣。它聽起來反而比較乾，如同老菸槍的咳法。

噪音來源為門廳右側的房間。克莉絲汀再次拿回具備推託用途的包裹。

她小心翼翼地拖著蹣跚步履走入客廳；若不是內部那些笨重龐大的家具，這個空間大可以用來打網球。一張六人座設計的齊本德爾沙發踞於大型開放式爐火前方，但爐中並未燃火。沙發上躺了一個女人，她雙眼緊閉低聲呻吟著。

她身上所穿的衣物大概是上流社會所稱的「居家服套裝」。長褲與拉鍊外套的材質為閃亮的綠色布料，應該是絲綢吧。女人的手臂上襯著手鐲；克莉絲汀無法辨別珠寶的真偽，但其價值很可能是她月薪的好幾倍。

「霖德伯格夫人？」克莉絲汀對女人問道。處於半沉睡狀態的她，又咳了一聲。

克莉絲汀的目光落至沙發旁翻倒的龍舌蘭酒瓶。有一位好友曾經告誡她，絕不要在感到孤獨或沮喪時飲酒，因為那是通往酗酒的直達列車。

現在，即使不是心理醫生，也看得出來瑪拉的母親同時違反了以上的兩個條件。

「什、什麼……誰？」堤亞．霖德伯格坐起身。她用手梳過腦後壓扁的頭髮，並將一個哈欠忍了下來。

她的眼神依然顯得飄忽。「怎麼……呃……你是怎麼進來的？」

她的發音含糊不清，將「ㄕ」音發得像「ㄒ」音。

克莉絲汀決定說出真相，於是將包裹放至壁爐架上。

「瑪格特告訴我鑰匙盒鎖的密碼。」

那個看起來醉到不行的女人，對於眼前出現在自家別墅內的陌生人，似乎也不感到絲毫意外。「一、九、四、九。」她以不自然的方式將數字一一拉長，接著說：「祖母唯一忘不了的密碼。」她閉上眼睛。

克莉絲汀伸手搖晃她的肩膀，問道：「那是為什麼呢？」

「什麼？」

「這組數字密碼有什麼意涵嗎？」

堤亞笑著說：「她兒子那時候出生的啊。埃德加。」

「一九四九年嗎？」

「亂講！」瑪拉的母親打了一個嗝，接著癡癡笑道：「他才沒有那麼老。」

她沒有睜開眼睛，卻舉起食指，在空中盲目地狂戳！「那是出生時間。他該死地難生，他們還得用鑷子把他夾出來。」

走廊上笨重的老爺鐘響起了整點鐘聲。克莉絲汀覺得好像有人將她腳下的厚重地毯抽離了似的。她緊抓著沙發的邊緣，這使得她的手腕抽筋加劇。

鐘面時間？

十九點四十九分。

埃德加的出生時間。

為什麼這個時間這麼耳熟？

她的目光落至壁爐架上的包裹，一個恐怖的想法頓時浮現。「那您也知道，您先生是在哪間醫院出生的嗎？」她問了兩次，因為第一次時，堤亞沒有反應。

「埃德加？當然啊。瑪格特沒有搶先告訴你嗎？她超——級——自豪的，她兒子是那間接生房最後一個出生的寶寶。」瑪拉的母親沙啞地笑著。

「哪裡啊？」克莉絲汀繼續追問，並且得到了她原先牛怕聽見的答案。

「蘆葦角診所。在萬湖。」

68

雲霧小屋

嘴中流著鮮血，鼻內嗆著柴油。

瑪拉睜開眼睛，感覺發電機棚屋的地板似乎變成了一塊橢圓轉盤，而她就躺在最邊緣的位置，任其以愈來愈快的速度拋轉著。這正解釋了她的暈眩與嘔吐感。

艾瑪迪斯剛才用油罐重擊我，她心想。她徒勞地試著將自己拉往轉盤中央位置，這樣離心力才不會如此強烈地拉扯著她的理智。冰冷的石質地板沒有任何接縫處或邊沿，沒有任何可以讓她將手指插入的地方。

此外，她也需要用手指摀住自己的耳朵，讓四周的聲音變得小聲一點。

「我要你的命。因為那是我的命。」有人從遠處大吼道：「我要你。你是我的。」她聽起來像是某個瑪拉曾經見過的女子。不過，此時對她而言，她的聲音僅如一張臉孔那般，可以替換、令人混淆。

「我想要你的願望、期盼、恐懼、你的疑惑。你的家庭、你的愛人、你的人生！」

一封信由某處撲撲地朝著瑪拉的頭部飛來。她將信從眼前撥開，她認出來了。它一直在樓上恐怖的閣樓內的前廳等待著她，而那名女子以修改版本複誦而出的，就是信中的字句。

「那一切我都要得到。我想，你是知道的。當我像個影子跟在你身後時，你可以感受得到。

「在人行道上、在超市的隔壁走道中、在地鐵的對向月台上。」

「你是誰？」瑪拉現在回吼道。她試著站起身，但整個空間不斷地轉呀轉，她甚至無力抵抗那股噁心想吐的感受。

「出來！你是誰？」她將膽汁吞回。

「我已經等得太久了。」那個聲音回應道。雖然瑪拉已經用雙手掩住耳朵了，但聲音一直沒有變小。

因為它只存在於她的腦中！

「被剝奪的日子已經結束了。」那個面熟的陌生人說：「現在，我要取回原應屬於我的東西。而且同時，我也會找出到底是你們其中的誰害我喪生的。」

「你！是！誰？快！出！來！」瑪拉大叫道，忍不住開始嘔吐。她喘氣又嗆到，將上一餐的殘留物吐到地上，然後又覺得自己噎到了又再吐一次，接著開始悲慘地又哭又叫。就在她叫出最後一聲時，轉盤頓時停止，並因此脫離她如隕石般噴入黑暗之中。瑪拉飛著、飛著，突然發現自己正在下墜，愈跌愈深，直到她終於在又長又暗的井底，撞上她意識中的地下層底為止。

然後，她總算清醒了。

她躺在地上，鼻腔內充斥著柴油的氣味，而口腔內則能嚐到鮮血及胃酸。

她靠上某個東西，感覺到手掌下方有一片塑膠。

不，不是塑膠。

是一張拍立得。

基利安？

有這麼一刻，她疑惑著這張在他房內找到的照片（或恐怕根本未曾出現在他房內）怎麼會跑到這裡來。她爬到更靠近發電機螢幕的位置，將它舉至棚屋中唯一的光源前方。

沒有基利安，她心想，同時鬆了一口氣卻又感到震驚。

現在她知道了，為什麼基利安於照片中親吻的女生看起來如此面熟。那一定是蔻拉。或許甚至是在這裡拍的——五年前第一次於雲霧小屋舉辦的高中同學會。

她之所以鬆了一口氣，是因為不用再次看到他跟這個叛徒關係如此親密了。不過，看見一切的真正動機為她所帶來的衝擊，卻與艾瑪迪斯的油罐攻擊力道不相上下。

第一眼乍看時，她以為她看見的是自己——以前的瑪拉，在分娩室事件事發好幾年之前的她。那起事件是由一個精神病患所設計的，而那個凶殘的瘋子極有可能也是這場變態山中逃脫遊戲的始作俑者。

她的瞳孔顏色、髮型、臉頰上的痣、身體姿態……她可以發誓，她看見的就是自己。

不過，其中倒是有一個很明顯的地方，指出她眼前的這個人只不過是一個跟她長得很像的陌生人。而且，並不單只是拍攝地點本身——柏林—夏洛滕堡近郊列車站的地下通道——更是在於拍立得照片上，歷經多年而褪色的氈頭筆字跡，那是一個名字：

薇奧拉・漢森。

69

當瑪拉將相片從發電機螢幕的光亮移開時，她同時用拳頭將它捏皺。她踉蹌地走向棚屋出口將門朝內拉開，並奔入一面隱形的黑牆中。

暴風竭盡全力地將她推回，每一片雪花皆如同刺針一般。或許已經開始下霰了。瑪拉使勁地步出鐵棚屋，走入室外朦朧的黑暗中，感覺像是衝著噴砂器跑去似的。

太陽其實仍未下山，但覆蓋於她上方，又低又厚的雲層基本上遮蔽了所有日光。少之又少的光束，僅能勉強讓她在走回主屋時不至於迷路——以及——看見那具屍體。

噢，天啊。

那具屍體以不自然的扭曲姿勢躺於平台上。她在它面前砰地跪下，她的手指早已因為刺骨的寒冷而麻痺。因此，當她伸手撥開女子臉上的雪時，她完全毫無知覺。死者的前額與臉頰上佈有淡斑。

蕾貝卡？

她的頭部四周出現一個深色的圓圈。難道艾瑪迪斯也對這位法律系學生的頭顱發出重擊嗎？就像他剛才試圖對瑪拉做的事一樣？

瑪拉奮力地將自己撐起，而現在，風換在她的背後猛吹，將她直推向平台門。呈現在她眼前的是損壞的障礙物，因為入口門上的玻璃夾片已然粉粹。應該是從外面打的，因為大部分的玻璃碎片皆散落於屋內的鑲木地板上，一旁擺著一罐金屬油桶。顯然，稍早被拿來丟穿玻璃的就是它。

門被堵於半毀的門框中。有人在他（或她？）強行進入後，再度將門關上。而現在，瑪拉又把門打開，並聽見爭鬥的嘈雜聲。

聲音來源是廚房。

「我！要！殺！了！你！」艾瑪迪斯大吼道，聽得出來已經徹底失去理智。

她聽見沉重的砰聲，是拳頭撞上皮膚與肌肉的聲音。瑪拉循著柴油的痕跡，悄悄地朝著廚房的方向走去。油漬先是將她引至沙發區附近，再行經爐火工具區——那裡只剩下手持掃帚，已經不堪用作武器了。

她繼續往前走了兩步之後，看見下一個準備喪命的人。

西蒙。她是憑著耳擴耳環辨認出他的。他迷茫地躺在廚房中島旁的地板上，鮮血由嘴巴汩汩流出。

艾瑪迪斯想必將第二罐油桶從發電機房拖了出來。他才剛將油桶中剩餘的內容物倒淋至西蒙的頭上。接著，他傾身跪於對方的胸口上方，手中拿著一只打火機。他顯然已經被怒氣沖昏頭了，準備好隨時點起熊熊大火。

西蒙不斷以單手搥向艾瑪迪斯的腎臟位置，但艾瑪迪斯看起來一點也不在意。他一邊歇斯底里地放聲大笑，一邊伸手抓起西蒙的鼻環，再順勢將它扯掉。

那位體格上處於絕對弱勢的男子的痛苦哀嚎，狠狠地切入瑪拉的靈魂。她再次感到不舒服，但這次是因為她找不到任何可能阻止艾瑪迪斯的辦法。「住手，不要！」她出於反射地尖聲叫道。

艾瑪迪斯四周張望，這讓浸滿鮮血的西蒙有機會逃離原先悲慘的處境。

他往對方的臉揍了一拳，同時以膝蓋踢向對方的雙腿之間，接著，他將那個氣喘吁吁的施暴者推開，再自己滾至廚房中島位置。而在此之前，他也順利奪走了對方的打火機。

「謝了。」他一邊喘著息，一邊朝著瑪拉的方向說，並將自己撐上中島。

「還好嗎？」她問他，並向他走近。

「不，不好。」他說：「但快了。」西蒙從刀具架上抽出一把切肉刀，到艾瑪迪斯身旁坐下——他仍躺在廚房地上，呈現蜷曲的胎兒姿勢——並以熟練的手法，朝艾瑪迪斯的喉嚨劃下精準而致命的一刀。

接下來，他轉向瑪拉，在褲子上抹了抹刀子後，說：「然後換你。」

70

「西蒙？」瑪拉尖聲問道：「你……你要做什麼？」

「閉嘴！」

但真相並不浸於酒水中，而於暴力之中。暴力使人暴露無遺。當人陷於其中時，便會展露真我。

西蒙．長襪皮皮。學校內的霸凌受害者。

事情很清楚，西蒙正以暴力的狂歡，將過去多年、甚至數十年以來，不斷吞忍羞辱而累積的壓力放肆地釋放出來。

他拿著刀子走向她，顯然也已經準備好要置她於死地了。

「你不必這麼做。」

「噢，必須的。你自己也看到了，影片裡的跑馬字幕。」

他往前靠近，而她向後退離。每當他吐氣時，鼻孔前都會冒出血泡。

「我們全都有罪，但我們之中只有一個人能夠獲得赦免。」他將蔻拉那段駭人的浴缸虐殺影片結尾處的字幕重新概述一遍：「我們可以自己決定是誰，那這個嘛，看來我就是唯一留下來的人了。」

「格蕾特和寶琳娜在哪裡？」瑪拉不得不一步步地退出廚房，因為西蒙仍持續以威脅的姿態迫近。

「剛才艾瑪迪斯來的時候，她們逃走了，還想要對房子放火。」

此時，他們已經回到客廳內了。

他指向平台，說道：「她們違反了住宿守則的第四點提早離開了。她們無法走遠的，大自然會審判她們。」

他露出惡魔般的微笑。

或許寶琳娜和格蕾特搞錯了？**或許暴力不會使人暴露無遺，說不定只是會摧毀人的靈魂，並使之病入膏肓、無以修復？**

西蒙舉起手中的刀子，想要開口說些什麼，但瑪拉搶先說道：「等一下，拜託，先回答我一個問題。」

「什麼？」

「你們那時候安排跟我爸爸碰面的女生。」

「她怎樣？」

「她叫什麼名字？」

「我怎麼會知道？」

「對！這！就！是！重！點！」她對他叫道。

「我不懂？」

現在，她切換至攻擊模式。不管對方手中握著什麼武器，她都義無反顧地逼近，如老虎一般、於獵物四周快速地繞著半圓。

「你們坐在櫥櫃裡、偷聽我爸爸面談，然後想出這個愚蠢、愚蠢到不行的計畫。你們當中有一個人想說服你們放棄。」

「基利安。」西蒙低聲應道。他現在背對爐火的方向站著。

「可是，基利安也只是因為擔心我爸爸才表示反對。沒有人、沒有任何一個人，曾替那個可憐的女孩稍微著想一下。」

「為什麼要？反正她已經迷失了，就是一個無家可歸的妓女。」他像是在進行劍擊似的，以揮舞花劍的姿勢朝著她的方向戳去。

她毫不畏懼地駁斥他：「她也是一個人，有她的人生、家庭，還有感覺。好，或許那些已經全數壞去，但你們也沒有權利奪走她的最後一絲未來啊。」

她定睛地望入他的雙眸，直到他的眼神終於垂下，她才再度開口道：「你們不只積極地幫我爸爸推向死亡，然後因此毀了我的家庭，你們也確保讓一個年紀還很小、人生已絕望的女孩親眼目睹一個人在她面前殘暴地自殺。即使是身心健康的成人，都很難從這種恐懼中走出來，但她只是一個孩子耶。她沒有可以保護她的原生家庭、沒有任何幫助，就這樣在柏林的街上遊蕩。這也難怪她會因此崩潰，然後現在想要報仇。」

「你到底在說什麼？」西蒙倒抽一口氣。

「重點從來不在於我或我的意外。你們被邀來面對自己過去的罪過，而邀請你們的，就是以前被你們用來將我爸爸逼上絕路的人。」

「那個人是誰？」

「我只知道她的名字。」

瑪拉將拳頭張開，裡面仍握著那張被揉皺的相片。「她叫薇奧拉。薇奧拉·漢森。」

他看向照片，而在這一刻，她可以感覺到自己已經將他說動了。西蒙的呼吸稍微變得較為緩和，情緒也比較冷靜了。他問：「在這裡對我們做這些事的是一個女生？」

「她現在應該已經長大了，而且她應該有很多時間可以擬出這些計畫。」

「她在哪？」

瑪拉聳了聳肩，說：「我們一起去找她，不要再自相殘殺了。」

「你說得對。」原先矇在他眼前的迷霧似乎已然消散，與此同時，附在他身上的惡魔也離開他的軀體了。他先是望向自己手中污穢的刀子，接著因感到噁心而鬆手放掉。

「靠，我……我做了什麼？」

他無力地跌坐於壁爐架上。而在他過去幾小時內所犯下的糟糕錯誤之中，這是最嚴重的一個。

他忘記室外的暴風依然不斷地由敞開的平台門吹入屋內。而現在，除了冰與雪之外，暴風也從棚屋拖來了一塊磚頭，它飛越客廳的窗戶直直砸向沙發上。暴風被迫依循新的路線撞上壁爐，同時踹起爐中的餘燼。於是，火苗捲上了西蒙浸油的連帽衫。他倏地跳起，但火焰的速度更快。

「不！」瑪拉尖叫，但已經太遲了。西蒙出於直覺地將衣服往上脫掉，但艾瑪迪斯才剛把柴油灑上不久。因此，著火的不只是布料，連他的皮膚和頭髮也是。

「救救我。」頭部被上衣給罩住的西蒙邊叫邊咳，因為當他在客廳內踉蹌地亂步時，他的肺部也早已灌滿燒煙。他撞上椅子後絆倒，直跌入艾瑪迪斯留下的柴油軌跡。此後，燃燒的不光只有西蒙，整棟山屋跟著也一併起火。

71

柏林

克莉絲汀踏入瑪拉的兒時臥房，一分鐘後，電話鈴響。聲音來源為二樓，就在走廊末端位置。她覺得膝蓋內似乎插了一根釘子似的，不知道等一下在飛機上該怎麼辦。最好的辦法是在機場預定一台輪椅，直接坐到登機通道。

「喂？」她接起那通未知來電。

「您現在在哪？」

「霖德伯格先生嗎？」

瑪拉的哥哥笑著說：「請您叫我雷文就好。我來這個機構是為了要逃離死亡，當您那樣叫我的時候，我會覺得自己已經死了，感覺自己好老喔。」

「您怎麼會打來呢？」

克莉絲汀在通話時，一邊四處張望。這不是小女孩的房間，沒有紫色的獨角獸、沒有放滿塑膠小馬公仔的櫃子。

而是一個年輕女性的房間，貼有愛因斯坦的海報、擺著空酒瓶製成的蠟燭，還有一張化妝台。

「您有找到我妹妹了嗎？」雷文問。

克莉絲汀下意識地搖了搖頭。此時，她覺得自己距離瑪拉數光年之遙。

「有。」但她還是如此答道。

「她一切都好嗎？」

她遲疑了一下。

這對雷文而言，似乎已足以構成回答。

「很好，請跟我說她在哪。我想跟瑪拉說話。」

克莉絲汀找到一座貼滿搖滾樂團貼紙的衣櫃。打開之後，架上所掛的褲子和上衣，都依然能夠符合瑪拉如今的身形。

「她和一些老同學去山上參加高中同學會。」她告訴雷文：「我兩小時後會飛去找她。」

「高中同學會？那一點都不像她。」

克莉絲汀用手杖戳了戳置於衣櫃底部的待洗衣物；她的關節過於僵硬，無法蹲下。「我自己也不太確定，不知道瑪拉是不是真的遇到危險了。」

「恕我直言，請不要鬧我。」

她又自顧自地點了點頭。雷文是對的，他妹妹肯定身陷致命危險之中，雖然她現在的最新發現，使她愈來愈無法解釋其中的原因了。

「我不想讓您一直空等，雷文，但我不能在電話中提及這件事。」

「好吧，那告訴我您在哪。我去找您，我們一起飛過去。」

「那可不行，您正在勒戒中。」她再次生氣地將手杖戳入衣櫃內最遠的角落，卻首度碰上阻礙。

她緊張地試著將剛才自己從另一個角落撥過來的毛衣、圍巾和皮帶，再一一從那個物體上捲開。

「反正我已經出來了。」她聽見雷文說：「我偷了一個護理師的手機。如果被發現，他們一樣會把我踢出來。所以說，您在哪？」

「您母親的家。」克莉絲汀的語氣毫無起伏。她在瑪拉衣櫃裡所發現的東西，令她感到無法置信。

「什麼？為什麼啊？隨便，我這就來。」

「雷文，我……」

他已經掛掉電話了，但她沒有發現。

她的手機仍貼在耳邊，另一手也依然抓著手杖，她就這樣愣愣地瞪著衣櫃內，在她腳邊的東西。

那是一只小包裹，外包裝已經被撕開了。克莉絲汀別無選擇，不得不蹲下身。隨著一陣痛楚從她的膝蓋竄至下巴，她發出一聲短促的尖叫。接著，她成功將包裹帶至化妝台上，並將包裝紙重新包回去，成功拼出上面所寫的地址：

致　漢森女士本人：請於送貨人員面前當場拆開包裹並簽收，但請勿於晚上七點四十九分之前打開。

提早一秒都不行。

72

雲霧小屋

吹入屋內的雪量不敵柴油。氧氣扮演著助燃劑的角色，在短短幾秒之後——瑪拉浪費了這些時間，想要尋找毯子來替西蒙撲滅身上的火焰——整棟雲霧小屋已然陷入火海之中。

她跌倒在地，匍匐爬向出口處。四肢並用，就是不能站起來。

這是之前在旅館進行防火演習時，警衛隊長所給的建議。有毒及高溫的熱氣通常會聚集於天花板附近。

不要浪費時間去找毛巾來遮口鼻。

逃出去就對了，而且愈快愈好。

通往平台的路徑已經被烈火阻斷。沙發及希臘羊毛地毯燃上大火冒著極致濃煙，而且火勢已經蔓延至窗簾，隨時可能噴向瑪拉的臉。由於她不確定自己稍早在發電機房時，是否也曾躺於艾瑪迪斯所灑出的柴油灘內，她便索性將毛衣與褲子一併脫掉。接著，她決定爬往正門方向，因為那邊尚未出現火焰或煙霧。

不過，她現在呈現半裸狀態，而室外的環境狀況簡直有如極地一般。

算了，隨便。此時此刻，慢慢凍死的想像還比痛苦地被火燒死，來得更具吸引力。

她奮力前行。

爬過一條條木質拼板，一呎又一呎。

最後，她終於進入走廊，能夠再度站起身。

瑪拉聽見身後的怒火咆哮，也感覺到自己背上的熱氣，憑著將死之人的最後心願，她跑至空衣架，試圖尋找可穿的衣物——它們當然不會就這樣奇蹟似地重新現身。而鞋架也同樣依然空蕩蕩的，甚至在第一朵煙霧中逐漸消失不見——它們已經找出路線追上在走廊的瑪拉了。最先抵達的線狀煙霧狀似深色的觸手……**等一下**。

瑪拉再度跪下身子。

她在前一天，發現這個地點的地板跟一樓其他位置的地板，是採用不同種類的木料製成的。這裡是粗糙、未處理過的鐵路枕木，而那一絲又一絲的煙霧竟有如飄入空氣過濾器似的，於枕木之間未灌漿的縫隙中消散無蹤。

不可能啊。

雲霧小屋內設有排煙系統嗎？

如果是的話，透過地板進行通風調解根本毫無道理。可是，看起來又好像真的是這樣——愈來愈多煙霧飄過來，而且愈來愈多煙霧消失於枕木間。

瑪拉開始在地上搜尋開關閥，並在鞋櫃正下方找到了。唯有整個身體趴在地上，才有可能看見那支閥桿。她將它拉起。

它發出一陣金屬啷噹聲，類似彈跳中的彈簧床，只不過相較響亮許多。接著，在她正下方的地板傳來一陣嘎吱聲。再下一刻，瑪拉便從敞開的活板門之間落入一片黑暗。

73

柏林

包裹是空的，但在克莉絲汀顫抖的手中卻無比地重。

她重重地喘息著，如同在搬運啞鈴似地將它帶往客廳內的堤亞・霖德伯格，而此時，對方已經完全無法回應任何問題了。

瑪拉的母親躺在沙發上，嘴巴張得偌大、頭部後仰，同時打著鼾。由她口鼻呼出的酒氣瀰漫著整個空間。這次，不論再怎麼大力地搖晃、大聲地呼喚，皆毫無作用，她依舊深陷於昏迷般的沉睡中。

克莉絲汀將手中的包裹放至壁爐架上原本的那只包裹旁邊，並再次聽見老爺鐘響。

從沙米策爾湖（Scharmützelsee）至達勒姆，需時多久呢？即使是週末，沒有大貨車堵塞的狀態下，最少也需要一小時。雖然雷文已經在途中了，但她沒辦法等候那麼久。她已經錯過火車了，絕對不能再錯過這班飛機。

克莉絲汀再次拿起空包裹，將自己的身子拖至大門口。根據她的手機應用程式顯示，下一輛從羅森內克（Roseneck）過來的計程車將於三分鐘內抵達。正當她準備叫車時，有人打了一通電話進來。

「嗨，你還在柏林嗎？」皮婭問，聲音聽起來極為亢奮。在克莉絲汀的記憶中，她未曾看過這位電腦天才如此興奮的模樣。

「對，怎麼了？」

「你一定不相信，但我成功了。」

「什麼？」

「我揭開防水布人的身分了。」

克莉絲汀於大門邊停住腳步。她的眼神再度落至那一幅大得嚇人的全家福畫像上，卻也沒有專注地觀看。

「真的？」

「對，真的。我稍微調整了一下設定，然後用我的軟體再去跑一次傅敏詩影片。我只需要……」

「然後呢？」克莉絲汀不耐地打斷皮婭，問道：「你發現什麼了？」

或是誰？

「這個嘛，先這麼說好了——防水布人最起碼『不是』一名男性。」

「你不是認真的吧！」克莉絲汀思索了半晌。如果如她所假設的，防水布人不是受害者而是凶手，那……**那是有可能的嗎？**一名女性有辦法犯下如此殘忍的浴缸謀殺案？

「還有更讚的。」皮婭欣喜地說完後，問：「你什麼時候可以過來？」

「我不知道，我的班機快起飛了。你就不能把所有東西寄到我手機來嗎？」

「解析度太低了，沒辦法。你必須在我的螢幕上看，才能……」

「好的，瞭解。我盡快。」她說完後便掛斷電話。

她匆促地修改計程車目的地。她的手指已經移至確認鍵的正上方了，而就在此時，她又感覺到了——那抹影子。

這次，它感覺起來完全符合瑪拉以前向她描述過的那樣。

如同一頂深色的斗篷，準備好獻上一把致命的擁抱將人包覆其中。

瑪拉只有一個點搞錯了。

那抹影子並不想要令人窒息。

而是置人於死地。多麼粗暴的力道啊。一次、兩次，它拿著鈍物，朝著克莉絲汀的後腦勺重擊，直到她動也不動地倒在門廳地上為止。

74

雲霧小屋

她肩膀內有個東西斷掉了。這個傷使瑪拉的右手垂吊於側，好似不再屬於她身體的一部分。

或許是肌腱撕裂，或是某個囊腔碎掉；也有可能是骨頭斷掉了，但那種疼痛應該會更難以忍受。所幸，她身體其他地方似乎毫無損傷。一般來說，滾下地下室樓梯的傷勢還有可能更糟。這可能是過於疲憊的一個好處吧——她如同一團濕淋淋地布袋似地滾下樓梯，肌肉無法緊縮出力。

不過，最重要的是，階梯底端的成堆羽絨外套與冬用夾克，為她的下墜提供了緩衝。幸好她沒有跌落到緊鄰一旁的冬靴堆上。所以她同學們的衣物就在這裡啊！

我們的手機肯定也在不遠處。

瑪拉藉著一條管子將自己撐起身，以垂著頭的姿勢站在這條拱形廊道中——雲霧小屋的這個地下室空間，對於爬行通道而言過高、對於酒窖而言又過矮。眼前這幅鬼魅般的場景由工地用燈作為照明。

整條廊道以磚頭粗略地砌成，讓人不禁聯想到礦井，沒有門就這樣一路下達至寬敞的地下室。

首先，她看見一張書桌，上面擺了一台展開的筆記型電腦，前方是一張陽春的旋轉椅。椅子是空的，不過，一旁的露營床上，有一個男人蜷曲於陰影下。

「你是誰？」她問對方。過去幾個鐘頭內所發生的一連串事件已經讓她震驚到失去害怕的感知了。事實上，她已經完全準備好會在這裡跟殺人凶手碰面。她向前跨了幾步，將垂掛於天花板上的工程用燈照往他的方向。

他的樣貌看起來相當眼熟，尤其是那一雙又大又黑、悲傷地看著她的眼睛。他低聲呻吟著。直至此時，瑪拉才注意到他的嘴巴被布堵住了。

他的右手也被銬住了，並有一條鐵鏈將他扣於床邊扶欄。

「等一下！」她傾身，試圖替他解開綁在欄杆上的鏈條卻徒勞無功。

過程中，他的髒運動衫的袖子被捲起來了。

「不！」瑪拉放聲大叫，連忙從那個男人身邊退離。她伸手摀住自己的嘴巴，開始顫抖喘氣。

這是真的嗎？這是現實嗎？

她再次靠近，伸手觸摸那個被鏈住的男人的前臂。

他肌膚上稍微凸起的刺青。

那是一段話。

寫著：

人人皆有兩條命。

在你意識到自己只有一條命的那一刻起，

第二條命才正式展開。

75

「基利安？」

他點頭。她替他解開堵口布。

「噢，天啊！」瑪拉開始哭著說道：「他們說你死了。」

「沒有。」他呻吟道。

「但為什麼？這裡發生了什麼事？」

「鉗子。」他的皮膚綻裂，雙手沾滿了血，眼睛下方帶著厚重的黑眼圈，聽起來如同即將渴死。「那裡、櫃子。」

瑪拉站起身，經過筆記型電腦走向櫃子。

她將金屬置物櫃打開，裡面確實有一對鉗子。幸好，瑪拉剛才跌落時是左手著地，所以她現在仍有慣用手可以替基利安鬆綁。

但在那之前，她用雙手捧起基利安的臉蛋，在他那雙面熟卻粗糙龜裂的唇上印上一吻。接著，就在她拿起鉗子時，一個老男人的聲音在她背後響起：「住手！」

她快速轉身，問道：「誰……？」

瑪拉不必將問句說完，自己就已經看到站在她面前，低彎著頭的人是誰了。一個又瘦又高的人形，帶著一口因抽菸而變色的長牙。

「快滾！」他昨天在她準備搭公車、前往卡爾滕布倫時，對她這樣嘶聲吼道。而現在，他說：「過來我這裡！」

「你從哪裡冒出來的？」瑪拉問道。

「你打給我太太啊。」

「格特弗利得？」

他點頭。

「快逃！」他主動採取行動朝她靠近。

她看見他手中握著一把槍，心跳漏了一拍。

「我、我……我不會丟下基利安的。」她結巴地說。但接下來，格特弗利得的字句如同子彈似地射向她：「遠離那個傢伙！」

你說什麼……？

瑪拉從床上跳起身，連忙說道：「我認識他，他是我朋友。」

「我不認識他，所以他是我的敵人。」老男人開始咳嗽。下面這裡的空間也開始瀰漫愈來愈多煙霧。

「遠離他。」他說：「我會把他處理掉。」

「不要讓他靠近我，瑪拉。」基利安向她懇求：「他不會放我走的，他會把我殺掉。他同樣也會那樣對你。」

瑪拉的目光在自稱為格特弗利得的男人，以及自稱為基利安的男人之間，來來回回地快速游移。某個沉重的東西從他們頭上落至地上——地窖正在搖晃，無法再撐得更久了。瑪拉必須做出決定，於是，她對格特弗利得大叫道：「我認得他的刺青！」

她抓起基利安的手臂將他的袖子拉起，並用口水沾濕手指於刺青上塗抹。那是真的。

「任何人都可以去刺。」格特弗利得朝著基利安的方向說，對此，基利安應道：「而任何人都可以說自己是從卡爾滕布倫來的格特弗利得。」

瑪拉望向那個聲稱是來救她的人手中的槍枝，接著，再看向那一雙悲傷眼眸。相較於老男人的眼睛，後者相對面熟許多。決定結果出爐了。

她用力壓著鉗子，金屬刀刃輕鬆切穿鏈條，堪比切奶油似的。

「謝了。」基利安說，一邊站起身一邊咳嗽。這裡再過個一、兩分鐘就再也無法看清任何東西了。

「哎呀，該死的。」怪老頭說道。他的怒火似乎迫使他不得不說出更長的句子：「難怪克莉絲汀要幫你找個保姆，你這隻笨豬。我多希望自己是錯的，你沒有替殺人凶手鬆綁。」

瑪拉吃力地眨了眨眼。「等一下，**您**就是她的當地聯絡人？」

現在事情總算變得明朗了——為什麼格特弗利得在公車旁看見她時，會如此懊惱。克莉絲汀取消任務，他們沒有做任何準備。他下令她立刻回去，因為他無法確保她的安全。然後又發生了雪崩，就代表他沒有時間提早上來這裡檢查。

她那隻發著疼已然失去功用的手臂，感受到一把溫柔的觸摸。基利安！

「他才不是什麼當地聯絡人。」他說：「他是凶手，他向來有辦法進入雲霧小屋啊，瑪拉，一切都是他策劃的。」

對，這也說得通。

「他把我綁起來、堵住我的嘴，一切都是他所設計的。」

「騙子……」

那個自稱為格特弗利得的男人再度陷入一陣狂咳。這次的情況嚴重到必須扶著那張放著筆電的書桌，才能支撐自己。

此時，基利安逮到機會向他發動猛攻，並奪走他手中的槍枝。兩人發生短暫的扭打，而在過程中，老男人不小心按到筆電的空白鍵。

在短短幾秒內，瑪拉以為自己身處於某間學校或大學的走廊上。她聽見遠處的嘈雜人聲，突然，一個女人說了一些瑪拉的腦袋當時無法解釋的話。那個女人像是從遠方透過電腦的喇叭呼喊，下令的語氣友善但又同時響亮帶勁。

「雷文．霖德伯格！您的課程已經開始了！」

76

「什麼……？」瑪拉倒抽一口氣。她腳下的轉盤再度開始旋轉，但這次她無法讓自己逃出惡夢了。她現在對現實已經徹底喪失掌控能力。

「那是什麼意思？」她問那名年輕男子。他看起來仍舊如此眼熟，但同時卻又如此陌生。「雷文？」

而對此，他點了點頭。就這麼簡單，他認了。雖然其實她只是單純地複誦了剛才在錄音中聽見的名字，腦中並沒有任何想法。

「對，就是我。」

接著，雷文舉起手槍瞄準格特弗利得。

「可是……我不懂。為什麼？」

她朝他走近一步。她將雙手伸向她的哥哥，他的精神狀態顯然已經徹底病了。

「瑪拉！」雷文說道，同時將目光投至她的後方。他那一雙哀傷的眼睛，此時變得更加憂鬱。煙霧愈來愈濃了。

「求求你，雷文。一定是毒品，你沒辦法清楚思考。」

「我可以。」他駁斥她：「我想要復仇，並讓所有摧毀我們家的人得到報應。」

他重新瞄準。但這次，他瞄準的對象不再是格特弗利得，反而直指著她的頭。

「瑪！拉！」他吼道。

一陣刀捅般的痛楚割穿她的肌肉——因為她直覺性地試圖舉起受傷的手臂擋臉。

事後回想起來，已經再也無從得知他是否真的想要射傷瑪拉了，又或者他是否知道克莉絲汀的聯絡人身上仍帶有第二把槍。說不定，他想要刺激格特弗利得開槍，畢竟，如今他的計畫已經失敗，也被找出來了。

最終，他們當中只有一人扣下扳機，只有一顆子彈射中標的，致使雷文．霖德伯格的腦漿胡亂噴濺至筆記型電腦上。

77

訊問
現在式
下定決心的兩週後

在卡斯登．史崔辛格博士所聽過的眾多故事當中，這是第一個使他目瞪口呆的。

「所以是雷文？瑪拉的哥哥？」

外面已經天黑了，街燈與車頂上紛紛堆起一個個小雪帽。史崔辛格很慶幸自己有一個地下停車場車位，這樣一來，他等一下就不必替他的賓士S-Class轎車的窗戶除冰了。不過，他可能必須再遲好一陣子才能回家，因為敘事者的故事聽起來似乎還沒有講完。

「他打給克莉絲汀的那幾通電話，只是為了製造不在場證明。」她說：「他根本不在勒戒機構裡，但他播放的背景噪音完美地騙過她了。」她似乎很滿意自己的結尾妙語：「事實上，他一直都在現場。他準備了雲霧小屋，利用所有的謎題和陷阱來編排這一場致命的密室逃脫遊戲。」

「三溫暖泡劑？」

「那是一個例子，但雷文從來沒有真的想殺死那些老同學。他只是在遵照格蕾特的實驗設定——他在《孤獨》裡讀到的。」

「但雷文為什麼要做出這一切？」

「原因不就很明顯地攤在眼前了嗎？」史崔辛格可沒興趣被人當成笨蛋對待，他生氣地說道：「請為我解釋、解釋！」

敘事者先是深呼吸，接著才開始解釋：「雷文的敏感神經早在埃德加自殺之前就已經損壞了，他原本就已經有藥物、毒品成癮的狀況，而他父親的死引發了一連串的致命連鎖效應。他跟母親變得疏遠；他心愛的妹妹必須進行諮商治療，而且也變得愈來愈孤僻，因為她仍然覺得死去的父親還在尾隨著她。最後，瑪拉在那一間舊分娩室遇上殺人未遂事件，但大家都說那只是幻覺。這一切全讓雷文的成癮狀況愈來愈嚴重，因為他想藉此壓抑自己周遭環境中的現實。他在一次勒戒過程中學到，他應該排除自身問題的根源，並將自己的命運掌握於自己手中。可是，他的心智已經壞得無以復加，他決定採取行動，但卻曲解了導師的原意。他們本來可能是想鼓勵他去跟周遭的人道歉、開始去當學徒，但他反而努力地擬出一個背信棄義的計畫，去針對那些害死他父親的人。像是蔻拉，她輕浮地去挑逗埃德加．霖德伯格。」

「是雷文讓那個女人死於浴缸中的嗎？」史崔辛格震驚地問道。

他原本所懷疑的是基利安，因為他在影片中聽見蔻拉琳妮的自白後，反應十分憤怒。

「不全然。」敘事者含糊地說：「蔻拉和基利安之間有一腿，他們本來計劃在雲霧小屋中再多待兩天。」

史崔辛格懷疑地皺起眉頭。

「在影片中，當蔻拉向眾人炫耀自己對埃德加・霖德伯格所做的事時，沒有什麼證據顯示兩人之間有一腿。」

「那只是最終結局的開端。基利安其實原本只是想錄一段紀念影片，當他發現自己的情人行為有多麼不端正時，他偷偷地再繼續多錄，然後愈來愈生氣。要記得，他和蔻拉之間本來就只是一場冒險，反正等她出國就會結束了。另一方面，瑪拉才是基利安深藏於內心的真正摯愛。」

「蔻拉跟基利安因為瑪拉和她父親而吵架？」史崔辛格問道。他內心冒出一個糟糕的懷疑，但並未預期到接下來的內容：

「對，他們有一次爭執過於激烈，基利安開始暴力相向，揍了她眼睛一拳之後，將她獨自丟下。他沒有帶任何東西就走掉了。不久之後，他在WhatsApp上收到蔻拉傳來一則令人不安的訊息。她在他的旅行包中找到一包精神藥物，是基利安考試前用來抗焦慮用的。她把它們一次全吞光，然後跑去泡在浴缸裡。基利安一讀完訊息，就馬上跑回去，但已經太遲了。蔻拉已經失去意識溺死了。」

等一下……

史崔辛格盯著他眼前的筆記紙，上面已然堆滿愈來愈多的問號。「那究竟是誰拿土去讓蔻拉在浴缸裡窒息的？」

「沒有人。」

「我不懂。」

「您會不懂，是因為您還沒問到一個很重要的問題。」

「什麼問題？」

「為——何？」

受訊問人不自然地拖成兩個音節。

「到底為——何會出現蔻拉被殺害的影片？」

史崔辛格將兩手高舉至半空，說：「哎呀，我怎麼會知道呢？或許是連續殺人犯的特殊癖好？」

「又或者是假的。」女子插嘴道。

是造假的？

好吧，在人工智慧的時代裡，就連門外漢都有可能做到，只需要按幾下滑鼠即可。

「但為什麼要？」

「想要留有一張鬼牌。」

他一邊思索，一邊搔著自己後頸。「等等、等等，我沒跟上。蔻拉跟基利安起爭執，又因為服藥過量而死於浴缸內，然後，基利安回來了，在她臉上蓋了一塊布，還在她唇間插了一支吸管，並把糞土倒到她身上，接著再去後製影片，讓人以為蔻拉當時還活著？」

「不是基利安。那是雷文做的。」

「靠，他是怎麼牽涉進來的？」

受訊問人深吸了一口氣，好似準備跳水一般，接著說：「基利安打電話給雷文。」

「為什麼？」

「他去求他幫忙。基利安很怕這起事件會毀掉他的整個前途，畢竟，法醫可能會斷定他曾經毆打蔻拉，而且那又是他的藥。所以他就問雷文該不該報警，或是應該怎麼做才好。」

「為什麼偏偏挑中瑪拉的哥哥？」

「這個嘛，首先，因為雲霧小屋的所有人是雷文。」

「等等，所以說，艾瑪迪斯是……」

「……對的。」年輕女子證實道：「那棟山屋原先是埃德加・霖德伯格所有。他是仲介嘛，三不五時就會取得一些房地產最優惠的價格。為了避免招人注意，他將它們藏入不動產投資那一塊資訊不透明的網絡之中。埃德加死後，霖德伯格夫人就將其中其中分給雷文，當作是遺產。」

「好，我慢慢搞懂為什麼雷文會出現在那裡的祕密地窖中了。但他跟基利安的關係怎麼樣？是朋友嗎？要不然為什麼他在發現自己的情人死於浴缸內時，第一個打電話聯絡的人是他？」

「我一開始就提過了。他們最早是在新克爾恩的一間黑膠唱片行認識的，然後就一直保持聯絡，尤其是關於瑪拉的事——他們倆都很愛她。」

「基利安對於櫥櫃團的事心懷罪惡感，雖然他確實是其中唯一一個想要阻止大家把妓女的事告訴埃德加的人。他恨不得向瑪拉傾吐他的所有心聲。」

「但他不敢。」史崔辛格說，若有所思地點了點頭。

「取而代之地，他先跑去告訴她的哥哥。」女子表示同意，繼續說道：「但他不知道自己這樣做對雷文帶來了什麼影響。從那一天起，雷文想要替父親報仇的衝動就開始滋長。」

「我覺得，我慢慢弄清楚了。」史崔辛格應道。他一邊說，一邊組構出一條符合邏輯的理論：「雷文接到基利安的電話，於是前往雲霧小屋。他在那裡看見基利安拍的，關於蔻拉的影片，便開始對蔻拉心生憎恨。」

「就是這樣。」

「所以，他幫基利安處理掉屍體？」

「答對了。他知道他爸這棟以古怪設計所改建的豪華建築中有個祕密地下室，他就丟在那裡的冷凍庫中。不過，他先錄了一段影片。」

接著，那個顯然堪稱核心提問的詞彙又出現了：「為什麼？」

女子稍作停頓。期間，柏林的夜空傳來一架飛機飛過的聲音。

「正如我剛才所說的，雷文得知櫥櫃團的事，而他得出的結論是，蔻拉並不是唯一一個害死他父親的人，只是他不確定這群人當中的首腦是誰。而當他發現是誰之後，他就打算將謀殺蔻拉的罪扣到對方身上。那就是他的復仇計畫，他已經準備五年了。只要他精神好、沒有在接受治療的時候，他就會做這件事。從他將浴缸影片上傳至暗網，就可以看得出來他策劃地多麼完美——當雷文成功找出所謂的首腦時，警方應該早就已經握有偽造的證據了。」

瘋了，史崔辛格心想。一般而言，罪犯通常會將謀殺掩蓋成意外，但在這起案件中，他們卻造假了一段影片，讓意外看起來像是謀殺。

「然後，這麼多年來，都沒有人發現蔻拉消失了嗎？」

「後來才發現的。她本來就申請要去國外打工度假兩年，雷文在她死後還持續用她的手機傳訊息，維持了好一陣子。」

「但後來，暗網上的浴缸影片跑去克莉絲汀的科處。」史崔辛格補充道：「飲料吸管上的線索引向山魔王國客棧，再到雲霧小屋。克莉絲汀就是在這裡發現同學會的事，而在她調查的過程中……」

「……克莉絲汀偶然找到一份失蹤人口報告。報案人是一個女學生的家長，說她在同學會之後就不見人影了。蔻拉。完全正確。」

史崔辛格將鉛筆擱於一旁，並望向窗外。「其中仍有一些地方我想不通。」

「像是？」

「為什麼雷文的復仇計畫花這麼久的時間？為什麼他還要等到寶琳娜先向櫥櫃團發出邀請？為什麼他不早一點自己主動佈局？」

「好問題。」一年輕女子表示贊同，但卻不予以回應。「還有其他的嗎？」

史崔辛格點頭，並說：「假如雷文真的這麼愛他妹妹，那為什麼要將她誘入雲霧小屋？還佈置了一個房間弄得像是基利安住在那裡似的？他怎麼能讓瑪拉陷入如此危險的情境之中呢？」

敘事者出乎意料地大笑出聲。

「雖然慢了點，但我們已經離最後真相大白不遠了。請再稍後一會兒，」她說：「故事還沒結束。」

78

事發週末的五天後
下定決心當日

太陽高掛於凡爾紹醫院上方的天空中，耀眼得如同在嘲諷院內接著導管與監測器的病患。他們若不是正依著心肺機的節奏努力地重新活過來，就是已然陷入永恆的無夢沉眠。

對克莉絲汀而言，其命運的硬幣仍持續下墜中。如果去問主治醫生張教授最誠實的看法的話，他絕不會賭是「人頭」——克莉絲汀的頭骨嚴重破裂。他反而會壓注給「數字」吧，而且更確切來說是數字四——在他的原生國家中，這個數字象徵著死亡。

「哈囉，克莉絲汀。」瑪拉輕聲地說。

在她將自己塞入手術服之後，裹著繃帶的肩膀開始隱隱作痛。現在，她站在床邊，身上戴著防塵帽及口罩，包在鞋子外的鞋套喚起令她不舒服的回憶——寶琳娜和傑瑞米去抽菸之前在腳上套了塑膠袋，而傑瑞米以性命為此付出代價。

是雷文將手機使用處的柵欄的根部固定處弄鬆的嗎？或是那片安全木欄本來就有問題了？唯一可以確定的是，她哥哥先將手機放到那裡，等傑瑞米摔落之後再把它拿回。檢驗員在清理現場時，發現那支手機已然融化，混於雷文拿走的所有衣物與鞋子當中，以及其他老同學們的手機，全都一併放至地下室的其中一間密室內。

「對不起。」瑪拉說，卻也不知道自己究竟為何而道歉。她在一間巴伐利亞醫院接受輕微嗆傷與肩膀瘀傷等治療時，想了很多。當時，是格特弗利得先用電動雪橇將她載回卡爾滕布倫，而救護車早已在山下待命。

他們在下山途中完全找不到寶琳娜和格蕾特。他們將那兩人的事告訴了所有前來救援的人，而消防隊與緊急救難隊也曾試圖背上厚重裝備來努力攀回雲霧小屋，但因為雪崩的危害而不得不放棄。至今，兩位女性的行蹤仍下落不明，而格特弗利得猜想，可能得等到融雪才能找到她們的屍體了。

克莉絲汀的這位當地聯絡人，就跟她的其他許多雇員一樣，不是官方的調查人員。當時，處於暫令停職狀態的這位刑事偵查科長獨自前往卡爾滕布倫搜查雲霧小屋時，認識了山魔王國客棧的地主。她沒有發現祕密地窖，或是藏於天花板上的密門。事實上，她或許什麼都沒有找到，也沒人知道雷文究竟何時開始準備這場復仇計畫。所有潛在證據全都隨著山屋一併遭大火吞噬。

「我媽媽那時候神智不清。」瑪拉向她昔日的導師解釋道。當她伸手握住她的手時，她的心跳於監測器上明顯加快。「她喝醉了，以為她聽到竊賊闖入。」

雖然堤亞．霖德伯格勢必打了她很多下，但她的伏特加酒瓶卻完全沒被克莉絲汀的頭殼弄破，反倒是後者碎了。醫生必須在她頭上插入導管，使她的腦內壓力能夠下降。

「但你在我媽媽那裡做什麼呢？」

瑪拉深怕，如果克莉絲汀沒有成功撐下來，這終將成為眾多未解謎題當中的另一個。

她發現，不論自己在這裡待了十分鐘或十小時，都毫無差別，便離開加護病房脫下整身的防護衣物。她想要回家、回到炙烤先生身邊，她已經丟下他太久了，而且，她想要盡快離開這間醫院。每次當她開車路經這一類的機構時，都會將踞居於此的痛苦想像成一座鐘鈴，高掛於醫院上空。這番想法即使間隔了一段距離，也足以令她全身打顫了，而現在她自己就身處其中，更幾乎讓她感到物理上的疼痛。

她快速走向病房電梯，但卻來不及走得太遠。

「瑪拉？」

「嗯？」

她往那個親切的女性聲音方向轉身過去。

一位強壯的女性朝著她走來，呈現O型腿的走路姿態。她伸出手，在瑪拉仍來不及握到時──

「哈囉，我是皮婭。」

對瑪拉而言，她的臉孔當然不具任何意義，不過，這位笑容和善的棕髮女子卻異常地面熟。

「我們某種程度上算是同事──以前啦。克莉絲汀說了很多關於你的事。」

「你在刑事偵查科工作嗎？」

她笑道：「這樣說好了，我甚至比你以前的狀態更不官方。」

瑪拉表示理解地點了點頭。她指向加護病房裝設著對講機的門，問：「你來探望她嗎？」

「我本來是想啦，但醫生說她沒有反應。所以我就想說，既然你也在這裡，那我倒更想跟你聊聊。」

瑪拉皺起眉頭，問道：「關於什麼？」

皮婭的回答使她開始無法呼吸，比雲霧小屋地下室的煙霧更加嚴重。

「克莉絲汀要我分析一些影片，你是其中一支的主角。」

「你找出防水布人的身分了？」瑪拉突然激動地問。她震驚地四處張望，但正在手推車上研究寫字板的護理師站的距離夠遠。

「對，」皮婭簡潔有力地說：「是的。」

瑪拉感到一陣暈眩。起初，在事發後的前幾年，她試著尋找那個在分娩室內在她面前咳嗽、哮喘，又拿刀捅入她的下巴的人，卻徒然無功。接著，在她的精神科醫師向她揭明她患有知覺障礙之後，她到一間商務旅館工作，以克服自己的憂鬱症狀。榮布魯特醫生是對的，也是錯的。他對於臉盲症的診斷是正確的，但他由此得出的結論——棄置分娩室內所發生的一切事件僅是瑪拉的幻想——是錯誤的。而她一直不知道完整真相。

不過，現在，皮婭就站在她的面前。一個終於能夠解開這道謎題的人。

「是誰呢？」她問，同時感到一股寒意。她因為恐懼而不斷顫抖，感覺比她處於山上的暴風雪中更加寒冷。

「我不知道你會不會想看。這很難。」

不，我不想，但我必須。我終究需要確定這件事。

於是，她說：「給我看吧，麻煩了。」

皮婭望著她的眼睛盯了好一陣子後，才終於聳了聳肩，說道：「好，但不是這裡。」

79

她們坐上皮婭的車；她停在海洋大街的兩棵樹下。車潮流過她們身邊，一架緊急救援直升機降落於醫院頂樓停機坪，沒有人注意到這兩個女人——她們即將揭開一個許多人為之喪命的祕密。蔻拉、傑瑞米、蕾貝卡、艾瑪迪斯、西蒙、雷文，很可能還有格蕾特和寶琳娜，或許甚至如果克莉絲汀沒有撐過來的話，那她也將含於其中。不過，基利安的案子應該不是自殺，而是一場悲劇性的市郊列車意外。他當時會喝醉，大概是因為收到高中同學會的邀請函，致使往事又重新一一浮現吧——櫥櫃團、蔻拉、浴缸影片。

基利安肯定事先傳了訊息，告訴她哥哥櫥櫃團將再次於雲霧小屋聚首。於是，雷文後來才有辦法邀請瑪拉一同前來。

他們倆後來關係變得如此緊密，甚至還刺了一樣的刺青，這對瑪拉而言可說是新聞。自己最愛的家人竟然是造成雲霧小屋夢魘的幕後凶手，這項事實將讓她永遠揮之不去吧。她只能將一切都怪給雷文的毒品成癮了，雖然他從未打算主動親自殺害任何人，但毒癮使他性格大變至此，竟能夠搬玩這般心理遊戲。

雷文在山上營造出如此背信棄義，徹底絕望又令人心理不安的情境，引出了所有參與者天性中最惡劣的一面，使他們最後開始互相殘殺。

「車子很漂亮耶。」瑪拉說。她在等候皮婭於手機上尋找檔案時，胡亂閒聊以消耗時間。這位電腦專家原先提議去瑪拉的車上，但瑪拉今天是從夏洛滕堡搭乘地鐵來到威丁的，因為她仍未感到完全康復足以自行駕車。事實上，肩膀傷勢與吸入濃煙所帶來的後遺症對她所帶來的影響仍不算太大，反倒是她發現自己愈來愈常失焦放空、迷失於思緒中，眼淚還淌下雙頰，並且全身發抖——因為她常會不禁想起雷文。還有基利安也是，以及自己甚至可能從未好好認識他們，便失去了可能是她生命中最重要的兩個男人。有時候，她會覺得自己似乎只能透過在諮商治療中所寫下的信與日記，才能夠將他們好好記住。

「你找到我在那間舊分娩室被錄的影片了？」她問皮婭，而對方此時似乎已經找到檔案了。能猜到這件事也不是什麼了不起的事——克莉絲汀自己先前曾說，假如她願意擔任臥底調查員，她就會拿影片給她看，作為回報。

「對。」皮婭證實道：「克莉絲汀稱之為傅敏詩影片（Krissel-Video），因為它裡面整個都是毛躁難解（**verkrisselten**）的點點。我特別為它寫了一套程式碼，把它拿來跑。」

「然後你就讓防水布人現身了嗎？」

「第一步的時候還沒。」

「第一步是什麼？」

「這個嘛，該怎麼跟你解釋呢？我想，你最好自己親眼看看。」

皮婭將智慧型手機遞給瑪拉。整個系列的影片已經開始播放了。

首先，她看見有人在相機鏡頭前舉了一張白紙。「白平衡？」

皮婭點頭。

「但為什麼？影片不就是在黑暗中錄製的嗎？」

配上變態的小茶燭和古典樂。

「只有現在出現的這一段不是。」皮婭說，然後就開始了。

一名女子站到相機前害羞地微笑著，她的臉上有一些紅色斑點，看起來對於自己接下來要做的事感到非常興奮。

「哈囉。」她說：「我現在要做的事，是在我精神狀況完全良好的情況下進行的。」她轉身指向舊分娩室內等待著受害者的接生床。

她再度望向相機鏡頭，說：「這裡這個是我上網買的。」她向她的觀眾秀出一只乳白色的防水布袋，大小足以套至頭上，附有一個類似拉鍊式的開口。

「他們說這個叫做『解脫袋』，因為你可以拿這個袋子來決定什麼時候要從生命中解脫。現在，剛剛好是晚上七點四十四分，我準備要踏上我的最後旅程了。你們會聽到我用舊 iPod 播放的巴哈，那是祖母瑪格特最喜歡的音樂。晚上七點四十五分時，我會躺在接生床上，然後把解脫袋套到頭上。我已經安插好一把刀子了，避免我突然改變心意。但我覺得應該不會啦。

最晚在四分鐘之後，也就是晚上七點四十九分，我就不再活著了。」

年輕女子的樣貌在瑪拉眼前顯得一片模糊。因為她打從對方一開口，就已經開始哭了，而現在，眼淚撲簌簌地落下她的臉龐。

「那是……？」她拭了拭眼睛，問皮婭：「薇奧拉．漢森？」

那位近郊列車女孩。

噢，天啊！當然是啊。一定是這樣的……

瑪拉從雲霧小屋回來之後，在網路上搜尋、找到一個叫「陌生人雙胞胎」的網站。這個平台供人尋找散落於世界各地的「分身」，也就是跟你毫無關聯，但卻仍跟你長得很相似的人。就數據而言，這其實並不罕見。據說，每一個人在世界上皆有七個「陌生人雙胞胎」。流行樂歌手亞莉安娜（Ariana Grande）甚至找了她的其中一個陌生人雙胞胎合拍一支音樂錄影帶。而在這裡，在傅敏詩影片中，可以看見瑪拉的陌生人雙胞胎薇奧拉．漢森。多麼悲劇啊！這個可憐的女生究竟得經歷什麼樣的磨難？

埃德加在她眼前、以如此殘暴的方式自殺的那個晚上，想必將她徹底摧毀了。對這位無家可歸、靈魂早已破碎的女性而言，那起事件大概引起了巨大創傷，所以薇奧拉才會產生妄想症狀吧。

她跟蹤我、窺探我，然後開始深陷錯覺，覺得自己是瑪拉．霖德伯格。

嚴重到她不得不因為幻想出來的悲慘命運而奪走自己的性命，甚至還伴著祖母瑪格特最喜歡的音樂。又挑在埃德加．霖德伯格出生的確切時間，同時想要在他釋放出人生第一次哭聲的分娩室中奪走自己最後一次的呼吸，並穿著他最喜歡的西裝。

「老天爺啊。」瑪拉放聲向自己其實並不相信的、更高層級的力量唸出短促的禱詞。「薇奧拉從來就沒有想要殺我，是我打斷她了。她沒有預料到我會出現。當我想幫她解開布袋時，她很茫然、很生氣！」

瑪拉想到自己其實根本不需要逃跑，因為薇奧拉從來無意威脅或迫害她。之所以會有這一場意外，純粹是因為她在錯誤的時間出現於錯誤的地點⋯⋯

稍等一下，她的思緒被一個問題打斷了。它比其他所有未解疑問來得更加重要。

「是誰把包裹放到我車上的？」

是誰把我引誘到那棟廢棄的婦產診所、到薇奧拉那裡的？

誰會知道我的分身想要自殺？

皮婭點了點頭，好像早就在等她提出這個疑問了。

她遞給瑪拉幾張Ａ４紙，它們被折成一封信，大小可以輕鬆地放入一只長型信封內。

又或者是包裹內。

「這是什麼？」

皮婭從瑪拉手中拿回手機按下暫停，薇奧拉的臉在螢幕上止住不動。「她的遺書。放在那個包裹裡面，另外還有那顆石頭和那串鑰匙。」

「什麼鑰匙？」

皮婭伸手摸入駕駛座門邊的置物處，說：「你馬上就會知道了。」

「等一下，這封信……」瑪拉將打開的信舉在空中揮舞著，問：「你從哪裡找到的？」

「雷文的住處。」

這個回答令她震驚不已，好似救援直升機試圖在皮婭的車頂上降落一般。「你、你跟雷文的住處又有什麼關係？」她上氣不接下氣地問道。

下一個回答又是另一次打擊：「我跟他在那裡一起住了好幾年，直到他因為你，在雲霧小屋被射死為止。」

瑪拉完全沒有預料到這個發展。她也沒有預料到皮婭眼眸中的陰影頓時將臉上原有的和善全盤掃淨，替換成毫不遮掩的仇恨與敵意，更別提那把突然抵在她頭上的槍了。

「快讀！」她對瑪拉下令，並將槍管抵上她的額頭。「快讀那封遺書，然後我們再來決定。」

80

親愛的薇奧拉．漢森……

「不！不可能！」

瑪拉快嚇死了，光是讀了最前面的幾個字，她就已經無法再繼續讀下去了。

「這些亂七八糟的東西到底是什麼鬼？」她問皮婭。

「繼續讀！」她一邊咆哮，一邊將槍再次抵向瑪拉的腦袋。這次，槍指的地方是她的太陽穴。

「但這都是騙人的啊！」瑪拉大叫道。

沒有其他辦法了，只能這樣了。

她想將信紙撕爛一把丟到街上，但皮婭眼中的恨意迫使她做相反的事。

她感到不適、作嘔想吐，但她最後終究還是放棄了，只好遵照一旁瘋女人的要求。

她開始閱讀那封放於包裹內的信，也就是她當時帶入分娩室的包裹。一字一句地讀。

親愛的薇奧拉．漢森：

我知道你幾乎再也記不得這個名字了。

你已經拋棄它了，正如同你拋棄了你的整個人生，想要換成一個新的。換成我的。

停！

先沉澱一下前面這幾句話，不要馬上把信放下來，因為我不會再寫其他封信給你了。我想，當你第一次讀的時候，你一定不會相信我的。你會覺得我瘋了，而你神智正常。那是精神疾病的本質，而沒錯，我感到抱歉。我們兩個都病了，我們兩個都被弄到生病了。被我爸爸。

在埃德加自殺之後，我哥哥就再也沒有踏進我們父母的房子裡過，而且對毒品愈來愈成癮。我媽媽現在自己住在達勒姆，但其實早就因為孤獨與酒精而等同死去。

你看，埃德加對我們所有人所做的事，不只毀了你和我，而是我們全部的人。

有一部分的我非常能夠理解，為什麼你會選這一條路。但那只是我理智中的一小部分，其他有更大一部分則在問著為什麼。

為什麼你會這麼想要過我的人生、甚至想到發瘋？

變成我有什麼這麼吸引人的地方嗎？

我不懂，就像我無法想像你在四年前的四月二十二日所經歷的事一樣。我爸爸在我十四歲生日前一天，先將自己刺瞎，然後活生生地死在你眼前。那一刻，你內心肯定有個什麼東西被摧毀了。你在那之後、馬上就開始希望變成瑪拉．霖德伯格了嗎？或者是在我媽媽追蹤到你之後，才慢慢出現這個想法的？在監視器中，那個被她丈夫拖回家的小妓女的命運，讓她心神不寧。我媽雇了私家偵探去尋找你的下落，然後他在近郊列車夏洛滕堡站的拱橋下找到了你。幾年後，我在清理走廊五斗櫃的後面時，發現偵探社的收據，還有一張你在地下道裡的拍立得照片。

她的指令是：**找出陌生人雙胞胎。**

當時，那個偵探只收了一百歐元，然後就跟我說他把你帶去哪裡了——去祖母瑪格特那裡。在她兒子埃德加死後，要我媽向我轉達，說她再也不想要我了。那是騙人的——我一直到六個月前才發現真相——不可諱言地是一個聰明的謊言。我一直到四個星期以前，都跟我媽待在一起。祖母住在克佩尼克，如果從達勒姆過去，簡直堪比環遊世界。除非我們特別安排，不然我們就不會有撞見彼此的危險，對吧？

祖母為你提供安全的庇護，將你視作真的親人一般地對待。而因為她渴望替她兒子對你所造成的創傷做出彌補，她開始餵養你的幻覺——讓你覺得自己是這個家的一份子，是我。

此外，她的失智症當時就已經纏上她了，而這可能正意味著，瑪格特在某個時刻之後，真的再也無法辨認你和我。就跟你一樣，對吧？

你什麼時候決定要成為我爸爸眼中的你？我的複製人、我的陌生分身。

有很長一段時間，我覺得一直有人在跟蹤我，甚至以為我爸爸依然活著，因為我可以感覺到他在我頸後的鼻息、看到他在我身後的影子。但後來我搞清楚了：那是你！

你偷窺我，這樣就可以過著我的生活。

你知道所有關於我的事，也知道我最隱私的祕密。

當我從偵探那裡得知你住在祖母家的時候，我去拜訪了她。我拿我媽的備用鑰匙偷偷溜進去，看到「你的」房間。看起來跟我的完全一樣，複製得很完美。我在那裡找到你拍我的照片，還有我的日記和治療書信的副本。你是從祖母瑪格特那裡得知我們家鑰匙鎖盒密碼的嗎？你溜進我的房間把所有東西都拍下來了，是嗎？就像你偷拍我那樣？在我上學途中、在朋友家、在體育課的更衣室內？

我知道你打扮得跟我一樣，你模仿我的姿態、我說話的方式，甚至還有我的筆跡。而且很成功。當史帝夫想付給我的薪水，比我真正做遞送服務的工時還多的時候，我大吃了一驚。他對著他所相信的全部神靈發誓，在我臥病在床的那兩天，我有去開公司的車、使用公司的手機。在我看來，就只有一個合理解釋：你在複製我的人生。你現在到底還有沒有意識、知道自己在竊取別人的身分，還是在你已經精神錯亂、與我融為一體了？

如果你現在在讀這一封信的話，那就應該是後者。代表你將我放在你信箱內的訊息當真了：**瑪拉·霖德伯格，請於六月七日晚上六點之後協助代班。車輛已經備妥、鑰匙在箱內、包**

裹皆已上車。凱瑞公司　史帝夫留。

當你讀到那則訊息時，你有沒有遲疑過任何一秒？有沒有認清真相、對自己說：「等一下，我不是瑪拉，我是薇奧拉」？

又或者，你甚至已經再也不認識這個人了？

問你這個問題八成也毫無意義。如果你正如我所懷疑的那般錯亂，你反而比較有可能會覺得，發瘋的不是你，而是寫下這些字句的人，也就是我。

反正，當你在讀這一封信的時候，我也已經死了。

弔詭的是，讓你得以過上我的人生的人，同時也是奪走我的人生的人：我的爸爸。但不管他做了什麼，我也恨不了他。

沒錯，他奪走了我無憂無慮的童年、我的青春。沒錯，他讓我跟我親愛的哥哥變得疏遠，並將他摧毀。沒錯，他將我媽媽和我的祖母從我身邊奪走。沒錯，他也把我變成瘋瑪拉，以及學校裡的笑柄。可是，這個世界上再也沒有第二個人像他愛我一樣地愛我了。就連基利安也沒有——雖然在你看完我那多愁善感的日記之後，可能會這麼以為吧（我看見他在親蔻拉！）。然後，沒錯，我也承認，我現在在寫這些字句的時候，心都碎了。但最重要的是，我發現：我爸爸不只是毀了我的人生的人，他同時也是我極為思念的人。而現在，既然我已經知道跟著我的影子是你、不是他了，我也希望很快可以跟他再次見面。

一位知名的神經科醫生——後來他自己也發瘋了——曾經說過：最嚴重的罪行皆源自於

愛。

而在我的例子中，的確也是因為愛才促使我選擇在這裡，在這個特定的地方自殺。在我爸爸出生的分娩室，於晚上七點四十九分、一秒也不差，伴著他母親瑪格特非常喜愛的古典樂。我穿上他最喜歡的西裝——對我來說可能太大——並選擇一個毫無痛苦的方式來脫離這個充滿痛苦的人生。

好消息是（對你而言）：我再也無法拿我的人生來做任何事了。但你可以，你就拿去吧。

當然啦，你必須將我的屍體處理掉。所以那輛商旅車才會停在停車場中，而鑰匙在包裹裡。

你把車子停到近郊列車格萊弗斯瓦德街（Greifswalder Straße）站附近，將窗戶打開、鑰匙放在點火器那邊，不到一天晚上就會被偷，還運送到國外了。而且在那裡，那些專業的幫派小偷不會去跟警察說，他們在後車廂找到屍體的。

萬一出了任何差錯，你還有這一封信，以及自願自殺的過程，包括我錄在影片中的前言。拿出卡帶、拆掉腳架、把車子開走、回來，然後將公司的車開回去凱瑞公司的停車場停好。接著，開始過我的人生吧。

跟商用車鑰匙掛在一起的還有我公寓的鑰匙，我一個月前開始租的。地址存在我手機上的備忘錄裡，而手機（現在是你的了）放在商用車上。密碼車一三一〇。

請你好好照顧艾爾馮斯。牠自己跑來找我，我不知道可以把牠送給誰。不要把牠獨自丟在車子裡太久，今天非常熱。

你在我的公寓裡會找到我的護照、身分證、信用卡及各種密碼。你可以靠著我爸爸的遺產生活好一陣子。

我也很想說「你贏了」，但你並沒有。

對我而言，我的人生已經毫無意義了，而正如我所說的，我不知道為什麼你會想要它。但現在你得到它了。

再會。

你的陌生人雙胞胎

瑪拉

81

不可能。那又是另一道謎題、是一個奸巧的花招。是騙人的！

瑪拉先是任由握著信紙的手下垂，接著將手指由紙張上鬆開，隨後紙張向下落至腳踏處。此時此刻，即使不用麻醉藥，她也大可以去動手術了。她陷入徹底麻痺的狀態，身心靈皆然。

「你是誰？」她對著坐在一旁的女子問道。

「走，我們開車晃晃吧。」皮婭說。她把槍放在大腿上，接著發動引擎。

車內一片靜默。直到開上城市高速公路後，皮婭開始加速。窗外的監獄飛經她們身邊。比起她現在想躲起來的牆，監獄的外牆甚至還不夠厚。

「你是誰？」坐在副駕駛座上的瑪拉，不斷地重複著同樣的問題。最後，她總算得到一個答案了。

不過，在那之前，皮婭打開車內中控台的置物隔層，拉出一只貌似催淚瓦斯的噴罐。

她出於直覺地奮力眨眼，並伸手摀住臉以保護自己，但仍舊無法阻止自己受到狠狠的重擊。

那個聲音。

從那個女駕駛的嘴巴傳出。

那個恐怖的、嘶啞的咳嗽聲。

如同惡魔的口哨聲。

82

坐在方向盤前的女子將噴嘴放到雙唇之間對自己噴了兩下，她深吸了一口氣之後，卻仍不禁再度咳了起來。

嘎嘎聲、口哨聲。

瑪拉不敢望向駕駛座。儘管答案顯然已經秀出所有可能證據還自我揭示了，但她仍舊不敢面對真相。

「你？」她用氣音問，希望自己永遠不要得到答案。

她們匯上魯道夫．維塞爾橋，坐在方向盤前的女子點了點頭。

「對，我。這封信是我寫的。我想要自殺，但那時候被你打斷了。」

她再次咳嗽。「瘋狂的是，你根本也不需要那封信。你在前往那棟倒閉的診所途中，以為自己是我，然後以瑪拉的身分進到分娩室內。」

「因為我是瑪拉啊！」她抗議道，幾乎難以相信自己竟然不是在惡夢中而是清醒時，與人進行著這番對話。

「你會這麼想，只是因為你在那幾年尾隨的過程中，變得過於沉溺於這個角色。你在意外發生之前，或許還有清醒的時刻，還會冒出比較健康的質疑吧。但後來你做完第二次大腦手術、被問『瑪拉．霖德伯格嗎？』的時候，你就已經全然擁抱這個新角色了。」駕駛人朝她一瞥，問道：「你從來沒有想過嗎？為什麼『你的』童年記憶永遠沒辦法回溯到十四歲以前？」

一列近郊列車平行地駛於她們所在的城市高速公路左側。她在副駕駛座中全身打顫，以雙臂環抱住自己的上半身。

「你以前不認識我，而且我是在埃德加死後才開始執行書信治療的。關於你偷來的身分，你是從基利安帶去醫院給你的日記中，拼湊出大部分資訊的。至於他，因為你出於直覺地怕他會發現你的騙局，所以你就切斷跟他的聯繫了。」

天啊，那聽起來好合理又好病態。

「然後，我在信裡和書裡都沒有提到過，所以你不會知道雲霧小屋是我爸爸的。其實，那時候第一次同學會本來要去巴塞隆納嘛，是我提議改去山上的。」瑪拉思索了一會兒之後，憤怒地搖起了頭。那不可能是真的！

「那他們在醫院又怎麼會知道我的名字呢？」

駕駛人點頭，好像在說她提出了一個重點似的。「要不然你覺得是誰打電話叫救護車的啦？我追在你後面，全部都看見了。那個把你輾過去的傢伙嚇壞了，沒辦法做任何事。他甚至也沒注意到我把錢包丟在柏油路上，又跑去躲起來。」

她們從哈倫湖（Halensee）出口處下匝道，接上一百號高速公路之後，繼續往霍恩左倫水壩（Hohenzollerndamm）方向駛去。

「我剛開始一直暗咒你。」皮婭說；暫且不管她到底叫什麼名字。「我把一切規劃得這麼好，給你精確的指令，還計算出精準的時間軸。我知道你非常注意細節，因為我在做每件事的時候總是很精準，而你又想要變成我的分身。但我在艾爾馮斯這邊算錯了，我可憐的小動物。我低估了車內溫度升溫的速度。就因為牠，你太早進入分娩室了，將一切給搞砸。我無意傷害你，那件事我很抱歉，也很抱歉讓你驚慌地跑到那輛車子前。不過，那最後也算是幫了你一個忙。毀容讓你在醫院裡成功騙過我媽媽，但坦白說，她也只去了五分鐘。而且她去拜訪自己女兒的時候，一如往常地，絕對也沒有好好看人家的眼睛。對她而言，你和我就是活生生、血淋淋地一直提醒她，她嫁給了一個變態。」

「你在說謊。」她打斷駕駛人說話。身為一個早就被定下死罪的人，她以最後掙扎的姿態對剛才自稱皮婭、此時假裝成瑪拉的女子說：「那雷文就會拆穿這一齣假戲，但他沒有啊。我很常跟我哥碰面，還跟他講電話。」

她得到的回應又是另一記重擊：「雷文是出自於愛我的心，才順著你玩這個造假遊戲的。」

「可是——行行好吧——到底為什麼要這麼做？根本一點也不合理。」

先前自我介紹為皮婭、現在自稱是瑪拉的女子，由眼角對她投出一個鄙睨的眼神，好像答案再明顯不過了。

「在你毀了我的自殺計畫之後，我必須將一切清空。我做了原本是你應該要做的事，處理相機、三腳架和那些車子。然後，我帶著所有的證據去找雷文，把全部的事都告訴他。」

她太陽穴上的疤痕開始劇烈抽動，而她身旁的女子繼續高舉著鏡子——照出自我認知的恐怖鏡子。

「雷文是我哥，不是你的。他當時跟我一樣，對人生也已經受夠了，可以理解我為什麼會想要一走了之。可是，雷文也愛我勝過一切，他讓我明白，我基本上已經達到我的目的了，只是不需要為此而死罷了。如果你幫我過我的人生，那其實就等同於我成功走掉了。」

「為什麼？」她對著一旁正在盡其所能摧毀她身分認同的女子尖聲叫道：「我又怎麼會想要這個狗屁人生了？」

駕駛人嘆氣道：「我已經在我的道別影片中說過了。你爸爸其實會虐待你，對吧，薇奧拉？跟我爸爸不一樣的是，你爸爸沒有忍住。我爸爸太愛我了，他寧可自己去死也不想傷害我。但你爸爸每天晚上，都像是把你一遍又一遍地殺死，直到你逃走，淪落街頭為止。」她稍作停頓，接著總結道：「你想要我的人生，因為你想變成跟我一樣備受疼愛的瑪拉。」

她們車速緩了下來，駛下匝道。

假如這是真的，她一邊想，一邊淚眼汪汪地由副駕駛座望向窗外，**那我寧可繼續活在這個謊言裡。**

她轉向左側。

「你想要拿我怎麼樣？」她問道，目光落至駕車女子大腿上的槍。

對方冷酷地說：「我想要拿回我的人生。」駕駛人拍了拍自己粗肥的大腿，說：「看看悲傷對我做了什麼。我患了飲食障礙症。我的身體不想再當一個陌生人了，它想再次變回瑪拉。」

這真是徹底地瘋了，坐在副駕駛座上的女子心想。此時，她看見路邊骯髒的雪，突然冒出一個荒誕的想法。

所以我在山上從來不覺得冷，唯一的解釋是因為我以前在街上早就習慣更惡劣的柏林冬天了嗎？

駕駛人再度伸手摸槍，說：「我現在暗中觀察你的時間，就跟你當初一樣久。剛開始是你跟蹤我，後來我們互相跟蹤，然後在最近這幾年，換我獨自跟蹤你。我在某一個時刻突然想通了，我想要知道你到底是怎麼過我的人生的。我甚至聯絡上克莉絲汀，開始替她工作，只為了體驗看看是什麼感覺。」她大笑道：「你知道好笑的是什麼嗎？我根本不會寫軟體程式。我幫克莉絲汀後製的所有影片，都是我本來就有的——基利安錄蔻拉的影片、雷文當時錄製的浴缸影片，當然啦，還有分娩室裡的影片。」

駕駛人的雙眼閃爍著怒光，她說：「蔻拉的死是意外，雷文把影片後製成謀殺案的樣子。假如原本就照個他的意思走的話，他老早就會向櫥櫃團討回公道了。可是，如果他的計畫出差錯的話，我可能會失去他。那時候，他可是我唯一保有聯繫的人、唯一的親密知己，我不想冒那個風險，所以我就拜託他先暫時冷靜下來，等待時機到來、等到我想要重新拿回我的人生。」

「你瘋了。」她對駕駛人說。不過，對方的解釋聽起來絲毫沒有模糊之處，反而展現了令人能夠信服的邏輯。

「到最後，變成我使用他的影片。我想要把所有罪責冠到**你**身上——你殺了蔻拉那個愛八卦的背叛者，並邀請老同學來參加同學會旅行。然後，等到我們的實驗結束，你在雲霧小屋恢復理智之後，我就會把一切都怪到你頭上。最後結局應該要是這樣才對。不過，在實驗做完之前，我必須用盡全力說服克莉絲汀不要去找你，然後再給她一些線索讓她取消火車。」那名女子哀傷地搖頭，繼續說：「我本來可以找到機會回歸的。等你被以薇奧拉・漢森的身分送入精神病院之後，我就只需要用自己的真名公開真相——你跟蹤我、竊取我的身分，而我想要自殺，但計畫失敗之後，我對這個世界感到又憤怒又失望，便跟哥哥一起在國內外四處躲藏。」

她將擋風玻璃上的雨刷打開。天空落了幾滴雨下來，不過空中除了一朵雲之外，卻也仍閃爍著天真無邪的陽光。

「現在你已經知道了，薇奧拉。雷文的復仇計畫已經在雲霧小屋中執行完畢。我的沒有——還沒。」

雖然她們才剛駛過一支測速照相警告標誌，但旁邊有一輛車以過快的速度超了她們的車。一時閃光乍現——但只出現在副駕駛座上那位女子的腦海中。她在雲霧小屋閣樓中找到的那一封信，如同一張快照一般。

> 事實上，經過漫長的沉睡等待，我終於為了達成自己的目標而擬出了一個計畫，而且已經將部分付諸執行了。這個目標能夠以五個字概括：我要她的命。因為那是我的命。
>
> 我要她。她是我的。

她望向駕駛人的臉龐，臉部特徵跟她自己的驚人地相像。至於雲霧小屋內那封信的字跡為什麼會跟畢業紀念冊裡的如此相似，她也想出了可怕的臆測。

到頭來，這一切都是她的計畫，雷文只是付諸執行而已。

「但瑪格特呢？」她試圖反抗著那愈來愈逼人的真相。

「她失智了。你在意外之後就幾乎沒去看過她了。我們的聲音在電話中很像。弔詭的是，她在安養院裡有時候會出現神智清楚的時刻，會跟護理師說之前有一個薇奧拉跟她一起住了好幾年，然後她很想念瑪拉。」

烏雲開始於這個區域的上空匯聚，感覺起來熟悉到令人不舒服，正如同她以為自己早已忘卻的痛苦。過去幾個小時的陽光已然消失，唯獨剩下一道光束如手指一般地戳穿天際。

「那是神的手指。」她媽媽曾經這樣告訴她。當時是跨年夜，她還沒跟另一個男人跑，而她爸爸還不會在晚上六點前就喝醉酒。所以，她才會跟爸爸一起在艾迪車庫旁的庭院玩鞭炮，聲音很像雲霧小屋壁爐中劈啪作響的火焰。另一幕記憶在她腦中展開——她爸爸命令她去湖中尋找汽車鑰匙，但她其實很想要哭著逃開。逃回在破爛公寓裡的那個家、逃回她深愛的房間——雖然艾瑪迪斯說雲霧小屋閣樓中的複製品「有點破爛」。

因為那樣比較適合新克爾恩的社會住宅，而不是此時停在她們眼前的這種建築。一棟別墅，入口處前方有白柱。她闔上眼睛，想起溫暖的浴室、柔軟的浴袍、唇上干邑白蘭地的苦味，以及一名身穿燕尾服的男人。他說：

「現在，再上一些唇蜜和粉。你太蒼白了。」

聞起來很宜人，但感覺很不對。連在她耳畔迴盪的、來自過去的字句亦然：**「要是你能知道我在你身上看到什麼就好了！你看起來跟她一模一樣。」**

她將雙眼閉得更緊將一切看得更加清晰。

她未曾擁有過的兒童房，紫色、白色，少女的馬卡龍色夢境。

飾掛於床上發的花圈寫著「生日快樂」。

「恭喜你，親愛的。」她爸爸說。他從來不曾是她的爸爸。

她張開雙眼，並放聲尖叫，因為擺在她眼前的領悟已然無法撼動。光是如此短暫的清醒時刻，就遠比過去那一段長長的夢境來得痛苦許多——那段她身處於另一個世界、另一個身分內的夢境啊。她聽見一個幻想中的聲音，好似體內有玻璃正在破碎，就跟她那一晚聽見的一樣——埃德加·霖德伯格在她面前挖出眼球、割開喉嚨的那一晚，她自己的身分認同碎成千片萬片的那一晚。而在意外發生之後不到一天的時間，當她從第一次麻醉治療清醒之後，她將這些碎片重新拼湊成另一個完整的樣貌——瑪拉。

「那該怎麼做呢？」薇奧拉問道；她此刻知道自己是薇奧拉．漢森。「你想要怎麼拿回你的人生？」她想從駕駛人口中聽到答案。對方就是那個在她自己再也不想要的人生中自稱為皮婭的人，而她已經花了好長一段時間在擬定這項計畫，如今總算即將完成。

「你邀請我、你哥哥想要在高中同學會復仇、你想要拿一面鏡子給我照……」薇奧拉說：「弄出了那間看起來像是基利安的房間，他的東西、他的氣味，藉此令我不安。」

「別忘了那張基利安和蔻拉合影的拍立得。」駕駛人笑道。

所以它真的存在，大概只是掉入地板的木條之中。

「你想要藉由格蕾特和寶琳娜的心理實驗來逼迫我認清真相。」薇奧拉斷言。

一個殺人犯需要哪些條件才會自我揭露呢？

一、一個可控的實驗環境：

雲霧小屋

二、阻斷所有緊急逃生出口：

沒有手機、沒有鞋子，只有暴風

三、能夠刺激情緒的事件，令人震驚者尤佳：

基利安的房間、消失後又重新出現的同學們、空屋內的馬桶沖水聲、牆壁內的刮擦聲

四、令人不安的回憶。

她童年臥房的複製品、櫥櫃影片

五、畏死的情緒。

……以及隨之而來的：

至少自從他們在浴缸中發現屍體開始……

一切進行得相當順利。**暴力使人暴露無遺！**每個人都向其他所有人顯露出自己最真實的嘴臉。

「那現在呢？」薇奧拉轉身望向瑪拉，問：「我該怎麼把人生還給你？」

瑪拉沒有回答，而是將手槍交到她手上。「你決定吧，裡面只有一顆子彈！」

她轉向她，而那名在命運之擊如此戲劇化地改變兩人之前，此時曾為她的分身的女子對她下令道：「瑪拉或薇奧拉，決定吧，我們之中誰會活下去。」

83

訊問
下定決心的兩週後

「就這樣？那就是結局了？」

史崔辛格博士從座位起身，差一點將半滿的拿鐵瑪其朵撞翻。事實上，這個劇情轉折相當合理，解釋了為什麼雲霧小屋內的陷阱與謎題會如此選擇、安排，不只意圖使老同學陷於心理壓力之下，更也包含了薇奧拉。

她在雲霧小屋內，將耳朵貼於房內管線上時，之所以會聽見嘶啞的咳嗽聲，大概是因為雷文當時在地下室時，又將分娩室影片重看了一次。不論他這麼做是為了提醒自己這項實驗的正當性，或者刻意想將薇奧拉從睡夢中吵醒、激起她的回憶，或許得等下一次敘事者再繼續故事時才會知曉了。不過，更迫切的問題是，故事究竟如何結尾。

「我說過了啊，您不會喜歡的。」接受訊問的女子表示。

史崔辛格點了點頭，說：「我不喜歡，是因為這不是結局。你得告訴我，薇奧拉——或我一直以為是瑪拉的人——最後做了什麼決定。」

「那您覺得呢？」

「我……呃……我不知道。我覺得，她審判了她自己。」

敘事者——他目前已經聽她說話五個小時了——拍起了手，說道：「好棒喔，您猜對了。」

他呻吟道：「但那行不通啊，你不能那樣做。」

「您是什麼意思呢？」

史崔辛格再次坐下，感傷地想起過去仍能在會議室抽菸的美好時光。此時，他本應開始填滿煙斗才能夠心平氣和地思考，但現在卻不得不改咬鉛筆。

他思索片刻、望向手錶，接著奮力地搖起了頭。

不、不、不。那樣可行不通。

「你必須重寫，寶琳妮。」他說：「女主角最後可以生病，但不能死掉。」

「我叫寶琳娜。」那名古怪的年輕女子對他糾正道。

寶琳娜．羅加爾，我知道，那位出版人心想。《孤獨》是她的小說處女作，其銷售狀況在同業競爭中並沒有特別好。不過，這反而是好事，因為她的第一本懸疑小說於故事設定上，跟他在過去長達數小時的訊問中所聽到的內容，有些地方相當雷同。

訊問，是他對於這類密集的討論會議的稱呼；他一向會找來自己計劃簽下的作家，並獨自與對方進行討論。他的同事稱之為火烤大會——他深度地審視他們的故事，並一針見血地點出故事的弱點。事實上，他很驕傲自己的做法總讓那些作家感到害怕。畢竟，這其中牽涉到大量金錢，也牽涉到像寶琳娜這樣的年輕新秀的未來。想當然耳，這位出版人本身也只願意訊問前景看好、有潛力寫出暢銷書的作家——寶琳娜．羅加爾的這份素材絕對具備這樣的條件。

由於她已經將結局重讀一遍了——

「我不能重寫。」她反駁對方道：「這是真實的犯罪素材。它就是這樣發展的。」

「你是唯一的倖存者？」

「對，格蕾特沒有活下來。在下山的途中，我們在大雪中走散了。我在一間庇護山屋中等了一個星期，才有登山客找到我。」

「這可以寫成續作。」史崔辛格將腦中想法大聲說出：「我們必須改一下書名。」

「對，也可以保護瑪格特和瑪拉。」

很好。

史崔辛格轉了轉手上的圖章戒指。那是他在榮獲年度出版商頭銜時，從德國書商協會那裡得來的；那也是他數日以來第一次展露笑顏。

他已經將訊問延得夠長了，於是快速做出決定。「我可以跟誰討論後續事宜呢？」

「跟我。我沒有經紀人。」

「好的。我們已經有你的所有資料了嗎？」

「您可以透過美國線上（AOL）地址聯絡到我。」

美國線上？挺老派的，但重點是它很好用。在史崔辛格簽下的作家當中，還有人仍用手寫交稿，但只要故事本身是好的，他也不介意收到木刻的書稿。「好的，我的秘書會寄給你合約初稿。」

「謝了，所以就這樣子嗎？」年輕女作家問道。就他的標準而言，她的態度顯得稍微過於直率。

「對，只剩下一個問題。」

「是什麼？」

「你下一次開會時可以打開鏡頭嗎？」

他已經盯著全黑螢幕好幾個小時了，完全不知道跟自己對話的人究竟長得怎樣。

史崔辛格在會談的過程中曾試圖一邊上網搜尋這位作家的照片，但卻找不到任何結果。她的名氣仍不足以登上新聞報導，而且看起來在社群媒體上也不甚活躍。

「不。」

「為什麼不？」史崔辛格震驚地問道。

「我看得到您就夠了啊！」寶琳娜在切斷連線之前如此回應道。

84

寶琳娜連椅帶身地將自己推離工作檯，接著站起身，並轉了轉僵硬的頸部。

該死的桌邊工作。沒有人比骨科醫生和按摩師更加期待全新居家工作時代的到來了吧。

她將檯燈切掉，離開辦公房，在走向廚房的途中，她經過那面擺在公寓門前全身鏡。她的眼線又花掉了。也難怪了，畢竟她在跟出版人敘述故事時，哭了那麼多次。

她在廚房內為自己倒了一杯氣泡水。正當她再度關上冰箱門時，瑪拉突然站在她面前。

「花很多時間耶！」她表示。

她點頭，並試著隱藏自己剛才受到驚嚇的事實。

「但很值得啦。」

「那個出版人上鉤了嗎？」

「我想是吧，他說他會簽我。」

瑪拉將頭傾向一邊，問：「你跟他說了什麼？」

她先喝了一大口水，接著說：「全部。依照事發過程如實講述，但當然有改那兩個地方。」

「當然。」瑪拉對她微笑道。

要她回應微笑實在很困難。「很好。」寶琳娜放下手中的玻璃水杯，說：「已經很晚了，我就先走了喔。」

室外正下著傾盆大雨，幸好她的黑色毛衣附有帽子，而且她的綁帶靴也能防水。只有她的眼線會繼續花掉。

「那就……」

她們尷尬地站在門前，如同分手的戀人一般，不確定現在是否還適合相擁，或是該禮貌地握手道別。她們稍顯尷尬地選了後者。

「你對克莉絲汀再度好轉真的沒有興趣嗎？」瑪拉問道：「護理師說她進步得不錯，已經又可以自己使用輪椅了。」

寶琳娜聳了聳肩。「我應該不會跟她聯絡了吧。」

她直視著瑪拉的雙眼，做了告別前的最後提問：「那你呢？你什麼時候才敢首度踏出新公寓？」

「只要我能再次長得跟以前一樣。」瑪拉笑道：「『如果』我真的能恢復以前的長相的話啦。你也知道，肥胖是一種疾病，不是性格缺陷。」

寶琳娜打開門踏入門外走廊，室外的寒冷對她絲毫沒有影響。在螢幕前坐了這麼多個鐘頭之後，她反而覺得冷得挺舒服的。

「你知道嗎？我覺得，我們在另一個平行時空裡應該能當朋友吧。」瑪拉說。

我已經對目前這個人生感到很滿足了，寶琳娜心想，但嘴上卻表示同意：「嗯，我也這麼覺得。」

她再度望入稍早經過的全身鏡，看了鏡中的自己一眼，頓時再度感到陌生。黑色的衣服、靴子，以及妝容。

她仍未完全長成自己的新我。

或許永遠也不會。

「你還沒習慣自己的新皮嗎？」瑪拉毫不掩飾地問道，顯然注意到寶琳娜又名符其實地「脫離角色」了。

落回薇奧拉的角色，又或者是瑪拉的。

「我自己會找到辦法的。」薇奧拉說。她於心智上又再度走回成為寶琳娜的路上——那位其實並未倖存的女作家。至於第二個改寫的地方是，薇奧拉當然沒有像史崔辛格說的那樣「審判」自己。她提出了另一個建議選項，而瑪拉經過思索之後也接受了。

薇奧拉・漢森依然活著、仍在呼吸，現在改披上一位年輕、前途光明的犯罪紀實作家的外衣。

這就是當作家的好處——許多人知道你的名字，但他們不知道你的長相，除非你想要。而且，從此以後，她可以滿足大家對於瘋狂作家的老掉牙想像——把自己關在與世隔絕的無名小島，只為了寫作而活，並再也不與任何人有所聯繫。

「為什麼你不想再次變回薇奧拉呢？」瑪拉在兩人永別之前，提出最後一個問題。

薇奧拉思索片刻，說：「我覺得，我們全都活在別人的控制之中，沒有人真的在活著自己的人生。看看社群媒體，我們總是努力地想達成別人的理想模樣，然後為此變得不快樂。如果是這樣的話，那我選擇一個全然陌生的人生，不是更好嗎？」

說完這些話之後，她轉身走下這棟老舊建築的樓梯。瑪拉的新公寓位於六樓，所以必須走下好一些台階。她每走下一階，就將那些把她塑造成薇奧拉、使她無家可歸的過去拋下一些。接著，她也離瑪拉愈來愈遠——她曾經亟欲成為的瑪拉，後來甚至再也無法分辨虛實。最後，等到她終於走到一樓時，她總算不再將那雙黑色的綁帶靴、短裙與連帽衫、維多利亞復古外套，以及臉上的妝容視為陌生物品，而是一個她如今試圖逐漸長成的模樣。

一步一步來。

再也不要轉頭回望身後從六樓窗戶，若有所思地望著她的那個人形——那個站於淋滿了雨的玻璃窗後，長得再也不像瑪拉．霖德伯格的人——

更像是一段遺忘已久的遙遠記憶。

後記及致謝

我很開心能收到許多讀者來信，部分原因是我於二〇〇六年時，不小心在我的處女作《治療》（*Die Therapie*）後記留下了自己的電子信箱（fitzek@sebastianfitzek.de）。

其實，我會那麼做只是想要看看誰真的連致謝詞都讀完了，因為買書或借書不見得等同於真的有看書。我自己的書架上也有那麼幾本書，只有快速掃過或甚至從未翻開過，全是因為我自己如果不購買任何東西就無法走出書店，雖然我根本不缺存貨。假如書本會呼吸的話，置於最上面的那幾本書肯定需要戴上氧氣罩——放在我床頭櫃上的未讀書山就是有那麼高。

當時，我在徵詢大家對於《治療》的讀後心得時，只預期最多收到五十封電子郵件回應，因為初版第一刷的數量十分有限。好的，看來是我將數量與內容皆低估了。如今已經累積超過五萬封回覆，而且我原本以為主要會是糾正拼音錯誤，但結果我實在大獲眷顧，收到一些激勵人心、帶來靈感的故事，例如，一位女性讀者分享了一次糟糕的相親經驗。其中，兩人激烈地爭論著我的哪一本作品最出色，並導致兩人後續更多場討論會談，最終以婚禮與子嗣收場。有一位原本不識字的讀者告訴我，他在成人班閱讀《二十三號乘客》（*Passagier 23*）[5]當作學習材料。還有一位新手媽媽寫信跟我說，她的助產士在把她推往分娩室的途中、對她生氣地大吼：「天啊，放下費策克吧。到底哪個孩子會想要出生在有人蒐集眼球的世界裡啊？」

我也經常收到在課堂上閱讀我的作品的學生來信（可憐的孩子是被逼的）。最近，我收到

5 譯注：目前無中譯本，書名為譯者暫譯。

一封來自拉廷根，正在就讀十年級的女學生的信：「哈囉，費策克先生，由於我們讀的書的作者大部分都過世了，我很高興終於能夠向一個活樣本提問：老師跟我們說的所有詮釋到底是不是真的？」接著，她向我解釋他們在課堂上、針對我的作品所建構的論點，並在最後問道：「費策克先生，說真的，您在寫書的時候，真的會思考**全部這些東西**嗎？」

電子郵件的結尾寫著：「不論是誰正在讀這封信，我都希望費策克先生真的還活著！」

我寫了一封回信給她：

「哈囉，×××：

首先，對，我還在呼吸。我接下來要給您的回覆，也會讓您很開心：不！我在寫書的時候，對於您們老師所說的全部那些詮釋，並沒有很詳盡的覺知。我的首要目標是提供娛樂，我沒有列出任何必須一一達標的『主題議程』。不過——掃興的地方來了——那並不代表您們老師的分析與詮釋是錯的！我在書寫的過程中或許沒有想到，但在寫完之後常常會意識到許多事。接著，我會回去重讀初稿，然後很驚訝地發現自己在書中囊括了多少東西。包括對我個人而言非常相關的主題，我的潛意識就這樣將它們編入故事當中。基本上（我的電子郵件以此作結），不論一本作品的作者究竟還有沒有活在世上，根本不重要。這是因為作者本身從來就不重要，一切的重點全在於讀者，也就是您本身。到頭來，您永遠才是那個最重要的人。您可以決定自己在作品中讀到什麼、對您有什麼影響，全然無關乎於我身為作者、想要寫的究竟是什麼。」

順帶一提，這正是為什麼您（沒錯，就是**您**！）總是擺在我的致謝詞最前面的位置，就跟現在這裡一樣。假如您想要聯絡我的話，請原諒我，雖然我會親自閱讀所有郵件，但卻無法即時一一回覆。我通常會將一般工作邀約等內容轉寄給我的經紀人（在此，我想要感謝安姬・施密特〔Angie Schmidt〕與法蘭茲・克薩韋爾・李柏〔Franz Xaver Riebel〕，他們比我自己更清楚我跑到哪裡了）。

不過，假如您必須在研討會或課堂上探討《同學會》，然後將我的上述發言概述成下面這樣的話，那我自然不會太開心：

「那個費策克只想要娛樂讀者，雖然他的作品裡確實處理了相關主題，但他自己通常根本不會注意到，因為他就跟他的一些角色一樣瘋瘋顛顛的！」

這樣說會比較好：

「在《同學會》中，費策克將身分發掘的複雜主題藏於虛構的小說娛樂背後。所有的角色與自我之間皆有所掙扎，並試圖以不同方式重新發掘自己。這件事有時候會導向心理層面的動濫，尤其是在現今的世界中，幾乎所有人都試圖在社群媒體上創造出一個虛假的身分。此外，本書也是對於現今媒體社會的控訴——施暴者獲得大幅強調，但受害者卻往往被人遺忘。」

聽起來稍嫌做作（我內心的法律系學生有時候會跑出來），但我是認真的。讓我們來談談將施暴者英雄化這件事。我們記得那些罪犯，卻忘了他們的受害者——這是很羞恥。這個現象不只發生於現實世界，在虛構故事中亦然。來個小小的自我測驗吧：《沉默的羔羊》（Das Schweigen der Lämmer）裡的食人魔叫什麼名字？廢話，當然是漢尼拔（Hannibal Lecter）啊！克麗絲·史達琳（Clarice Sterling）在漢尼拔的協助下進行追查的殺手叫什麼名字？沒錯，正是水牛比爾（Buffalo Bill）。但被水牛比爾挾持於井中的議員女兒又叫什麼名字呢？（誰能把正確答案寫給我，我就送他們乳液拿去擦手！）

對了，這本書中有一個劇情轉折（我當然不會說是哪一個）之所以行得通，完全是因為我們很快就將焦點從受害者及其苦難身上移轉開了。

讓我們進入致謝的部分吧。首先是我摯愛的妻子琳達（Linda），她同時是我的第一個讀者，因此也是最重要的讀者。不幸的是，她常常一針見血地戳開她在初稿中一眼認出的弱點。我為此咒怨她，就像我對兩位超棒的編輯那樣——卡洛琳·格瑞爾（Carolin Graehl）與蕾吉妮·瓦斯布羅德（Regine Weisbrod）——他們總是會在我的初稿上提出一百五十道問題。不過，因為我總能好好地面對批判，我會以高度專業的態度與非常冷靜的頭腦，快速地回去修正。速度就跟我去安撫樓下的鄰居一樣快——我將筆電鍵盤拆掉，再把螢幕丟到他們家的陽台上。

此外，您應該可以看得出來我是一個很忠誠的靈魂（或可以說是非常黏稠的類型），因為我永遠都跟同一支團隊合作。首先是我最傑出的經紀主管曼努維拉．拉什克（Manuela Raschke），我們已經是好幾十年的好友兼事業夥伴了（感謝你對於那顆被丟在我床上的斷馬首[6]的幽微暗示，我在二〇二三年二月時忘了我們拉什克娛樂〔Raschke-Entertainment〕的二十週年慶……）。多麼瘋狂的一段時光啊，很期待能和你繼續共度更多個十年。

我絕不會忘記感謝莎莉．拉什克（Sally Raschke），尤其是她傑出的社群媒體管理能力。還有米夏（Micha）與艾拉．雅恩（Ela Jahn）、芭芭拉．赫曼（Barbara Herrmann），以及阿希姆．貝倫德（Achim Behrend）於店裡孜孜不倦地工作，處理會計與檔案等事項。啊，對了，還有卡勒（Kalle，卡爾—海恩茲．拉什克〔Karl-Heinz Raschke〕），三不五時就把我從辦公桌邊拖去跑步機上，這樣我才不會在書寫時，像水滴一樣垂在我的筆電上方。

天賦異稟的莎賓娜．拉柏（Sabrina Rabow）與不可或缺的克里斯提安．邁爾（Christian Meyer）同樣打從一開始，就一直都在。身為我的公關（拉柏公關）及巡迴經理（使命必達邁爾），他們已經將我帶至眾多成就巔峰……只是還不敢帶我去山中小屋而已。

6 譯注：引用自電影《教父》（*Godfather*），象徵不可拒絕的要求。

幸好，約恩・「斯朵利」・斯朵曼（Jörn »Stolli« Stollmann）在我糾纏他至少四週、一直要求他重改《同學會》的封面之後，依然願意跟我說話。到最後，等全部皆完工、一切看起來都完美之後，我跟他說：「嘿，好消息——我們又有一個更好的圖樣，不是冰箱、而是郵箱。」謝謝你如此優秀的作品，雖然大家這次是看不到了。也謝謝你只有折斷我的前擋風玻璃雨刷。

我想感謝羅曼・霍克（Roman Hocke），有權限能讓出版商下跪的經紀人。二〇〇四年，儘管我被十五家出版商拒絕了十五次，但羅曼最後成功得替我取得一份合約，也就是多羅默爾及克瑙爾（Droemer Knaur）——原先給我十一號拒絕的出版商。羅曼，如果你的AVA國際郵箱現在已經被更多新手書稿淹沒的話，對不起喔。但你實在太會保密郵箱資料了。而且，你的團隊上也有馬庫斯・米夏勒克（Markus Michalek）、克勞蒂亞・馮・霍恩斯坦（Claudia von Hornstein）、蘇珊妮・瓦爾（Susanne Wahl）、拉爾弗・加斯曼（Ralph Gassmann）、亞寧尼・希爾茲（Janine Hilz），以及寇妮莉亞・皮特森—勞克斯（Cornelia Petersen-Laux）等足夠的傑出人才，一定有辦法一起處理氾濫的信件的。感謝你們大家。

接下來是我在多羅默爾團隊中、最喜歡的出版人員，他們的努力值得獲邀一同共襄盛舉。我想感謝他們的高度專業、不辭辛勞又總是和藹可親的付出（因為我現在於書中提及他們，就可以替自己省下麻煩，多麼方便啊）：

約瑟夫・羅克爾（Josef Röckl）、史帝芬・哈瑟巴哈（Steffen Haselbach）、安緹兒・布爾（Antje Buhl）、卡塔莉娜・依爾根（Katharina Ilgen）、莫妮卡・諾伊德克（Monika

Neudeck）、依莎貝爾・布洛伊札德（Isabelle Breuzard）、妮可爾・穆勒（Nicole Müller）、艾倫・海登萊希（Ellen Heidenreich），以及丹妮耶拉・邁爾（Daniela Meyer）。當然啦，還有我的年度出版人（而且蟬聯了六年！）：朵莉絲・雅恩森（Doris Janhsen）。

如果您能聆聽這本書的有聲版本，那都多虧了不可思議的有聲書先生——米夏爾・圖耶特勒（Michael Treutler）。如果您能看見電影版本，那就得歸功於令人驚嘆、堪稱傳奇的蕾吉娜・齊格勒（Regina Ziegler；或者是您的藥劑量沒有調整好）。

最後，一如以往地，我想向書商、在文化產業中賦予這本書生命的所有單位，以及那些於圖書館界中、試圖為貪求閱讀的我們解渴的人，致上一鞠躬。你們是最好的例證——世界上最棒的職業不見得是最簡單的。

那麼，我現在要遵從本書中瑪拉的核心智慧了：人人皆有兩條命，而在你意識到自己只有一條命的那一刻起，第二條命正式展開。我的第二條命已經展開好幾年了，但我不想要再拿更多細節來為您的生命帶來更多負擔。

您願意將生命中這麼多的時間分給我，我感激不盡。

再會了

您的

瑟巴斯提昂・費策克

二〇二三年五月二日，於柏林筆。我最喜歡的大型群眾活動——萊比錫書展（Leipziger Buchmesse）——會後兩天。即使因此感冒、得了咽喉炎，一樣值得！

備注：親愛的薇奧拉・漢森，我希望你對於自己獲受的獎賞感到開心（薇奧拉在我的下一本懸疑小說中——也就是現在這一本——獲得了一個「默劇」角色）。如果沒有的話，更換獎項會有一點困難，但……嘿……出版商會有辦法解決的。

國家圖書館出版品預行編目資料

同學會 / 瑟巴斯提昂．費策克(Sebastian Fitzek) 著；江鈺婷 譯. -- 初版. -- 臺北市：商周出版, 城邦文化事業股份有限公司出版：英屬蓋曼群島商家庭傳媒股份有限公司城邦分公司發行, 2025.02
面； 公分
譯自：Die Einladung.
ISBN 978-626-390-399-9（平裝）
875.57 113019579

線上版讀者回函卡

同學會

原著書名 / Die Einladung
作　　者 / 瑟巴斯提昂．費策克(Sebastian Fitzek) 著
譯　　者 / 江鈺婷
企劃選書 / 林宏濤
責任編輯 / 陳薇

版　　權 / 吳亭儀、游晨瑋
行銷業務 / 周丹蘋、林詩富
總 編 輯 / 楊如玉
總 經 理 / 彭之琬
事業群總經理 / 黃淑貞
發 行 人 / 何飛鵬
法律顧問 / 元禾法律事務所　王子文律師
出　　版 / 商周出版
城邦文化事業股份有限公司
台北市南港區昆陽街16號4樓
電話：(02) 2500-7008 傳眞：(02) 2500-7579
E-mail：bwp.service@cite.com.tw
發　　行 / 英屬蓋曼群島商家庭傳媒股份有限公司城邦分公司
台北市南港區昆陽街16號8樓
書虫客服服務專線：(02) 2500-7718．(02) 2500-7719
24小時傳眞服務：(02) 2500-1990．(02) 2500-1991
服務時間：週一至週五09:30-12:00．13:30-17:00
劃撥帳號：19863813　戶名：書虫股份有限公司
讀者服務信箱E-mail：service@readingclub.com.tw
城邦讀書花園　網址：www.cite.com.tw
香港發行所 / 城邦（香港）出版集團有限公司
香港九龍土瓜灣土瓜灣道86號順聯工業大廈6樓A室
電話：(852) 2508-6231　傳眞：(852) 2578-9337
E-mail：hkcite@biznetvigator.com
馬新發行所 / 城邦（馬新）出版集團 Cité (M) Sdn. Bhd.
41, Jalan Radin Anum, Bandar Baru Sri Petaling,
57000 Kuala Lumpur, Malaysia
電話：(603) 9057-8822　傳眞：(603) 9057-6622

封面設計 / 朱陳毅
内文排版 / 新鑫電腦排版工作室
印　　刷 / 韋懋實業有限公司
經 銷 商 / 聯合發行股份有限公司
電話：(02) 2917-8022　傳眞：(02) 2911-0053
地址：新北市231新店區寶橋路235巷6弄6號2樓

■2025年2月初版1刷
定價 560 元

Printed in Taiwan
城邦讀書花園
www.cite.com.tw

ISBN 9786263903999
ISBN 9786263903951（EPUB）